中国少数民族文学发展工程

翻译出版扶持专项（民译汉）

姹紫嫣红草原情

［著］乌玛尔哈孜·艾坦（哈萨克族）

［译］哈依夏·塔巴热克（哈萨克族）

作家出版社

编委会名单

目 录

〜

干粪块儿

"我们到外公家了吗？"孩子问父亲。

"坐好！"阿迪力拜将坐在马鞍上约莫十岁的儿子阿曼扶正说，"你看，别人家像你这么大的孩子都在马背上玩耍呢。"

这时，新搬来正在扎营的阿吾勒^①的下游，有一个骑着一匹光背三岁黑公马的孩子，吆赶着十来头牛向阿吾勒之外的草地走去。

"这是哪儿呀？"阿曼卸下行李，惊奇地看着这个游牧阿吾勒一片忙忙碌碌的景象。

"这里是阿吾勒！"阿迪力拜淡淡地回答。

在城里出生、城里长大的阿曼，感觉好像来到了另外一个星球似的。父亲所说的"阿吾勒"是什么意思？山谷里除了让人无法理解的散乱而又横七竖八的东西之外还有什么？也许，就是那些东西被称为"阿吾勒"吧！对他来说，已经搬迁到了通往玛依勒山夏牧场双岔口营地的这座毡房是多么奇妙啊！所有的东西都被碧绿醉人、无人涉足的草丛所映衬，一切都染上了大自然浓重艳丽的色彩。虽然孩子没有像大画家那样去理解这一切，但是，他还是感到无比惊奇，张开嘴巴愣愣地打量着

---

① 阿吾勒：牧民聚集的地方。

这儿的风景，双手紧紧地抓着马鞍前鞒，呆在了那里。父亲说的"阿吾勒"究竟是什么？南边那座巍峨的赤崖像不像乌鲁木齐市的团结剧院？阿曼知道新华书店门前有两条岔路，一条伸向三屯碑，另一条伸向延安路。可是，阿吾勒的这两条岔路怎么能与那里的相比呢？在阿曼的眼里，谁也不会像他们这样在新华书店门前乱撒一些没有意义、让人无法理解的东西啊！尤其让阿曼摸不着头脑的是：一个长着白胡子的老人用双手将一块硕大的赭红圆框抬过头顶站立着，女人们则用又长又细的赭色木条插进那块圆框四周的孔眼里。

"他就是我的外祖父吗？"阿曼指着抬起毡房顶圈架的那位白胡子老人问道。

"不是！"阿迪力拜回答，"我们还没有到达你外祖父的阿吾勒，这是一个陌生的阿吾勒。"

"陌生的阿吾勒！"阿曼默念道。他还没有来得及理解阿吾勒的含义，陡然又增加了一个"陌生"这样的字眼，这使他的理解难上加难了。

"你去了外祖父家，就会像那个孩子一样独自骑上马背。"阿迪力拜指着刚才那个骑着三岁黑公马、已经将牛群赶到了远处，正往回返的小孩。

阿曼想起这一年的冬天，外祖父托人写了一封信，信上这样说："今年夏天，让外孙阿曼来一趟！我专门托人为他制作好了马笼头、缰绳、马胸叉、坐鞯，还有崭新的小马鞍，让他学学骑马！"

"与你画的不一样啊！"阿曼既惊奇又饶有兴致地看着那个骑着三岁黑公马飞奔而来的孩子。阿迪力拜为此"扑哧"一笑。因为，阿迪力拜为小阿曼解释外祖父在信中提到的马鞍等名词费了不少心思，最终这个疏于绘画的语文教师画了一匹有马鞍的马，才给阿曼解释清楚哪是马笼头，哪是坐鞯，哪是马胸叉，哪又是马鞍。

和父亲一样，阿曼也"扑哧"地笑了起来：

"爸爸，当时你画的那匹马不像马，而像一条狗啊！"

阿迪力拜感到些许羞愧，便说道："狗有圆形脚掌吗？你没看见我画的马有四个硕大的脚掌吗？"其实，他所画的那匹马只有这四个圆形脚掌才有点像马。

"你为我画的那张画还在我这里，到了家以后，我会拿给外祖父看的。"

阿迪力拜向一家之主请了安，勒住了缰绳，侧着身子停了下来。按照草原的风俗，一家之主立即扶着过路人下了马，嘘寒问暖之后，他们开始了冗长的交谈。

阿曼愣在了原地，谁也没有注意到他的存在。手提箱、半导体收音机等新物品根本没有引起他的兴趣。他来到绣着棕色花纹的曲橼袋前，惊奇地看着。这是绣花圆帽吗？如果它是绣花圆帽，那么它是多么长的绣花圆帽啊！平放在草地上用赭色漂染过的漂亮格栅，对他来说也是不解之谜。他转着圈看着数了数，这种神秘的格栅总共有四个。也许，将四个合起来可以组成一个车厢吧！阿曼的思绪又被叮咚作响的木槌的捶打声所吸引。一个上了年纪的妇女用木槌往地上打进了两个木桩，又在木桩之间绑上了绳子。这是什么？或许她的孩子们在这儿玩跳绳游戏吧？阿曼抿嘴笑了笑。难道她的孩子们跳绳的高度就这么一点吗？他在心里为此而取笑老奶奶的孩子们，因为他在今年春季跳高比赛中获得了全班第一名的好成绩。

他向周围看了看，对他而言，这儿所有事情都像是游戏，他想：这是一个多么好玩的阿吾勒！然后他转向了阿吾勒的长者，也许所有的游戏都是由这个老人发起的吧。阿曼又想起了刚才这位老人将一个硕大的圆形东西举过头顶的场景，阿曼以为这也是一种游戏。现在看来，那个游戏中的道具就是一个小天窗。他联想到乌鲁木齐市十字路口维持交通秩序的警察们的警卫室。他认为这个老人进入了草原警卫室——天窗，并从那里探出头，在观看草地上所有的游戏。每年"六一"儿童节去乌拉泊山区时，正好就有这种游戏。孩子们就在这样的原野，在小溪边的草地上，伸胳膊蹬腿，欢蹦乱跳，心花怒放。在那里，老师们教他们认识大自然，指导他们搜集各种植物标本。想着这些，阿曼看着眼前生机盎然、热闹非凡的景象，心想这也许是他们的一个节日吧。

孩子们拾来已经发白的马粪块儿，倒在了棚圈的石槽里。一个小媳妇拿过粪块儿准备生火烧茶。她将椭圆形的、仿佛一个模子倒出来的白净马粪块儿堆成圈儿，中间放了些干柴。她这是在干什么？这种游戏使阿曼更感兴趣了。小媳妇划着火柴点燃了柴火，不一会儿，干粪块儿冒起青烟，袅袅炊烟冉冉升起。多么清新纯净的烟雾啊！天空也是青色的，山谷和大地也是青色的，就连小媳妇头上戴的薄纱巾也是青色的，她是不是将碧蓝天空的一角扯下来，裹在了自己的头上呢？缕缕青烟在山谷中像蚕丝一样轻轻地飘动，并为爬上高高的山顶而挣扎，然后在青色的阴坡和阴暗的缝隙里变得稀疏，渐渐渗入了空气之中。

小媳妇叫来刚才那个骑着三岁黑公马的孩子，说道："把三脚架拿来！"说完便拎着大铝桶去汲水了。孩子拿来了轻便的木质三脚架。

"这是什么？"阿曼惊奇地摸着三脚架问道。

"三脚架！"孩子边将三脚架递给阿曼边说道。阿曼将三脚架的头部顶在地上，三个脚架朝上，这时三脚架的三条腿向三面叉开，使阿曼不知所措。那个孩子也许想显示一下草原上男子汉的风范吧，那双圆圆的眼睛里露出了诡秘的神色，他笑着说道：

"你不会用，给我吧！"他接过阿曼手中的三脚架，一边分开三个脚一边说，"三脚架是这样放的。"

　　阿曼认为这个神秘的仪器，是城里的建筑工程师们测量土地时所用测量仪的简单模样。但是三脚架上的构件和望远镜在哪里？阿曼想着便问那个孩子：

　　"你的妈妈是工程师吗？"

　　就像阿曼不懂"三脚架"这个词一样，孩子也不懂"工程师"这个词的含义，可是他不假思索地说："你说的是我的嫂子吗？哦，她是兽医。"虽然阿曼知道"兽医"和"医生"等词汇的意思，但是他根本不理解"嫂子"的含义。正当山里的孩子和城里的孩子相互之间无法弄懂对方所说的话意时，那个小媳妇提着一桶水回来了，她从老远就看到了支起来的三脚架，便说道：

　　"我的小调皮蛋，你怎么将三脚架支在这么远的地方？"说着便将三脚架移到炉灶上边，将水壶挂在三脚架中间，然后向"天窗"走去。

　　"你的名字叫'我的小调皮蛋'吗？"阿曼问那个孩子。

　　"不是。"他一边往火里放进马粪块儿，一边说，"我的名字叫阔别西。"

　　"我明白了。"阿曼微笑着说，"看来你真是个小调皮蛋！人们不叫你的真名，而叫你调皮蛋，我明白了……"

　　"你明白什么了？"阔别西笑着，用大人一般稳重诚实的态度嘲笑这个城里的孩子，因为阿曼没有弄明白他的嫂子是因为忌口才宠爱地称他为"调皮蛋"。

　　阿曼不仅没有回答，反而问道："你在学校和同学打架吗？"阔别西认为这是一种蔑视，他原本像苹果一样红的脸颊更红了，他那双圆圆的黑眼睛冒出了火花。

　　"你真是……"

　　"阔别西！喂，阔别西！"老人洪亮的叫声打断了阔别西的话，"你把那三岁黑马的马鞍、鞍垫拿下来，把马放走吧！"由于老人的话是在转过身时说出来的，所以他的声音由弱到强转了一百八十度，又转了一百八十度由强到弱。对父亲的嘱托唯命是从的孩子向三岁黑马走去了，阿曼跟在他的身后。三岁黑马不时地在高一米半的界石上将一边的耳朵蹭着痒。随着岁月的流逝，界石的表面早已磨得发亮。谁知道这儿曾经拴过多少马匹，又有多少长了疥癣的骆驼曾经在这儿蹭痒啊！阿曼仔细看了一下，这匹三岁黑马的脚掌都是黑的，它用这个黑色的脚掌轻轻地踢着界石的底部，翠绿窄长的马兰草露出了像山羊羔牙齿一样的白色根茎。在阿曼眼里，四周杂草丛生的界石就像绿茵茵夏牧场的一只犄角。

阔别西来到三岁黑马的跟前，解开了马肚带，三岁黑马认出了自己的主人，转过头，慈爱地闻了闻他。阿曼打开了书包，将父亲给他画的带有鞍具的马拿出来，开始与这匹三岁黑马上的马鞍和鞍垫进行对比。虽然父亲为他解释了没有生命的、图画上鞴好的马鞍，但是没有告诉过他怎样鞴马，怎样取下马鞍和鞍垫。鞍具被阔别西取了下来，马笼头也被取了下来，这匹三岁黑马被放开了。早已感到干渴的马匹立即向泉水边奔去了。

"把那个孩子叫来喝茶！"小媳妇避开长辈的视线，站在有天窗的毡房背阴处叫道。

"叫我们呢，走，我们过去吧！"阔别西对阿曼说道。

当两个孩子走进家门时，家里的正堂上早已铺好了餐单，奶茶也烧好了。阿迪力拜和阿吾勒的长辈坐在一块崭新的和田地毯上。阿曼也走过来坐在了这块地毯的一角。夏牧场上的这一块五彩缤纷的地毯，以及面色和蔼的白胡子老爷爷，在阿曼看来就像远古时期的东西，这块地毯会不会是远古时期的"飞毯"呢？或者，那个坐在飞毯上飞向蓝天的牧羊娃会不会是阔别西呀？阿曼瞟了一眼坐在地毯另一头、将胳膊支在爷爷腿上的阔别西，阿曼无缘无故地嫉妒起他来了。"如果能坐在飞毯上飞起来，"他想，"那么这个孩子会抢在我的前边飞走吧！我连跃上马背都不会，怎么可能会坐上飞毯飞向蓝天呢？"阔别西勒紧腰际的皮腰带，头上戴着白毡帽，脚上穿着短勒靴子，一直挂在胳膊上的那一把用绣线菊做柄、镶有黄铜丝、用八股皮条编成的马鞭——这一切使阿曼觉得他坐在飞毯上快速飞上天空是毫无疑问的。

"孩子，喝茶！"小媳妇将心事重重的阿曼从甜美的睡梦中拉了回来。阿曼愣了一下，收回了思绪，看了一眼茶壶，又看了看小媳妇，然后推开放在他面前的碗说：

"我不喝！"他用乞求的眼光看着父亲好像在说，"救救我吧！"

"喝吧！为什么不喝？"阿迪力拜问道。

"喝！"老人对阿曼显示出了老人们才有的直率威严。

"喝吧！走了那么远的路都渴了吧？"小媳妇说道。在座的人开始你一句我一句地劝着："喝吧！喝吧！"

生性鲁莽而娇生惯养的孩子嚷叫道：

"我不喝，谁喝你们用粪便块儿烧出来的茶！"

"哎呀，他说的粪便块儿是什么呀？"老人莫名其妙地看了看儿媳妇。

"爸爸你也别喝！"阿曼将手伸向阿迪力拜的碗，"他们用粪便块儿烧茶，谁会喝用粪便块儿烧出来的茶呀？"

阿曼转过身又看了一眼小媳妇，好像在说：

"罪魁祸首就是你！"

小媳妇则微笑着说：

"我的天啊！他真是一个奇怪孩子！"她用女性所具有的和蔼表情微笑着，惊奇地看着阿曼。

"你们是用什么烧的茶?"老人家问儿媳妇。

"用干粪块儿烧的。"

"不是用干粪块儿,而是用粪便块儿烧的!"阿曼声嘶力竭地说道。虽然他不知道"干粪块儿"是什么,但是认为不是自己所说的粪便,可能是柴火的另一种说法。

"不是粪便块儿,是干粪块儿!"阔别西生气地说道。他觉得这个穿着讲究的城里孩子在侮辱他所生存的山区生活。老人为此哈哈大笑起来。阿迪力拜看着阿曼说:

"哎,你这个傻瓜呀,傻瓜!"

"不要责怪他,不想喝就别让他喝了。"在一边忙碌的老奶奶则说,"他毕竟是个孩子,以前从来没有上过山,他哪里知道这些呀?我给他拿酸奶喝!"

在这期间,阔别西拿来了半个干粪块儿,白色的粪块就在他手中,他一点也不嫌脏。他认为,煤炭有多干净,它就有多干净。而区别在于:煤炭是植物经过几百年沉睡酝酿之后变成的柴火,而干粪块儿则是马粪在一年后变成的柴火。两者的渊源都是植物,而这个干粪块儿不过就是通过马的肠道排出体外的植物罢了。阿曼看着阔别西手中的半个干粪块儿,责怪说:

"你以为我不知道吗?你手中的不是马的粪便又是什么?我也知道,从延安路路过的马车上驾着的役马经常拉这种粪便。"

"那是事实!"老人家用失去光泽的眼神微笑着看阿曼,继续说,"那么你们的马车上的马会排出这种白色的粪块儿吗?"

"你们的马匹是白色的吗?"阿曼反问老人道,"什么?你们的马排出的粪便为什么是白色的?延安路上那些马车上驾着的役马排出的粪便都是黄色的。"

"哎哟哟!"阔别西用大人的讥讽口吻转向阿曼说,"依你看,难道我的三岁黑马必须排出黑粪便吗?"在座的人都哈哈大笑起来。

"你们别笑,别吓着孩子了,让他喝酸奶吧!"老奶奶靠近阿曼,轻声说道,"孩子,喝酸奶!喝吧!"

"酿制酸奶的牛奶也是用这种干粪块儿熬出来的,他不喝。"阔别西很想让别人觉得自己是一个万事通,并且让这个阿曼成为别人的笑柄。

"走开!走开!"老奶奶推开阔别西说,"等着瞧!如果你去了城里,我们也会看看你有啥能耐,你连你是从哪儿来的、站在什么地方都弄不清,只会愣在那里。"

"我的调皮蛋,你这是怎么了?快扔掉手中的干粪块儿,扔掉,洗手去!"

"洗手干吗呀!你看,粪块儿里除了干净的青草还有什么?"阔别西将手中的半块粪块儿掰成两半给嫂子看。他还真说对了,被掰开的粪块儿里有细小的晒干泛白的青草。

阿迪力拜将阿曼搂进怀里,抚摸着他的头说:

"不要不懂装懂!你第一次来草原,这个叫玛依勒的地方,既没有煤炭,也没有树木。他们不用干粪块儿给你烧茶,那用什么烧茶呢?"然后将阿曼放回原位,让他面对自己,又说,"看着我,我问你一个问题:你说一说,你写字的纸是不是干净的?"

"是干净的!"阿曼喃喃地回答道。

"那么,纸张变得白白净净与这个干粪块儿变得白净都是一样的道理。这两个物品的原材料都是植物,一个在造纸厂被加工,另一个则在马的肠胃里被加工。由于两个工厂加工的技术不同,所以纸张的白色与卫生要比干粪块儿好得多。我再问你一个问题。"他将低着头默不作声的阿曼转向自己,问道,"你说一说,火是不是干净的?"

"是干净的!"阿曼的声音比起刚才更加低沉了。

"干粪块儿点着之后就会燃起火,火呢,会提高茶壶的温度,烧开茶壶里的水。那么,你嫌弃这个是不对的,你自己都说火是干净的。太阳也是火,它会净化所有的事物啊!"

小媳妇用一只白色的大碗倒满酸奶,放在了阿迪力拜面前。

"好,我们先喝点儿酸奶吧,最可敬的就是白色呀!"说着,阿迪力拜将酸奶一饮而尽。小媳妇从一盆酸奶中又倒了一碗,放在了老人的面前,然后忙自己的活儿去了,老太太也在那一边忙碌着。老人家对阔别西说:

"去,你去卸下役驼的驮轿,挽起牵鼻绳,把它们放开吧!"说完便拿起面前的一碗酸奶喝了一口,然后又将碗放下了。

"喝!"阿迪力拜将一碗酸奶端到阿曼手中。这一回,阿曼没有犹豫,咕咚咕咚地喝起了凉爽甘甜的酸奶。看到这一幕,阔别西赶紧来到阿曼的身边,满意而殷勤地说:

"喝!喝!全部喝完!喝完了我再去给你倒一碗!"他表现得很热情。看见阿曼不嫌弃酸奶,喝得正欢呢,阔别西顿时尽释前嫌。

"你别催,他会呛着的!"站在远处的老奶奶喊道,"去,你还不快去卸下骆驼的驮轿,把它们放了!"

阔别西去卸役驼的驮轿了。喝着酸奶,老人家与阿迪力拜开怀畅谈城市与山区的变化。

"我们该启程了!"阿迪力拜从座位上站起来。

老人叫来阔别西说:

"你与这个孩子一起骑上我的马,将客人送到铁克谢定居点!"

"不用,我熟悉路,我们自己可以走。再说我得让这个孩子坐在我的前边,而不能坐在后边。"阿迪力拜说道。

这时，小媳妇将一大包酸奶疙瘩装进阿曼的书包说道：

"在路上吃吧。"

阿迪力拜解开马缰绳，勒紧了马肚带。老奶奶、老爷爷、阔别西、小媳妇都来到了他们的身边。可是，阿曼向后张望着，好像有什么事儿没有完成似的退缩不前。

"站在那儿干什么？快过来，我们该走了。"阿迪力拜说道。

"爸爸，我可以拿一簇这种花吗？"阿曼向父亲指着自己身边的一簇长得非常茂盛的马兰草。

"拿，拿吧！"老人哈哈大笑道，"哎呀，他可真幼稚啊！这可不是你们的城市，一根草卖一分钱，要多少都行！真主赐予我们的绿草足够了，这些草可没有主人……"阿曼从一簇马兰草中小心翼翼地抽出了一根马兰草。经过清晨阵雨的洗刷，大自然里这根细长的马兰草拿在手中显得清新翠绿。

"别说是一根，如果你需要，就扯上一把吧！"小媳妇觉得这孩子很有趣，便开玩笑地说。然后她走过去扯了一把马兰草，草尖向外，装进了阿曼的书包里。阿曼抚摸着马兰草的草尖，好像在为马兰草也有地图似的一条条清晰的线条感到惊讶。这时，他感到他的手碰到的不是马兰草，而像奶奶的绿色丝绒大衣。

阿迪力拜从阿曼的书包里抽出一根马兰草想了一会儿说：

"小的时候，我们常用马兰草编织玩耍啊！"

"我们小时候也那样玩耍！"老人说道。他的声音好像后退了六七十年，仿佛从遥远的地方传过来一般。

"我可以用这个给你儿子编织草席吗？"阔别西看着阿迪力拜问道。

"问他自己吧。"阿迪力拜说完，转向儿子嘲笑道，"怎么样？这些草干净吗？你不嫌脏啊？"阿曼无语。

"你别这样！"阿迪力拜让儿子转向自己说，"你看那些郁郁葱葱的阴坡，可不是你那个有吊桥的街道。看见了吗？那些不是清洁工们用扫帚扫干净的，而是大自然的雨水清洗干净的。你再看近处的那条山谷！"阿曼的眼睛像在冰面上穿着冰鞋从绿色的阴坡滑了下来，停留在了被白色、绿色、红色、黄色等五彩花朵覆盖的山谷之上。是黄色花朵落在了白色花朵飞走的地方？还是黄白相间的花朵落在了两朵飞走的红白花朵之上？阿曼为眼前的景象感到惊奇，他这才发现在这儿飞飞落落的是各种各样的蝴蝶。他嘴里喊道：

"蝴蝶！蝴蝶！"便向那边跑去了。

"站住，快站住！你上哪儿去？我们要走了！"阿迪力拜大声喊道。

"我不回去，今天我就住在这里！"阿曼边跑边说。

"他不走，我不让他走，我们要一块玩儿，今天他就住在这里！"阔别西跟在阿曼身后跑过去了。

"这下好了！今天你们走不成了！"老人转向阿迪力拜，一边说，一边将披在身上的细条绒大衣穿在身上，一边大声地对老奶奶说，"把我的猎枪拿来！"

老人挎好猎枪，骑上马背，对阿迪力拜说：

"现在这一带没有人烟，那一边的巴拉克山上有盘羊，你曾经打过猎吗？如果真主赐予，也许会有所收获吧！"

骑上马后，阿迪力拜笑着说："哎呀，祈求真主原谅，我离开家乡太久了，还会打什么猎呀！"

"即便如此——"老人家拉长了声音。

他们沿着阴坡，爬上了远处的那座山峦。午后，玛依勒晴空万里，这两个人一个带着猎枪，另一个没带，他们在山冈上停了一会儿之后，便翻过山冈消失在了大山之中。

残 酒

"哎呀，真够丢人的啊！"阿布尔艾勒围着正在厨房准备烧茶的妻子哈尔哈拉转悠，显得心神不宁。妻子没有回答，只是在餐巾上切着烤好的金黄色平锅馕，然后笑了笑。不知道挂在这双褐色眼睛的眼角上的讥笑蕴含着什么样的秘密？她好像不是在用手中的刀子，而是在用褐色眼睛的眼角切馕。

"哎呀，真丢人啊！"阿布尔艾勒再次重复道。哈尔哈拉看着他，从所有酒鬼的妻子所具有的这种眼神，可以让人了解很多事情。阿布尔艾勒真的是因为客人而感到羞愧呢，还是因为贪婪，喉咙痒痒，内心的某种条件反射让他无法控制自己呢？俗语说：长了癞疤的人看见癞疤，头就发痒。最终，哈尔哈拉"扑哧"一声笑了。

"没有什么可丢人的，我会摆上酥油，放上奶皮，斟上可口的奶茶。大哥不会只来这么一次，以后他还会来的。"

"那咱们什么也不给他准备吗？"

"那就宰一只羊吧！"

"别说是宰一只羊，宰只马驹也行啊，但是大哥真正需要的是什么？还不如……"

"你们今天不喝酒不行吗？"

"行了，行了！"阿布尔艾勒向门口走去，"别唠叨了！"可是他没有走出门，就站在门口转来转去，从这种喜好磨磨蹭蹭的酒鬼身上，可以看到他的妻子以及他们之间的家庭关系中存在一种可怜又可笑的历史，犹如深不见底的山渊。也许，他想去商店买瓶酒，可又不敢问妻子要钱，或者他的妻子那儿也没有现钱。真所谓一分钱难倒英雄汉呀。阿布尔艾勒在门口站了好长时间，又叹了口气，然后走出了门。这一回，他没有说"真丢人啊"这句修饰语，而是用一声叹息表现了自己的窘态。

哈尔哈拉在客人面前铺上餐巾，斟上了奶茶。她的一举一动都显得稳重有礼。再加上客人是丈夫的堂哥，叫阔克依，哈尔哈拉称他为大哥。

"阿布尔艾勒上哪儿去了？"阔克依像渴望回到营盘的骆驼似的坐立不安，根本就没有吃一口摆在餐巾上的各种美味。其实，哈尔哈拉只需要回答"就在附近"或者"在"就可以了，可是她却说：

"马上就来。"也许这是为了不让大哥在精神上感到痛苦吧。

我们不知道阔克依有多聪明，反正他对自己的事情很有经验。对他而言，"马上就来"这句话的含义是："找酒去了，不会空手而归吧，无论如何也会找来一瓶白酒。"一时高兴的他凑近了餐巾，他那双被裹在惺忪的眼皮之中的眼睛里闪动着一丝希望之光。

没过多久，阿布尔艾勒带着半瓶酒闪了进来，虽然只带来了半瓶酒，但是，阿布尔艾勒走进门时的模样就像找来了整瓶酒的人一样神气活现。可是，阔克依并没有对他神气活现的模样感到欢喜，他的眼睛盯着的是那人手中的半瓶酒，所以，阿布尔艾勒在他眼里就像棚圈里的一盏马灯。

"没有找到酒。"阿布尔艾勒将酒瓶子吊在手中。这是一句冷冰冰的话呀！如果阔克依在这之后再次听到这样的话，他的心脏就会停止跳动。家里来了嗜酒如命的哥哥，而这个白痴主人却给这个抱着幻想而来的人带来了半瓶酒精。再这样下去，不仅会让酒鬼哥哥，甚至会让正常人都失去理智呀。简而言之，当阔克依听到这句话时，差点昏了过去。也许，阔克依的心脏在这突如其来的打击下，确实有几秒钟停止了跳动吧！因为，阿布尔艾勒首先说了一句："没有找到酒。"然后，看了一眼拎在手中的半瓶酒精，又说一句："我带来的是酒精。"两句话之间至少隔了三四秒。这就像一个人无忧无虑地坐在万里晴空的草原上时，突然电闪雷鸣，然后又瞬间晴空万里了似的。

"没有找到酒，我带来了'酒精'。"这一句话被完整地说了出来，顿时屋子沐浴在了喜悦之中，也为餐巾增添了光彩。

"加水，加水！"阔克依坐卧不安地说道。"酒精！"哈尔哈拉喊出了声。她快速转过身站起来说：

"等一等！我……"她往酒瓶里加了些水。但是，阿布尔艾勒非常吝啬，前后只斟了五十克白酒。阔克依心里很清楚时间过得越来越慢了，这个期间，他的两鬓已经布满了白发。也许人的头发不是在喝酒的时候变白的，而是在喝酒之前的这种苦苦地等待中变白的吧。如果时间就在这些鸡毛蒜皮的事情中偷偷地溜掉，那么阔克依的生命又会浪费多少？虽然弟媳妇迟钝一点，却是个非常懂事的人。刚才他多高兴呀，弟媳妇竟然大喊一声"酒精！"如果别人的老婆都像她这样，那可是雪中送炭呀，那么世上的酒会多得泛滥，喝都喝不完。区区五十克酒，斟起来花不了多长时间！阔克依一心巴望着喝酒，也许只有想吃肉的鹰像他这样吧，他伸了伸脖子，蠢蠢欲动。

"我向真主祈求，即便对你说过很多遍，也没有找到一点，今天为什么很快就回家了？"哈尔哈拉向自己的男人嘟哝道，"你就斟了这么一丁点呀？！"

"拿走，拿走！"阿布尔艾勒向她示意道。

"加水，加水！"阔克依再次蠢蠢欲动起来。哈尔哈拉将残留在瓶底的一点酒精拿进了正房。虽然阔克依没有听清楚弟弟和弟媳妇之间的一阵嘟哝，但是阔克依那双贼眼却看清了带走的那个酒瓶底部至少残留着五十克酒精。

"弟媳妇喝酒吗？"他问阿布尔艾勒。"她的膝盖有时候会肿起来，为了给膝盖擦点酒才买的呀。"阿布尔艾勒举起掺了水的酒精并晃出了泡沫。

"该死的肿胀，在这个世界上有什么东西不肿胀的？你快点倒你的酒吧，我的内脏已经开始肿胀了。"

当哈尔哈拉再次走进来时，他们两个已经各自喝下了一杯。虽然大哥使人疲倦，弟媳妇自己也疲惫不堪，但她还是再次给餐巾上补充了食物。现在，已经到了入睡的时候了。最近几年，她的"大哥"来得简直没有遍数了，不知多少次，她都不睡不歇，忙着准备饭食，为他们炒下酒菜，使自己疲惫不堪，所以已经非常厌恶了。这一次，她重新烧了一壶茶，将茶壶放在自己男人的身边，便走进正房，准备睡觉。

每一种酒都有它一定的度数，可能就像可以用水银来衡量温度一样，喝酒多少可以用酒杯里的酒之多少来衡量吧。顷刻间，随着俩人仰着脖子咕嘟咕嘟地喝起来，酒杯里的酒越来越少，哥俩的心情也急转直下，由高峰迅速下降，然后开始慢慢滑向了谷底。这里没有大吵大闹撒酒疯的现象，也没有出现这类人在酒精的作用之下常出现的心花怒放、手舞足蹈的癫狂。阔克依离开的时候无声无息，他的手脚也没像以前那样抖个不停。之后，家里被一种过于萧瑟的氛围所笼罩。这时，阿布尔艾勒轻轻地打开了门，轻手轻脚地走过睡梦中的哈尔哈拉的身边，将她放在窗前准备用来擦膝盖的那些残留的酒精拿起来，走进厨房，然后加了相当多的水，并一口气喝了个底朝天。现在还能喝什么呢？他坐在床板上，看了看房间的各个角落，那些角落里哪儿会有什么酒啊！他的眼睛又转向锅灶边，那里也让他感到扫兴，一个家积攒这么多的碗具干什么？他认为自己的老婆是个傻瓜，他也不想进正房，这个嫁给他只有四五年，这会儿正在酣睡的漂亮媳妇没有引起他的兴趣。

正房的窗户"咣当"一声响，阿布尔艾勒怔了一下，他机敏地听着外边的响动，听到有一个人正向门口走来。这是谁呀？三更半夜窥视他人的家门。听到窗户的响声，哈尔哈拉也醒了过来，她抬起了头，发现自己的右膝盖疼痛难忍。她将手伸向了酒精瓶，酒精瓶却不在原来的位置上。她赶紧穿上衣服来到门口。有人敲了外屋的门，阿布尔艾勒问道：

"谁？谁呀？"他说着准备开门。

"是我，把门打开！"站在屋外的人回答，哈尔哈拉听出来这个人是谁了。

阔克依这次返了回来，不知去了多少地方，不知敲了多少家的门啊！门被打开了。哈尔哈拉在正房只拉了个布帘子，没有玻璃的窗户上听得一清二楚。

"您为什么又回来了？"阿布尔艾勒问道。

"我们还要喝剩下的酒啊。"阔克依一边挤进半开的门，一边说。

"哎哟，不是没有酒了吗？"

"怎么没有？我们要喝，我们要喝弟媳妇用来擦膝盖的残酒。五十克酒精再加五十克水就是一百克酒啊。"

阿布尔艾勒低着头嘟哝道：

"那些酒早已经让您的弟媳妇擦在膝盖上了。"

"让她的膝盖见鬼去吧，那个该死的膝盖……你从哪儿娶了个病恹恹的女人呀！"

无精打采的阔克依走过来坐在了板床上，阿布尔艾勒在房中央站着发愣，哈尔哈拉泪流满面。她这么热情地招待，难道从大哥那里听到的就是这些不近人情的话吗？大哥叫她是"病恹恹的女人"。如果没有这句话，她会跑出正房，帮助大哥，戳穿丈夫的谎言，非让他无地自容不可。可惜啊，她已经无颜以对了呀。

哈尔哈拉返了回去，坐在了自己的床上，真丢人啊！她心想："弟媳妇用来擦膝盖的残酒……"她的膝盖越来越痛了，听别人说，用酒精擦拭膝盖，就不会怎么痛了，她对此一直信以为真。

初　寒

天气转凉了，十一月的初寒已经降临，与春天和夏天不同，时间好像把所有的东西都安排在了这个时候似的。这条卵石街道没有为穿着单薄的衣服出门的博凯与玛合丽帕发发慈悲，没有让他们感到些许温暖。不知是因为浑身发冷，还是电影迷玛合丽帕以往的激情闪现，反正她转向了右边的一条街道。就像恋爱之中会出现不易发现的转折点似的，正在讲述甜蜜爱情故事的博凯没有意识到他们已经转弯了。他们在县城俱乐部的大门口停下来。

"我们为什么要停下来？"博凯问道。如果不停下来，他可能会一头撞在一扇大门上。看见俱乐部门前的广告，他才醒悟过来自己站在哪里。

"这是外国电影，爱情片！看吧，无论如何都要看！"玛合丽帕说。

"那么，我们不去那个地方了？"

"可能他自己也在这里边吧！"玛合丽帕一边加快了脚步，一边转过身对博凯说，"你来吧！我……"说着便像一股旋风一般跑进了俱乐部。

博凯在电影院门前贴着广告的地方逗留了一阵，哪一幅电影画面像自己呢？一位比自己稍微矮一点儿的小伙子，从上往下注视着一位苗条的姑娘。姑娘娇嫩的下颚微微抬起，圆而光滑白皙的脖颈像大理石一般凝固在了那儿，犹如两种生物由于引力快速接近，又在这一秒钟内停住无法靠近对方一般。博凯想起了十几天前初次将玛合丽帕拥入怀抱亲吻的场景。他想："玛合丽帕的个头也稍微比我矮点啊。"他目不转睛地看着宣传画中的姑娘。"这位姑娘的眼睫毛为什么往上翘呢？是否在这种长时间目不转睛的凝视中，所有姑娘的眼睫毛都会这样翘起来呢？"玛合丽帕浓黑的眼睫毛呈现在了自己的眼前。他在心里想："我们为什么不待在家里呢？……她怎么会想起去朋友家呢？"

玛合丽帕又出现在俱乐部门前水泥台阶的最后一层，催促博凯道：

"还站着干什么？快进来，电影就要开演了！"这个时候，除了极个别的人迟到之外，人们早已坐在了俱乐部里。

人啊，每一分钟都有自己的渴望，赴约的傍晚渴望见到恋人；度过漫长夏日夜晚的人渴望着黎明；电影屏幕上精彩故事的开端——所有的这一切，别说是每一分钟，就是每一秒钟也像一辆牛车那样在缓慢地滑动着。当玛合丽帕与博凯进入俱乐部的时候，观众的心情就是如此，这种状态比任何娱乐活动都显得安静，而且井然有序。

玛合丽帕在门口稍微停了一会儿，带着博凯走向右边一侧的空位子。从县城范围来看，这家原来挺大的俱乐部，今天为何变得如此窄小？就像一个吃多了各种美味佳肴的人被撑住了一样。今天这家俱乐部的肠胃毫不选择地吞下了所有可以下肚的东西。

"平时不会有这么多人来，"玛合丽帕与博凯并排坐下来说，"位置有点偏，可能看得不太清楚吧，别的时候由于人少，我经常会选择自己喜欢的位置去坐。"

"不按号入座吗？"博凯问道，想看一看玛合丽帕手中的票号，便转过身子看着她，问道，"我们坐对了，还是坐错了？"

"安静一点！电影开始了！"玛合丽帕用右膝碰了一下他。

人们急切渴望着的这部著名外国悲剧电影，一开始就出现了高潮——刀光剑影，惨不忍睹。没有买票就偷偷溜进来的几个顽童像黑色的影子一般从各个角落钻了出来。检票员是年轻的媳妇儿哈迪夏，她轻手轻脚地走过来，开始用手势让他们退出俱乐部。由于俱乐部里的光线暗了下来，电影开演了，来晚的一对夫妻不好意思寻找自己的座位，便站在了后排。哈迪夏抓住两个孩子的肩膀将他们拎出了门外，然后到这对夫妻身边问道：

"你们的票呢？"那个男人给她看了看电影票，像精通冬不拉的冬不拉手知道该用哪个手指弹琴一样，哈迪夏对自己的工作也非常熟练，她毫无差错地将他们带到了他们该坐的座位上。

"这两个位子是这两个人的。"她弯腰轻声对博凯说。虽然坐在这儿，但是博凯的灵魂早已与电影中波澜起伏的人物命运融为了一体，陶醉不已，神魂颠倒。冷不丁听到了突如其来的声音，他好像从梦中醒来一般有些发怵。

"这个座位是这俩人的……你们的……"哈迪夏又说了一遍。

做贼心虚的玛合丽帕从座位上一下子站了起来。

"坐下！坐下！"后面的人喊道。"玛合丽帕，坐下呀，你这是怎么了？"坐在附近的几个认识她的姑娘和小伙子嘟哝道。手足无措的玛合丽帕像一只腹部遭到火烧的猫儿一样频频弓着腰。

"你们的票在哪里？"哈迪夏弯着腰站在两排座位之间问博凯。"票在哪儿？"博凯把手伸向玛合丽帕。

"我没有买上票……"玛合丽帕吞吞吐吐而又有气无力地才说出了这句话。

"那就请你们站起来！请把他们的座位让出来！"听到这句像法官的

判决一般的话，就像有人在博凯的脸上抽了一下一样，他的脸马上变得通红。周围传来了窃窃私语，还有责备的声音：

"哎呀，正看到最精彩的地方呀！"

"真是大煞风景啊！"

"没有买票就进来了！"

"真丢人啊！"

"这种人就应该罚款！"

"看来，那个小伙子是玛合丽帕的男朋友吧？"

"不要提那种连三毛钱一张的电影票都买不起的男朋友了！"博凯的脑袋好像炒麦子似的发昏，一股气憋得他喘不过气来，好像有谁将他从爱情的怀抱里拽出来，脖子上被拴上了一根绳子，在羞耻的街道上被人牵着游行一般。他难以忍受这些像利弹一般的话语，便毫无顾忌地站起来走开了。从速度和暴躁的程度来看，小伙子和姑娘之间的分手是无疑的了！看着这种毫无顾忌的离去的背影，任何一个人都不难看出在他内心深处的挣扎。那些这样看待博凯，并目送他出门的嘲讽眼光，现在又转向了玛合丽帕，那些眼光像棱镜反射夜光似的闪着光泽。玛合丽帕犹如一只飞进天堂之门的美丽的鸟，现在却像被地狱之火烧燎而变得面目全非，艰难地拖着翅膀走出了地狱之门。

"为什么不买票就进来了？"哈迪夏与玛合丽帕并排走着问道。

"担心电影开演，太急了呗。"

"你还敢说'太急了'！那个小伙子根本就不知道你没有买票啊，你让自己，也让那个小伙子丢尽了脸。"哈迪夏抓住玛合丽帕的肩膀，把她转向了自己说：

"你听到别人怎么议论你们吗？"

"议论什么？"玛合丽帕提心吊胆地看着哈迪夏。

"他们议论你的男朋友甚至不值三毛钱一张的电影票！"

"不值三毛钱……"玛合丽帕呆若木鸡地看了看周围，问道，"他在哪里？"

"走了。"

"去哪儿了？"

"还能去哪儿？俗话说：男人凭借兵戈扬名显姓，飞禽凭借禽座审时度势。小伙子就是鹰，驯鹰人最担心的是山鹰受到惊吓，如果山鹰受到惊吓，哪儿都会去的呀！谁知道呢？他是去了天山山脉，还是去了阿勒泰？既然长着翅膀，就会飞离呀！"

玛合丽帕浑身发冷，行尸走肉一般来到了门口的靠椅上坐了下来。

"该走的男朋友已经走了，你还是坐好看电影吧！"

"我不看！"恼火的玛合丽帕转身就走。

当哈迪夏走到大厅时，看到了来回踱步的博凯。

"售票员在哪里？"博凯还没有走近哈迪夏就问道。

"回家了。"

博凯将三毛钱纸币放在了哈迪夏的手中，说：

"你都看到了吧，竟然还有这种让人丢人现眼的事儿！她用三毛钱就把我给卖了，她把自己的爱情看得连三毛钱都不值啊！"博凯准备走开。

"这钱怎么办？"哈迪夏好像抓的不是钱，而是一把火似的焦虑不安地问道。

"我的良心无法承受不付钱就偷看电影的行径……我走了！"听到博凯熟悉的声音，希望之光仿佛在玛合丽帕眼前闪了一下，当她跑出来时，只看见了博凯那件黑大衣的一个角。

"你的钱！你的钱！"追着博凯跑出来的哈迪夏跑下台阶时，博凯早已经跨出了大门。

经过最初的打击，已经恍恍惚惚地坐在门槛上的玛合丽帕，听到了传过来的那个熟悉声音，便莫名其妙地随着声音跑了出来。可是，即便追过去了，自己又该对他说些什么呢？这是爱慕的最愚蠢的一种表现形式。即便她与哈迪夏同时来到大门口，她的脑海里也没有一点站得住脚的想法。

"走了。"哈迪夏看着街道的两侧，然后将那三毛钱交给玛合丽帕，说，"这个钱给你吧！"

玛合丽帕呆呆地看了一会儿，莫名其妙地问道：

"这是什么钱？"

"这是你的男朋友交给我的，他说，他的良心无法承受不付钱偷看电影的行径。"

"对此，他没有任何过错，全是我的错。如果真要付钱的话，应该由我来付才对。"

"当然应该由你来付，可是时间已经过去了，别说是三毛钱，即便你现在花上一千元也无法让它恢复原状。"

玛合丽帕不知所措地愣在了那里。哈迪夏将那三毛钱装进玛合丽帕外衣的口袋，然后快步走进了俱乐部。当玛合丽帕将手伸进口袋又抽出来时，三毛钱就握在了她的手心里。

"三毛钱！"她自语道，"区区三毛钱，是够吃还是够穿？为博凯购买三毛钱的电影票，我会穷到哪儿去呢？……活该！"她厌恶地看着这三毛钱，把它像刺猬一样蜷成了一团，然后扔了出去。一张两毛，一张一毛的两张纸币叠在一起飘落在了地上，它与十一月的初寒一起颤抖着发出微弱的瑟瑟声。

月光从围墙外照过来，路面一半白亮，一半阴晦。玛合丽帕走在俱乐部围墙的阴暗角落，像走在爱情之路上会碰到意想不到的转折一样，拐进了那个她自己熟悉的拐弯处，转了个身，然后很快地消失在了夜色之中。

聂耳达斯坦

听说今天有一场聂耳音乐晚会，为此我感到心神不宁。从窗前向外望去，山峦那边浓云飘移，预示着将有一场暴风骤雨。有时发生在某个人身上的事件正好与大自然的变化相吻合。

那时，你无法分辨究竟是暴风？是音乐？是雨水，还是诗歌？在很多音乐中，尤其在独奏的乐曲中，最初会有一股冲击序幕的波浪，我不知道这个在音乐语言中该怎么表述。当我们来到人民剧院门口时，大自然的一场暴风骤雨也刚刚开始。

一般情况下，所谓的戏剧就是第二种幻想世界。人的理性经常将"第二自然"集中在剧院里，仿佛它会给你愉悦的精神馈赠似的。在这里，仿佛每一种东西都复活了一般。

你们知道在这个世界上，看起来非常渺小的人可以做怎样伟大的事情吗？这些平凡的人本身又是多么好的典型啊！而我会将聂耳放在这些平凡人的最前列。"起来！不愿做奴隶的人们！"——这是多么伟大的力量！现在，这种力量弥漫在整个剧院。诗歌产生于智慧和觉悟，而音乐则产生于精神和感觉。中国的每一位公民都曾经从伟大的音乐——《义勇军进行曲》中获取过精神滋养，振奋精神。聂耳就是这首伟大音乐作品的作者。

"聂耳是带着一场暴风、一股冲天巨浪一般的音乐来到人间的,他会永远活在暴风与巨浪一般的音乐之中!"——从舞台麦克风里传来了响亮而坚毅的声音。

"他就是那样。"坐在我旁边的是一个多少有点音乐天赋的人吧,那是一个长得像隼鹰一样灵敏、齐颈的头发稀疏且长、干瘦的、白净皮肤的小伙子。他说:

"聂耳在轮船上谱写乐曲,与暴风和海浪融为一体。"在这儿,他将轮船沉入大海这句话说成是完全与音乐精神融为一体的一种自然现象。

这时,我的眼前又呈现出了一个在高山一样的巨浪之中,展开丰满的翅膀、迎风搏击的形象。他以自己博大的胸襟迎着暴风,仿佛在一种永远都不会停止、永远都不会死亡、无边无际的音乐怀抱里行进。

"如果我没说错的话,当时聂耳二十三岁吧!"说话的还是坐在我旁边的小伙子。我向舞台看去,舞台上悬挂着的一幅年轻小伙子的照片,引起了我的注意。

那个小伙子好像与我同时看见了那张照片,说:"多么年轻啊!"音乐还在演奏,犹如一个灵魂在暴风巨浪里挣扎,天旋地转,那个年轻小伙子骑着骏马驰骋在暴风巨浪之中。

我感到惊讶,我非常清楚究竟是精神第一,还是物质第一。但是,在这里,大自然好像故意有意识地参与到人的命运中似的。那位像暴风又像巨浪的作曲家就在这疾风险浪之中悄悄消失。

我想起学生时代的一位朋友告诉我的一个故事,是关于莫扎特的。"你对诗歌很感兴趣。"他说,"但是,那首诗还在你的心里吗?"

"大自然会赐予人一种财富,如果你的灵魂中存在诗歌的点滴,你就会成为诗人。例如,莫扎特是怎样成为莫扎特的?莫扎特自己就是

'一个犹如小提琴一般的人物'。他在六岁时，就获得了欧洲著名音乐家这样的称号。"

我们两个是同桌，他叫贾合帕尔，听说他现在在北京艺术学院读书，今年就要毕业了，我想今年夏天一定要与他见上一面。

"莫扎特的身子骨特别轻。"贾合帕尔很激动地说着，就像一个充满幻想的人，"莫扎特去世时，他的尸骨竟然被风吹走了。谁愿意成为有才能的音乐家，命运就会赋予那个人奇特的才能。如果他演奏小提琴，那么他的小提琴就会具备莫扎特的胸襟，而他的琴弦就好像是用莫扎特的心弦做成的一样。"

我对他开玩笑说：

"也许你的冬不拉也会具备这样的气质吧？"他确实有一把用杨木做成的冬不拉。他给这把冬不拉安装了两根用山羊肠子做成的琴弦，那琴弦已经断成一截一截的了，常常发出刺耳的声音，吵得我们无法入眠。而同宿舍的七个同学中还有三个会弹奏冬不拉的，而且都比他弹得好。

他生气了，便说：

"我不说了，你是个傻瓜，不知道珍视天才。"

过了好几天之后，我们才又有了讲述莫扎特故事的机会。每天晚上熄灯之后，我们就在宿舍里讲故事，朗诵诗歌，或唱几首歌，闹腾一两个小时。终于有一天，在一个漆黑的夜晚，我们的话题又回到了莫扎特的故事上。

"莫扎特最著名的乐曲之一就是《安魂曲》。"贾合帕尔说道。直到今天，我都不知道他说的是真是假。他又开始激情讲述："也许莫扎特已经知道自己将会死去，所以在他即将谱写完《安魂曲》的时候，死神敲开了他的门扉。"

听到这里，我们在漆黑的夜里全都坐了起来。当时，我们的耳边好像有一种忧伤的音乐渐渐传来，仿佛有人在虚幻的角落敲着门扉似的。

"不知道是哪一年，"贾合帕尔说道，"反正是在某个时期，法兰西国王的儿子去世了……"

我们常常听到的东方传说故事都是这样开始的：很久以前，有一个财主，他只有一个儿子……我们就是听着这样的故事成长起来的。而这则欧洲故事也是这样开始的。"国王的儿子去世时，诗人赶来为他谱写挽歌，长老、托钵僧、圣贤们掌起了灵灯，人们走进清真寺，为此向真主祈祷……"可能当时贾合帕尔不大清楚天主教、基督教、教堂，要不然，他甚至会将故事带到梵蒂冈去，并让罗马教皇也参与到这个事件中来。

根据他的讲述，当时整个欧洲陷入悲痛忧愁之中，大型吊唁活动开始了。谁也不敢在国王面前用悲伤的话语，或者用忧愁表现这件悲伤的事情，只有用音乐语言来表述了。国王召集臣民，寻找可以谱写《安魂曲》的作曲家。很多作曲家前来，谱写了很多哀悼的乐曲，但是，在这些乐曲当中，没有一首让国王中意的。当国王问起还有谁能够谱写这类乐曲的时候，有人便禀告说还有莫扎特可以谱写。因此，为了给国王的儿子谱写《安魂曲》，一个穿着黑色服装、蓄着黑胡子、骑着一匹黑骏马的人走出皇宫去寻找莫扎特。当那个人走出皇宫的那一刻，莫扎特就感觉到了自己的生命即将结束。他不让任何人靠近自己，独处一隅，坐在家里开始谱写《安魂曲》。

当时，莫扎特就像站在生与死两界之间的幽灵一般，并将这种幽灵和自己的悲痛融入了音乐的波浪之中。也许，当时他的神经已经十分羸弱，自己也变成了一张只能发出羸弱声音的唱片了吧。他的幽灵犹如仙女的翅膀，带着他在天地之间恣意地久久飞翔。他忘记了自己，忘记了自己的生活，音乐之神带着他沉醉于辽远宁静的天堂，他的感觉，他的精神世界通过他那双神奇的手指轻轻地向天空飘游。

正在这时，那个穿着黑衣服、蓄着黑胡子、为寻找可以替法兰西国王的儿子谱写《安魂曲》的作曲家的人敲响了莫扎特的门扉，也就是死神敲响了门扉。莫扎特最后的灵感好像在——断裂，他准备将自己的灵魂交给这首乐曲，然后离开人世。那个穿着黑衣服的人走进了房间，莫扎特便永远闭上了眼睛，他的神经一根一根地断裂，血液停止流动，音乐只为死神的最后一次敲门而结束。"今天，我们确实为之惊讶。还有比这更神奇的。"贾合帕尔说，他的外貌看似完全沉醉于这个故事当中了。"第二天，成千上万的人为这位伟大的作曲家送葬，绵延几里的送葬队伍来到了郊外。乐队开始为莫扎特的《安魂曲》首次演奏做准备。这时，乌云密布，狂风大作，大自然仿佛与这首哀乐交融在了一起，与千千万万的人一起悲哀哭号。谁也顾不上谁，昏天黑地的狂风摧枯拉朽，竟然将莫扎特的灵柩抛上了天空。"

麦克风里又响起了关于聂耳的讲述，之后又响起一首乐曲，那是《黄河颂》。现在我的记忆里响起的不是《安魂曲》，而是狂风一般的生命之歌，好像聂耳依然活着，驾驭着音乐的翅膀在飞翔。拔树掀屋的狂风，巍峨雄伟的山峰，郁郁葱葱的森林，缥缈浩荡的大海，这一切是多么神奇啊！如果一个人能将这一切都装进自己的胸襟，那么，他会成为一个什么样的人呢？仿佛古老的喜马拉雅山渐渐升高，高耸入云的雪山引领着我走向无限的崇高。我再次看着舞台，现在，仿佛有一位伟大的人物正升腾到刚才挂着二十三岁的年轻人照片的地方，他仿佛将这样一个宏大的场面拥了自己博大的胸襟中。现在，我的眼前仿佛也掀起了一片自由而巨大的波浪，然后是无边无际的北方原野。仿佛每一片胸襟中都有苍苍茫茫的大兴安岭森林在呼啸飘摇。瞬间，我回想起过去的岁月，那时，不知有多少条街道都成为了游行示威的海洋。

"起来！不愿做奴隶的人们！"——在那一刻，这一切在我的脑海中一一闪过。我们好像就在那一天，第一次同声唱起了这一首歌！那不是一首一般的乐曲，不是一段普通的歌曲。那一刻，我们全部都拥有一种完美的战斗精神，每一位男子汉都准备为此奉献出自己最纯洁的生命。如果是一个凡夫俗子会怎么样？是啊，就是这样的一个凡夫俗子能够代表这种伟大的精神。那个人就是聂耳，当时聂耳只有二十三岁。大自然是如何在他只有二十三岁的时候，就将自己的博大精神渗入了他的身心啊？大自然啊，你是多么神奇！音乐啊，你又是多么神奇！我写诗，但是又总在想：我为什么没有成为音乐家呢？不，首先应当成为男子汉。啊！只有你——真正的音乐，才会使死去的人复活！我想起了郭沫若的诗歌："音乐的力量，舞蹈的力量，节奏的力量，美术的力量。"

其实，我真的不知道音乐的奥秘。而坐在我旁边的这位白净肤色的小伙子呢？他现在好像已经完全忘记了自己的存在。过了一会儿，他好像从梦中醒来一般，挪了挪身体说：

"我现在二十五岁。"然后他继续说，"我们在二十三岁时都做了什么？确实，在这个地方，任何一个人都应该考虑我们在二十三岁的时候都做了些什么。"

那一天夜里，我烦躁潮热，仿佛血液在沸腾，在起伏波动的情绪中辗转反侧，渐渐入睡。我梦见自己在一望无垠的大海上，在万顷波浪中搏击。

"聂耳！聂耳！"呼喊声轰然响起。

一个伟人在指挥着由巨人组成的合唱，他的头发犹如春风中飘逸的浓密乌云。大型交响曲犹如远古巨大的霍布孜琴一样，在大海的波浪上翻滚着，时而远离，时而靠近，时而扶摇直上苍穹。瞬间，我觉得自己还在学生时代，在地理课上，站在地图面前，听老师讲解关于山川河流、城邑原野的课程，而我在重复这些课程的内容……

又是那首歌曲，又开始了……地面上，伟人用手敲响了一面巨大的鼓……

我醒了过来，附近工厂强烈的轰鸣声与我在梦中听到的巨大声响交织在了一起。我又想起了贾合帕尔讲述的故事：在莫扎特谱写《安魂曲》时，死神蹑手蹑脚地走来敲响了门扉。《安魂曲》在死神的敲门声中写作完毕，莫扎特至此了结了自己的一生。而我沐浴在东方金色晨曦的光辉中，在生命之歌——工厂的轰鸣声中醒了过来，我穿上衣服去上班了。但是，我很想告诉别人自己所经历的神奇感觉，或者很想写下来。就在这个时候，我收到了贾合帕尔的一封信，他在信中写道："我今年将从艺术学院毕业，而我听说你已经成为了一位诗人，祝你成为德艺双馨的诗人！"我已经有十年没有与他联系了，我知道他想在十年中有所建树之后，再来与我联系。

"我在谱写一部关于聂耳的交响乐。"他说，"当我再见到你的时候，会为你演奏这部交响乐，而你应该为聂耳准备一首叙事长诗，到时，你必须朗诵这部叙事长诗，我会像听到了一段精彩的音乐一样赏心悦目。此致：你的贾合帕尔。"

我也给他写了一封回信，然后便开始了写作。我在纸上写下了题目：聂耳之歌，副标题是——献给我的朋友贾合帕尔。之后，叙事长诗的第一行便跃然纸上，然后一发而不可收。

油画艺术

我们在画室对面的房间工作，正准备午休。

"我的朋友来了！"还没有等门开，哈列里就说道。我们马上就知道他说的朋友是谁，我又想起了那一幅巨大的油画。在画室的正堂，有一幅哈列里画的油画——《我的朋友》，画的是一位农民。我们多次欣赏这幅油画，人们只有在幻想之中或者在电影中，才会看到这种没有生命的人物竟然拥有了如此栩栩如生的形象。现在，在我的眼前，画室正堂上的那一幅油画《我的朋友》上面的人物已经走了下来，往这边走来了。

"走吧，走吧！"哈列里说着，领头向前走去。当我们跨过画室的门槛时，坐在沙发上的一位蓄着胡子、身材高大、魁梧英俊的人站起了身，这是我第二次与这个人握手。这时，我的脑海中又闪现出了有趣的画面——还是《我的朋友》那幅油画上的人物，他从画中走了出来，并向这边走了过来。这个人的名字叫阿西木，平时我们在他的名字后面总爱加个后缀——老人。

"坐吧，孩子们！"阿西木老人说，"坐吧，我给你们带来了礼物。"他从稍旧的褡裢里拿出了一个皮囊，还有一个甜瓜、一个西瓜和一个小包裹，他将这些东西递给哈列里。房间里出现了美好而神奇的景象。

一位普通的农民、小皮囊、桌子上放着的带穗马鞭……墙壁上的油画、用石膏雕塑出的人体、挂在墙上的大幅山洞画像——这一切好像都融为了一体，显得那么和谐优美。我们现在就坐在一座神奇的博物馆里。而且阿西木老人好像将整个山峦原野、草原景色与自己一起带来了似的。

*   *   *

我们是在一年前见到阿西木老人的，他当时的装扮与现在一模一样，当时他也正好就在这间画室。阿西木老人在离城镇不远的一个阿吾勒从事农业生产。有一次，老人参加了表彰模范农民的会议，在城里逗留了大约一个月。那天，他正好准备回家，哈列里把这位老人请来，就在这间画室为他画了像。那时的老人犹如一只正要腾空飞起的雄鹰一样，他那硕大的鼻子，衣领下边裸露的结实威风的胸膛，颌骨下凸起的两根血管——一切都显得那么神气！以前我们只在想象中见到过这样的人物形象，现在却与这样的一个人物形象坐在一起。这种人物，只会在几十年漫长的岁月里，只会在优美动人的草原和田野中产生。这个人脸上的每一条皱纹里不知留着多少缕阳光，多少久远历史的艰难脚印和多少时间的印痕啊！

当我第一次见到这位老人的时候，就想起了摩西。那时，我刚上初中。有一天，老师在讲述一段中世纪历史时，让大家看了课本里的一张伟人画像，这个人的名字叫摩西。从那以后，摩西的形象就深深地刻在了我的记忆中。一年以后，阿西木老人的形象也同样深深地刻在了我的记忆之中。摩西是什么样的？他威严、朴素、高傲而又坚毅。摩西的画像是由意大利十六世纪伟大的画家米开朗琪罗画的，而阿西木老人现在的形象恰如当年意气风发的摩西。你看，戴着枷锁的摩西挣脱了中世纪的锁链，刚刚来到了你的面前，就像米开朗琪罗用自己的双手雕塑了他，并安放在了那里一样。

　　农民是比所有人更接近大自然的人，从农民身上你可以感受到大自然清新的气息。有时，你都想摸一摸老人家那青筋暴起的大手，那些手指仿佛很有灵性，就是这些手指，它们什么都做过。阿西木的容貌犹如一座连绵的山峦，他浓密的灰胡子会让你联想到郁郁葱葱的森林和连绵起伏的山峦。当这个人纹丝不动地坐在画家的面前，作为观众，你的心中也会燃起勇敢坚强的火焰。你或者成为这种坚强的巨人，或者成为画出这个坚强形象的画家——这是多么地美好啊！

　　老人好像挪动了一下身体，这时，仿佛整个大厅、山峦、森林，还有画家全都摇动了一下，然后又恢复了原样。尤其是画老人的眼神，这给哈列里带来了很大的压力。这双眼睛的深处，不知隐藏着多少奥秘，多少真谛。那双注视着一切的眼睛，仿佛是用棕褐色和绛色混合炼制而成的。他那两个眼角处的皱纹，在快延伸到宽大颌骨的地方时逐渐变浅。这些皱纹远远看起来就像一座连绵起伏的山峦的皱褶，那是大自然，是历史在一年又一年漫长岁月里的杰作吧。

　　那一天，我第一次饶有兴致地欣赏了绘画艺术。

　　与今天一样，当时画室里的油画作品琳琅满目，美不胜收。但是，这种美不是因为绘画自身的特点、整齐和有序而显得美丽，而是因为它显示出了一种自然的美。

　　我不懂绘画艺术，不知道绘画究竟是看着人像，还是看着自然景物去画呢？还是经过思维提炼之后，再进行创作呢？无论如何，我总觉得那一天有一件事做得不够彻底。将一只在自由自在的草原飞翔的山鹰从大自然的怀抱中分离出来，拿在手上看时，它可能无法展示自己原来的形象，原本拥有的美丽吧！也许熊只能在自己生活的崇山峻岭里才能显示自己的雄性吧！老人在座位上挪动了一下，这时，画家的心里好像正在奏响一首完美的交响乐。

"我要坐多久？"老人又挪动了一下身体，他好像想起了什么，便向窗外看去，远处是天山连绵起伏的雪山，再往这边就是一片辽阔的褐色原野。老人知道自己的阿吾勒和土地在这片原野上的确切位置。而哈列里觉得有一样东西，例如一只美丽神奇的飞禽从自己的指间轻轻地移动，然后飞离一般。也许，在这个时候，他的整个身心就像小提琴疲惫的琴弦一样已经变得非常羸弱，马上就会扯断一样吧！

"就剩一点儿了。"

"不，我要回去！"老人说着，便从座位上站了起来，准备动身，话音很沉重，他好像因为某种东西而显得心神不宁。对老人而言，这个五彩斑斓的画室、各种油画、摆设、造型、绘画工具、颜料——这一切对他来说都没有任何用处。他需要的则是那远处的山峦、原野、森林，还有他美丽的土地和连绵起伏的山梁。在他的心里，大自然的风景更美丽，他自己也犹如大自然一般。画家好像被吓坏了，他心中涌荡的交响乐也好像戛然而止，他手中的艺术之鸟飞得无影无踪。正如人们常说的那样，他就像一个失去了灵性的巫师一样顿时无精打采。一个在理发店理发的顾客，由于突然有事，只理了一半头发和胡子便焦急地走到大街上的情形如何，那么，这位画家当时的情形也如何。他拿着画布和颜料以及各种绘画工具忙活起来：

"不，就剩一点儿了，您坐一会儿吧，我们会根据您坐的时间给您付钱。"这句话好像使老人更加恼火。

"不，我不要钱。"他说这句话时，露出了一种嘲笑的表情，胡须稍微动了动。然后他走到窗前，看着那一片一望无垠的原野，好像在寻找自己的阿吾勒所在的位置。这个时候，他的眼里闪现的不是钱，而是

——掠过的庄稼、山脉、丘陵、山谷、沟壑。

"我走了!"他边穿外套边说,"改天再来,或者你们自己过去吧!"

他再次微笑了一下说:

"如果你们需要的是老头子,我会帮你们找来各种老头子。"他说着,便准备离开。

已经跑出去了的哈列里,就在这个当儿找来了一辆小轿车。"我们马上送您回去吧!"哈列里扶着老人的胳膊,像扶老人跃上鞴好马鞍的马背似的将老人扶进了轿车里。哈列里的油画、颜料及绘画工具仍然在他的手里。

这件事也使我激动不已,那一天,我竟然不知道自己是怎么情不自禁地与他们一起离开县城的。我们沿着辽阔的原野往上走,原野上已经冰雪融化,地气蒸腾,弥漫着暖暖的气息,但阴坡一带还有一些斑驳的积雪。也许是很少走出城市的原因吧,我从来没有像那天那样醉心地欣赏过大自然。

我们三个人默默地欣赏着大自然的风光,这里没有一排排松树,也没有茂盛的森林,只能看见稀稀拉拉的树木。这个时候,从雪堆下面探出头、沐浴着阳光、冒着湿气的一块普通石头都会有很大的魅力啊!远处山坡上拖拉机的轰鸣声,就像原野交响曲中的大鼓一样捶击着你的血管,使之欢快地跳动着。

在这里,一只山雀的鸣叫声都有无限的欢乐!老人家这会儿也仿佛沉浸在了春天非凡的气象之中。这时,你简直无法分辨出究竟老人是画家,还是那个画家是画家,抑或是大自然是画家?鲸鱼只有在自己生活的大海中,才会展现自己五光十色的光芒。现在,这片大自然好像已经沉入了老人的胸襟。这时,我又想起了摩西,但是,这是另一个完全不同的摩西,他的形象好像是从大自然中产生的。这就犹如自由自在的山鹰，在明媚的春天，在天空展翅飞翔。原来那个画出摩西画像的人自己就像一个时代呀。而现在这个时代、这位老人、这个大自然不是由米开朗琪罗，好像是由另外一个伟大的画家画出来的一般。

辽阔的褐色原野，就像一个闹市，可以看见远处一排排拖拉机在轰鸣耕作，喧闹得像一群大鸨。人们也像欢乐的鸟儿一样，仿佛都有一种隐形的翅膀。这些鸟儿冬天在另外一个地方过冬，现在来到春暖花开的地方，叽叽喳喳的，热闹非凡。一群雷鸟从远方的雾气之中飞来，到那边的山坡上便消失得无影无踪，就像融入了这个春天，融入了褐色的大地，与之浑然一体。我们也像这些雷鸟一样迅速飞过来，然后停下来。

"这儿是我们的耕地！"老人边下车边说。

近处，一位穿着蓝色长衫的小伙子用三匹马套着双铧犁，正在耕种一片土地。潮湿的土地经过铧犁一路犁过之后，在阳光下形成了两道长长的犁沟。

"这是我的儿子。"老人说道。这会儿，老人对自己的儿子，而且对儿子使用的三匹役马都很满意。

理解一个人的内心世界是多么不容易啊！而这个时候，老人的胸襟是多么辽远啊，好像要把这一片土地紧紧拥在怀里，深情地去亲吻它。他可能还想看一看春天更加辽远更加广阔的景色，便快速爬上了一个土坡，然后醉心地打量着四周。一个月之前他去县城时，这片原野还被皑皑白雪覆盖着，一片沉寂，没有一点生机。现在——春天，快乐的鸟儿在老人家的胸襟中自由自在地飞翔，广阔原野上的一切都显得那么生机盎然。这里究竟是春天里广阔的农田呢，还是春天里像他这样神奇而又伟大的农民宽阔的胸襟？简直无法分辨。这成为了一个神奇的社会实习活动。老人家站在土坡上，而哈列里则开始画起了这幅神奇的画面。也可能在油画创作的过程中，偶尔会遇见这样令人心动的美好情景吧。对哈列里来说，从来没有过这种灵感油然而生、技艺瞬间升华的时刻吧。不是想象，而是大自然奇异的力量和技巧使他通过自己的手重新创作这一幅画。

现在，他是在画这位老人的言行举止和肖像呢，还是在画他身后那个五彩缤纷的春天景色？这一切好像都融在一起了。此刻，老人家的眼神里的那一丝火焰显得多么神奇啊！这一丝火焰渐渐燃开来，给你展现另外一个更加辽远的空间。在那个空间，成千上万默默无闻的劳动人民辛勤劳作着，金色的春天闪耀着迷人的光彩，身边的犁铧，远处灰鹤清脆的鸣叫声——这一切全都装在哈列里的脑海之中。

这位老农民则将这一切整合在一起，进行重新塑造，然后放置在了这个土坡上，仿佛这就是他伟大精神的纪念碑。哈列里觉得这一切并不是自己观察之后画下来的，而是阿西木老人与那个小土坡一起跃然纸上的。辽阔的原野也非常自然而又威严地置于这幅油画上。

近处，那个小伙子的三匹役马正向前走去。我们好像从纸面上就可以听到马蹄着地时发出的清脆声响。靠边上的那一匹白额枣骝马多么神奇啊！你看，它的左后腿刚从松软潮湿的土地里抽出来，你会有一种情不自禁地想去抚摸一下犁铧尖的冲动，新翻的黑褐色土地上凉爽的湿气好像滋润着你的肌肤。

老人家的额头上就有这样的一道道皱纹，但是，现在这些皱纹不代表衰老，而代表着欢乐的春天。这些皱纹上深褐色的色彩会给你一种身心释然的舒适。画家的这些色彩，好像是从这片冰雪刚刚融化、湿气还没干的褐色原野中取来的一样。油画画完了，老人家来到了山坡上，盘着腿舒舒服服地坐下，拿出褐色的烟杆醉心地抽起了烟。

原来，画室正堂上的那幅油画——《我的朋友》就是这样画出来的。到现在，已经有一年的时间了，可是这幅画就像当年的摩西一样不知会保存多少年啊!

*　　*　　*

从那以后，阿西木老人家与哈列里成为了像亲戚一般的好友。今天，老人家专门从山里赶来，他坐在那里，稍事休息后，哈列里带着我们去了他的宿舍。

阿西木老人家脱下了外套，好像回到了自己的家一样，开怀畅谈起来。不一会儿餐巾铺开了，我们摆上了城里的食品，而老人家带来的甜瓜、西瓜等则成为了另一道亮丽的风景。老人家坐在正堂上，餐巾上摆放的小碗中还有一碗浓稠的酸奶——这一切好像是一个和谐的整体。老人家讲述着原野上的生活。老人家仿佛将趣意盎然的原野生活带进了这间屋子似的，我眼前一会儿闪出巍峨的山峦，一会儿掠过辽阔的原野，一会儿是一望无际的庄稼。

这次聚会好像又将去年春天的那幅画——站在土坡上的老人家那神奇的形象带了回来似的。这个形象是怎样被安放在画室的正堂之上，那么，它也以同样的方式安放在我心灵的正堂之上。老人家还在不停地说着。哈列里的眼睫毛闪动着，他的手指又开始动了起来。也许，他又在构思另一幅油画了吧!

那一年的夏牧场

一

　　"这一年的夏牧场是我们的最后一个夏牧场。"——人们常用这样一句经典的话语来形容那一年的夏牧场。我们不知道这种"经典的夏牧场"在别的地方是什么时候结束的。值得一提的是，所谓夏牧场有两层含义：一层含义是绿树成荫、鲜花遍野、水草丰茂、微风轻拂的夏季定居点，也就是自然界的夏季风光。而第二层含义则与人们的生活习俗有关，即夏季两个月的欢庆娱乐，婚嫁迎娶。当然，从自然的意义上把它叫作"经典的大自然"则显得有点唐突。而第二层含义上的夏牧场，即与人们的情感相互关联的夏牧场，则与艺术、文学，甚至各种竞技运动相关联的部分更是精彩纷呈，美不胜收。每一个民族都有过自己的经典时代，即便历史短暂，然而歌曲、音乐、技艺、文学、舞蹈等，包括建筑设计在内都有过这样渐臻完善的阶段。当然，这些都是依照阶段顺序出现的。为什么这种阶段在各民族中具有其独特的不会重复的区别呢？世界还没有纯粹的民族融合，这种民族融合现在才开始，只是在民族融合之前有一个过渡阶段。最引人注目的是鹰帽被取下，人们为走向民族趋同而做准备——这就是刚才我们所说的那个阶段，这个阶段在各个国家、各个时代都存在，差别只是进程的快慢而已。但是，无论是部落、族别、国籍，以及拥有财富的多少，总该为后代留下遗产吧。也就是说，这种留下的东西得是完全成型、修饰得粗细适中的，是那个民族的智慧、情感、人民眼睛的光芒，像手印一样看得到、听得见。我们刚才所说的这个东西，也就是经典手艺，它的巅峰已经结束了，结束就结束吧，但是，向真主祈祷吧！不能让它平白无故地结束吧，那可是遗产啊，遗产是眼睛的光芒，是手印的衔接，应该向第二种样式过渡才光荣啊！

贾扎力将计划好的课程提前上完了，在学生们进入考试周之前，腾出了十天时间，回到了在阿勒泰的家中，只住了一天，第二天早晨就匆匆忙忙地向夏牧场进发了。每年八月的最后十天，对他而言也是夏牧场的最后十天。十天也好啊，即便是十天，对于清贫如洗的教师来说，一次果腹就等于半份财富。贾扎力并不贪食，他对荤食并不感兴趣，但对乳制品，比如说柯莫孜①，则爱其如命，让他流连忘返的就是柯莫孜。现在他该怎么办？还好，他毕竟是个老教师，在人们心目中自有威信，谁会对这样一个人吝啬一只羊羔和一盆柯莫孜呢？当他来到起伏丘陵的一处洼地时，还没到正午。在这个山丘洼地，路会分成两岔：一条路顺着山谷上行，又顺着山坡斜行到山口会合，那是迁徙之路；而另一条路则顺着弯曲的路直接到达山口，这是坐骑踩出来的路。咦！真奇怪，还没有到迁离夏牧场的时候啊，这是哪里来的迁徙队伍？这难道是人多势众的部落在迁徙？可以看到，从这一边的山谷出来的迁徙队伍的中部在左侧山崖那边行进，大老远的山口，驿队还断断续续出现。从下坡路走来的两个骑行的人，争先恐后地与贾扎力握手问安，他们寒暄的时间比

---

① 柯莫孜：马奶酒。

较简短。据他们说，这是政府让人们下山，集中在塔斯尔河山脚的秋牧场——荒原上，将所有的牲畜移交给牧场和公社。

"所有的牲畜？……"贾扎力想着，之后会怎么样，他也猜不透。每年，这里的人们不到九月是绝不会离开夏牧场的。天气暖和的年份，直到十月中旬，留下来的人们才会全部迁离夏牧场。我们所说的秋季最甘醇的柯莫孜，就是在这个季节酿成的。马群会爬到生长着红矮草的山坡高处栖息，这里是它们躲避风雨的最佳位置。除此之外，那里还是个险要的地带，曾经发生过马群在风雨交加的日子里，从高山上全部滑落到山谷中，摔得粉身碎骨的事情。想到"全部的牲畜"这句话，贾扎力想：来到酷热难耐、乌烟瘴气的平原，其他的牲畜也就罢了，马匹该怎样忍受啊？贾扎力看到，那些成群的马匹，有序地顺着黑色丘陵的黏土山沟，像洪水般流向两侧分开行进着，并发出响亮的响鼻声。迁徙的牧民被堵在高处的峭壁上，成群的牲畜将迁徙的牧民围得水泄不通。手里拿着套马杆的三四个小伙子从四面围过来，将一大群清一色的青灰马向山脚下赶去，马群像洪水一般急速奔腾。贾扎力躲闪着向一处山冈奔去，并不时地在心里默念："哎呀！经过陡峭的砂石地带，马群的脚掌会受伤吧！"马群仿佛摆脱了敌人似的根本就顾不上这些，一些肥硕的母马和马驹已经在砂石上打滑摔倒，一股脑往下滚。

可能因为这些牲畜明天将要被上交，所以吆赶的人们就以为这些牲畜没主人吧。如果真的如此，那么，人是多么善变啊！这些马群一直被驱赶到终点，而去了那儿之后，又会受到怎样的待遇？他见过那片褐色平原，那儿早已建立了人民公社。没有多余的牲畜，仅靠政府的一点薪水过日子的贾扎力，怎么会不知道呢？

这群马大约有二百匹，仿佛一股蓝灰色的波浪汹涌澎湃，一泻千里。这一带驻扎着富足的叶斯达吾列提部落。这些马匹好像是他们的，但不知是哪一个牧民的。小时候，在下游丘陵地带的一个周年祭祀上，他们部落的三匹青灰马参加赛马比赛，分别获得了冠军、亚军和季军，最后赢得了带有种马的一大群马。这些都是鬃尾飘逸、髻甲隆起、劲势良好、健壮肥硕的好马，它们要去哪里？不择时节就离开熟悉的夏牧场，这些无知的山野之马知道什么呀！数世纪以来在亚洲北部游荡，忽而向西，忽而向东，将许许多多广袤辽远而荒芜的原野掩埋在了滚滚飞尘之下的就是这些坚忍不拔的圆蹄动物呀。真不知道它们会在前方经历什么样的命运。这些马匹的远祖从阿勒泰或者贾依尔一带向这里迁徙，来到这座遥远而起伏连绵的山脉无忧无虑地驻扎下来，已经超过一百年了吧。兵荒马乱的年代曾给七尺男儿带来灾难，但挺身而出就是他们的使命。履行使命就是接受考验，在这千钧一发之际，陪伴男子汉的会是什么呢？就是他的五种兵戈，其中骏马是他的翅膀，这双翅膀，会带他们走遍天涯海角。骑着它，会躲过劫难，会脱离险境。骏马是那个时代的原野巡洋舰、火箭。但愿真主别让哈萨克人失去马匹，孤零零地徒步在旧营盘上！如果一个国家能够保持一百年国泰民安的盛况，那么，这个国家的牲畜数量会猛增，例如出现羊群持续百年平安产羔，马群持续百年平安产驹，那会是什么样的繁荣景象啊！现在贾扎力没有见到成圈成圈的羊群，漫山遍野的牲畜，展现在他眼前的是一路向前奔腾的鬃尾飘逸、臀部肥硕的一大群马，这就是一百年来国泰民安的成就。即便贾扎力只是一个乡村教师，但对不义的财富充满愤慨，尤其是对那些愚昧又吝啬的牧主，心中总是藏着一种仇恨，并明里暗里处处刁难他们，而在这一刻，他却欣赏着这些奔腾的马群，并想道：在夏牧场上，马群竟然被牧人们不知疲倦地牧放得如此膘肥体壮，毕竟这些牲畜没有遭遇过兵荒马乱的时代，也没有被追捕过呀。他对这座山峦长久以来的历史了如指掌，有一个时期，连回民也没有贸然入侵这儿，哪怕一条山梁，这是一个从来就没有让任何人割断过拴母马之绳索的富裕强悍的部落。除了偶然遇到极个别的烈性马被追赶到绝地，伤了蹄毛之外，哪一个度过了数世纪和平时期的哈萨克人胆敢吆赶着上百匹马经过险峻的砂石地带冲向山脚呀？就此了结也罢了，提前从绿树成荫的夏牧场赶到平原，把牲畜驱赶在一起拴起来，关进土圈，吃着茵陈蒿，它们只会掉膘瘦乏，毛色暗淡，失去漂亮的身姿。

无论主人是公社还是个人，对于马群来讲都一样，只要有水草丰茂的草场就行了。政府完全可以派人驻扎在夏牧场上，就地将马群变成公社和牧场的公共财产呀。不择季节地将牲畜赶到气候炎热的平原地带圈养，目的不就是为了压制马群的抗逆性，让它们变得服服帖帖吗？按照牲畜的种类，这座山峦分为三个部分，甚至你可以想一想，伟大的造物主也曾经按照自己的意愿，这样造就了草场，草势低矮的平原，春草场和秋草场，只是小畜和骆驼的故乡，才能挨过炎热的七月，秋风瑟瑟的十月。即便如此，人们也不会举家搬迁，只有小媳妇和牧民会在远牧场搭起简易毡房居住放牧。压力都落在了那些留在冬草场一带牧放着马群和牛群，随着天气转暖再向夏牧场转移的人们身上。简而言之，自从有了这个阿吾勒，只有他们自己还有真主知道，在此之前，这个被称为欧巴勒的地方从来就没有出现过如此浩浩荡荡的搬迁驿队。

冬草场属于中山地带，再往上则是高山地带的崇山峻岭、繁茂绿茵、绿色山谷。整个夏季，所有的牲畜都会栖息在这片水草丰茂的乐土上。再往上是陡峭的山崖，流动的砂石，继续向前就是奇峰耸拔的悬崖峭壁。这里一片寂静，听不到半点声响，只能偶尔听到雪鸡拉着长调的鸣叫，这一声声鸣叫会让站在下边的人感觉到一些微弱的生命迹象。雪鸡会站在高处的雪峰，看到脚下的一切。只有它才会自由自在地从这一侧的巍巍山峰审视到山脚下辽远而又朦胧的原野。而人则按照自己能走能及这样的标准，在几十年间，甚至在一百年间，也只能在这条山脉的某个山沟里面向草地背朝天，忙忙碌碌地操劳着，然后，就在某一天，会被带到高原上的那个木头做成的坟茔里去。现在，人们不再用木头搭建坟茔，而用石头或者土修建。在从冬草场向夏牧场，从夏牧场再到冬草场周而复始的迁徙途中，无声无息离世的爷爷、奶奶数不胜数。他们可不是夏季居住在喀拉套山峦，冬季搬迁到锡尔河流域；或者冬季在沙吾尔一带度过，夏季穿过额尔齐斯河，整整搬迁十五次来到霍木喀纳斯村，再到哈巴河上游的那些名副其实的游牧部族。天山是个特殊的地方，只要你爬上一个山沟，你就会驻扎在那里，并将其作为永远的栖息地。这里的人种地也很有趣，他们不会挖渠将水引到山麓一带的平原，而会向河流两岸的开阔地，以及水草丰茂的山谷索取水源。直到次年的这个时候，这些索取足够他们享用了。这儿既有回族也有汉族，都混杂居住在一起，这种地方被称为村庄。这儿的河流两岸到处都是牲畜，粮食和牲畜之间还有互换贸易，亲戚朋友们也在这里互相来往。

贾扎力起初抱着这样的心情：去了夏牧场，我会振作精神，心情愉悦，会远离滚滚红尘。牧民的事情，诸如羊圈里是否有羊，山坡上是否有马在吃草，对他来说都一样，他只是个看客而已。不管他怎么苦思冥想，总觉得这里存在一个已经一代一代传承下来，逐渐趋于完整完善的坚固整体。而现在，这个整体是否就要分崩离析，像玻璃一样支离破碎呢？现在靠近欧巴勒达坂时，不知是觉得看到坐骑走起来太难了，还是想避开达坂上浩浩荡荡的迁徙驿队和老老少少，贾扎力沿着山梁斜着走，并翻过了另一侧驼峰般的高坡。从下边往上看，也能将这一座驼峰般的高坡看得一清二楚。这可是一处能让许许多多从平原出发，直奔夏牧场的骑行之人眼花缭乱的高坡啊。所以，这不是普普通通的高坡，牧民们基于自己最美好的感受为它起了一个漂亮的名字——驼峰坡。你爬上驼峰坡，不妨仔细打量一下从远处冰雪覆盖的崇山峻岭，直到你站立的驼峰坡之间的地带。那儿是一片犹如铺开的丝绸餐巾一般葱绿广袤的天地，它会使你心旷神怡，身心释然。驼峰坡是连绵的山脉最高处横亘的一座山坡。虽然这一带的其他地方都是低矮的下坡，但均是一道又一道垂直的赭色山崖，看看真主的鬼斧神工吧，翻越驼峰坡竟然必须从它的最高处通过，两侧的山峦就好像是人用手一个一个地安放在那里似的，非常清晰地展现在你面前。

应该怎样欣赏群山呢？"怎么欣赏"——这好像有某种含义。浩浩荡荡的驿队之首可能已经接近山口，而后面的驿队依然络绎不绝。贾扎力当然知道这儿曾经有两个赞格主管部落：其中一个赞格部落来自阿勒泰山峦，而另一个则来自贾依尔山峦，他们曾经住在一起。后来他们分开成了四个乡，虽然名称不同了，但依然保持着原来的整体，可现在整个部落的人开始分崩离析。难道整整一百年都完好如初的部落，突然会在一天之内，像腐坏了的生驼奶一样，变成一块一块且各自为政？那干脆就叫他们发馊的白奶酪吧。这个年轻人从小上学读书，现在自己又教书育人，提倡和鼓励人们过定居生活，但一辈子也没有创造出什么奇迹。后来，他将最后的希望寄托在了社会改革时代，可现在为什么像受了惊吓的马匹一样啊？他究竟着了什么魔？

贾扎力放眼眺望远方，白雪覆盖的群山，雪峰重重叠叠，连绵起伏，有时发绿，有时像蓝矾，有时像白硇砂，显得纯净无比。雪峰有时像青铁一般青，越往上越雄伟，越往上越崇高，真想拦腰切断或者打个洞穿越过去。一座座雪峰都显得威风凛凛，神圣无比。孩提时期的美好幻想有时会令人沮丧，失魂落魄。贾扎力当然认出来了：即便是吆赶着羊羔回家，那也是他经常眺望的山峰啊。远处耸立着的那座犹如冰制的金字塔一样的冰峰不就是连绵山脉中的一座山峰吗？是不是距离越遥远，就越是显得高峻？老人们常说：从阿勒泰境内的沙吾尔山峦望去，在清晨空气新鲜的时候，可以从沙吾尔山峦上看到这座连绵山脉的冰峰。当时，他还是一个孤儿，后来他上了学，才知道他们所说的是真实的，即便他爬不到山顶，只在山脚下生活，却追逐着许多梦想和美好愿望，很想了解别人并不了解的一切，很想思考别人并未思考的事情。最后怎么样了？乍一看，就像仅仅一次的摇身一变，只是非常可笑的现象罢了。以前有很多人都会去请教他，他自己也会感到些许自满：哎呀，我多少知道"一点事情呀"！现在哪儿来的请教？但是现在想想，以前的那些其实就是普普通通杂七杂八的个人请教而已。以后的智慧才是大智慧，因为那不是某个人的智慧，而是众人的集体智慧，是那些伟人先贤们的智慧凝集而成的大智慧。人们都加入了公社和牧场，对于这种力所不能及的重大事情，像他这样的一只小甲虫或者一只小苍蝇怎样去献计献策呢？再说，人毕竟是人，而没有语言的动物——牲畜知道什么呢？对牲畜而言，所需要的只是水和草。你可以聚集很多人在一个宽大的俱乐部开会，举行热闹的婚宴，可以施展艺术才华，可以将他们拢在一起在某地开采矿藏，让他们一人拿着一把铁锹，排成一排排去挖渠，或者进入清真寺，反正，这类的事情，哪一样都可以去做。而牲畜毕竟是牲畜，你千万别搞得乌烟瘴气！真主不要让山羊失去灌木和草丛！骆驼寻找的是树叶，要是有旷野上常见的灰菜、阿魏草也行。最好还是生长着茂密的红柳，以及满地骆驼刺的盐碱地。在这个雄伟的山峦脚下，盐碱地一望无际，把骆驼赶到那里就成，不用举起鞭子抽打，也不要将它们关进棚圈！让"大地的神舟"骆驼像原野上的大鸨和鹳一样自由自在地漫步游牧。它喜欢在哪条河边过夜，哪一眼碱泉饮水，都由它随意吧！但是不要让马和牛远离茂密鲜嫩的白茅草和酥油草！

使贾扎力难以忍受的事情却正好相反，成群的牲畜第一次被浩浩荡荡地驱赶在一起，如滚滚洪流一般向山下奔去。这大概是它们有生以来第一次被大规模地强行地驱赶吧。他从自己坐着的山崖朝下看去，只见大群大群灰褐色的马匹喘着粗气，打着响鼻，相互碰撞，仿佛热得喘不过气似的，向山口方向艰难地前行。从夏牧场下来的全是肥硕健壮的马匹，现在它们早已经混杂在一起，难以分辨了。

系着牵鼻绳，伸长脖颈，驮着行装的成排役驼前边已经越过了山口，而后边的还在山下，绵绵不绝。这是什么样的规矩？这是怎样训练出来的？骆驼毫不疲惫，是多么沉稳厚道的生灵啊！它们驮着的有时是人所需的物品，有时是牲畜所需的物品，有时是一些生活习俗用品，华丽耀眼，五光十色，包罗万象，使你产生一种莫明的心神不宁的感觉。就这样，远至乌孙、康居，近至克普恰克时代的整个迁徙驿队的一支现在就被堵在了这个斜坡上，拥挤不堪，气喘吁吁。

这些都是清一色的华丽驿队，有时从两个方向走到一条峡谷会合，有时会逗留一会儿，有时这一队人马差点儿就要撞上另一队人马，相互之间好不容易才会让出一条道儿。而这一个用绳索相连的长长驿队真像一个小商队，里面至少有十五峰役驼吧，前面的五峰役驼驮的是大地毯，那些地毯都是色彩鲜艳、穗花飘逸、毛绒光滑、从来没有使用过的，也从未挂在墙壁上。这些放在干净的行装中的地毯，不知是和田的还是喀什噶尔的地毯，抑或是著名的伊朗、巴格达、塔什干、伊斯坦布尔地毯，依然崭新如故。

再看看役驼吧，一峰峰都是大象般的公驼，绒毛就像鹰羽垂落。毛茸茸的地毯在阳光之下闪着柔和的光，显得更加光彩夺目。可能是将地毯横驮上去的原因吧，毯穗在那些大公驼的腿间垂挂着。长相憨厚奇特的生灵，高耸的体魄，弯曲的脖颈，展现出一幅壮美的景象。气度坦然，步履沉稳的生灵沿着迁徙的方向，一步一步坚定不移地，默默地向前走去，红白相间的牵鼻绳轻轻摆动，没有丁点桀骜不驯。后面的役驼驮着色泽鲜艳的绣花毡、镶拼花毡、绣着美丽图案的挂毯。这些手工艺品滚着红黄蓝紫各色的花边，绣着绮丽的羊角图案、鹰鼻图案、颚形花纹，使人眼花缭乱，不由得以为这是一次壮美的移动展览，而不是游牧迁徙。在最前边的一峰役驼上站着一只两眼通红、两耳竖起的飞禽。这就是哈孜别克部落崇拜的，由他们的先祖萨曼别特意外获得的，叫作"黄猫头鹰"的飞禽。一位脸颊粉红、身材丰满的女人用戴满戒指饰物的手轻轻地牵引着役驼的牵鼻绳豪迈地行进着，仿佛这个拥有十五峰役驼的迁徙驿队，以及所有的财富都通过她的手来衡量一般。她的神情犹如黄公驼一样沉稳，她戴着灰色提花头巾，头巾下面露出绣着金色图案的盖头。可以从她身上那件长袷祥的衣襟上看到远古时代细君公主佩戴的带穗头巾上的那些柔美阴郁的图案。用三十六根细皮条编织成六棱的镶银鞍具使用了多年，已经旧了，失去了原有的光泽，成为了具有纪念意义的遗产。

迁徙驿道要绕着山谷盘旋而上，再往上有一条横穿悬崖峭壁的马道。一群骑着骏马的大姑娘小媳妇儿穿着五彩缤纷的衣服，说说笑笑，意气风发，敏捷地奔走在这条马道上，使原本沉寂灰暗的山谷沉浸在鲜艳夺目的色彩，还有满山清脆的笑声之中。还有一群年轻的小伙子，他们有的手里拿着套马杆，有的头上戴着白色圆帽、花帽，或者鸭舌帽，也骑着骏马一路喧闹着赶来，这让前边的大姑娘小媳妇们兴奋不已。如何在这个群体之间传递情感，对贾扎力而言，看懂这一切并不那么容易。山那边发生了什么？这自由自在的迁徙驿队，究竟是一种生存方式，还是一场好看的喜剧，或者是可笑的小品？

沃巴勒大山的那一边生长着晶莹剔透的野葡萄。人们把这种野葡萄称作"舒沙拉"。虽然贾扎力在长篇小说《阿拜》中读过阿拜与伙伴们兴致勃勃地采摘草莓的情形，但这一会儿他已经没有这样的兴趣了。他甚至没有成为过热闹非凡的草原生活的哈萨克人，也就是没有成为一个合格的山里人。这种神秘，这种现象，想一想吧，对他来说，是多么地遗憾啊！以前有过这样的生活吗？他想。可惜啊，好像那五彩斑斓的一切正在从手心溜出去，只剩下几分钟光景似的。翻过了这座大山，什么都没有了啊！如果有所感悟，这个小伙子会转过身去看一眼夏牧场，再次回想这一年的夏牧场——那崇山峻岭、那皓月当空的夜晚，茂密松林的绿荫，白桦树底下潺潺的泉水。或者回想起刚刚送走的那个浩浩荡荡而又可爱纯洁的驿队，还有留在身后的一切，并为此而激动万分，感慨万千吧。

　　贾扎力还能想些什么呢？对他来说，他们就像是上个世纪的人一样。他加入过这种群体吗？他上完学回到了故乡，并且成为了一名教师。虽然他的生活是在平原的宿舍里度过的，也偶尔会体验夏牧场的生活。不算这一次，他也见过十到十五年以前的夏牧场啊。可这有什么用呢？他竟然没有任何记忆。他自己也很有趣：他的童年时期是在城里度过的，而老年与童年之间，宝贵而豪气万丈的青春时代是在这里度过的。就在这里，他经常被让到客房的正堂，大家总是让他与知名人士们相遇相聚。当时，像他这样上过学、留着长发、戴着鸭舌帽、穿着马裤的教师在大姑娘小媳妇面前是多么受欢迎啊！对这个潇洒帅气的小伙子，不知有多少美丽的姑娘坐在父母背后眼巴巴地打量啊！他真是个傻瓜，聆听着父辈们何时迁徙到依连哈比尔尕山脉的趣闻逸事，以及奶奶们的娘家有多少马匹，有时候，他会目不转睛地看着牧羊人、牧马人、牧驼人，聚精会神地、不厌其烦地聆听他们趣意盎然的谈话，丝毫没有注意到姑娘们那爱慕的眼光。

　　年轻的教师贾扎力就是这样的人，你瞧啊，其间过了那么多年，直到今天，才好像体会到那五彩斑斓的生活最后一次从自己的指间流逝，真丢人啊！他成不了一个沉着冷静的老人，这位老师竟然会对异性感兴趣，这是为什么呢？不，他什么也没有做过，只是精神上的享受。在他的想象中，这好像隔着整整一个世纪，那一群姑娘算得了什么？明天让她们嫁到别处变成异乡人，剩下的姑娘就会变成屈指可数的人，一个一个地消失啊。想一想，明天会是什么结果？哈萨克人什么时候能抛弃游手好闲、无所事事的秉性，像其他民族一样，追求知识技能，成为数得上的优秀民族呢？他以前不就是这样期盼的吗？这些大姑娘小媳妇们、小伙子们将来会成为什么？瞧那个名叫布热勒的姑娘，身材看上去苗条修长，亭亭玉立，她为什么要用镶嵌着绿宝石的银制宽腰带勒紧腰际呢？姑娘的腰难道需要如此纤细吗？如果有一天为了在简陋的土灶里大炼钢铁，需要这可怜的人儿凭着纤细腰肢的支撑从山里搬石头，那她该怎么办？她身上那一件长长的丝绸袷袢，缠在脚边，使她无法迈步。她头上那顶扎着洁白羽毛的圆顶帽为什么缝制得那么高啊？当她爬上一个山坡再返回之后，脚上的那双蓝色皮革做成的皮鞋鞋跟会烂得走了形，这一切都是不合时宜的。瞧那只站在领头役驼背上的黄猫头鹰啊！它的腿毛还没有到成熟的时候，它每天都会吃上三顿乳酪，可现在谁照顾它，谁为它准备好食物呢？这位在大帐里拴母马酿柯莫孜的贤惠婆娘，是什么样的忧虑让你变得如此沉默？那手上戴着的那些珍贵的戒指又在诉说着几辈人怎样的故事呢？他想，能否将这些穿戴着五彩斑斓的衣服，发出悦耳清脆的笑声，骑着装点一新的良马骏骑的人们，将这一派草原浪漫风景算作世纪经典作品啊？也许，那些服装属于经典时代最后的服装吧。贾扎力认为，翻越了大山之后，一切就结束了，难道这样的服装风光真的不在了吗？

二

今年夏天的娱乐活动相当精彩。哈孜木整个夏天生活在这一带所感悟到的就是首尾不全的一首歌曲的副歌，不知道这是哪一首歌曲的副歌？那是他与托铁甘住在一个阿吾勒，清晨醒来的时候听到的。

夏牧场的黎明是那么短暂，他还没尽情地享受它的美丽。受到惊吓的天鹅是否会回返？是否会回到曾经栖息的沼泽？他掩了掩被角，蜷曲着身子想道："那是姑娘们在唱啊，是两个姑娘的和声啊。"

"啊，月亮皎洁犹如白昼……"又出现了一个陌生的低音，那是小伙子们的声音啊。歌声是从远一点的阿吾勒传来的，显得舒缓缠绵，断断续续。其实，那一夜的月亮无比皎洁，即便人们已经入睡，毡房天穹的方毡已经拉上，所有的灯火熄灭之后，毡房外边依然亮堂堂的。山里吹过来一阵阵微风，忽而荡来，忽而飘离。除了那两位正在歌唱的姑娘，阿吾勒的上游还有一大群人在欢闹。让他们去闹吧，这与他何干？他需要闹的是明天的婚礼，想到这里，他的嘴角露出了一丝微笑，翻了个身。他的意思是：咱们等着瞧。是该等着瞧一瞧了，黑骏马整个夏天都无一例外地帮助主人获取了所有叼羊活动中的小山羊羔。那是哈孜木今年春天用一头犍牛从平原地带的农庄换来的，真是物有所值呀。而他的犍牛，也是一头真正的犍牛，块头大得简直可以说那不是犍牛，而是一头大象！今天，天色渐晚的时候，这家的主人对他说：

"你需要什么就给你什么，请把你的坐骑卖给我吧。"

"他哪儿会卖啊，即便送给他一百只羊，他也不会卖给你。"托铁甘对他说。他之所以这样说，当然事出有因。因为他从来没有骑过马，今年就让他过把瘾，明年就是我的了——这就是托铁甘心里的小九九。但愿真主保佑他吧，托铁甘寄希望于自己的姐姐，家庭权力不正慢慢向她手中转移吗？而这家的主人则有自己的兴致。他摇着头说："真正的骏马！"好像他的上下牙齿碰在了一起吧，发出了"嘎巴"的一点响声，"这是一匹需要好好调教、好好喂养，然后送去参加姑娘追的好马呀，但是那也得碰到带劲的姑娘才行呀。有什么办法呢？你的这匹马呀，不是那种带去参加群马奔腾的叼羊竞技活动，被没头没脸地抽打，掩在漫天飞尘中喘不过气来的马呀。"

"都上了年纪了，还参加什么姑娘追啊！"托铁甘当时这样嘲笑憨厚老实的姐夫。

两个迷恋坐骑的人——一个喜好叼羊，另一个喜好姑娘追，他们将一匹黑骏马左拉右拽，直到鲜肉煮熟出了锅，净手之前才达成了协议。姑娘追会是什么样的？主人想让哈孜木见识见识。那时，有一位居住偏远，没有适当机会相会的姑娘。尽快地融入这种没有什么亲家或者亲戚关系的阿吾勒，并与大姑娘小媳妇们相识真不容易。而那位姑娘也就是在这年的夏天出乎意料地以一个黄花闺女的身份闪亮登场的。从古至今，每年的夏天都会带来这样的新鲜事情。长相出众的姐姐们还在的时候，那些衣着简朴、长相干瘪的姑娘并没有引起人们的注意。到了姐姐们出嫁之后的第二年夏天，她们就会顶替姐姐的位置。当人们陆续搬迁到了夏牧场时，她们便花枝招展美丽端庄地登场了。而我们所说的这位姑娘可能就是其中之一吧，瞧她的模样，娇柔美丽，像熟透快要落地的果实。在明天盛大的婚礼上，这位主人就想骑上哈孜木的黑骏马飞奔过去，将那一束鲜花连根拔起。他当然可以这么做！不接受其他部落的一个男子汉的愿望，不给他一个面子，这会损坏部落的名声。这种祖祖辈辈传下来的自由，谁能阻拦！虽然真主只有一个，但机遇却有两个。另一个年轻人也会从那边走出来，贪婪地打量这边的一位姑娘。有什么办法？在那种时候，只能为他挑选跑得最快的骏马，并且将马肚带勒紧，然后让他牵走。他们走着谈恋爱，还是站着谈恋爱，谈得是真还是假，这些只有他们自己明白。姑娘身下的骏马会把姑娘带出去很远！而小伙子也会赶紧追过去，挨近姑娘，抓住她的马缰绳，不要上山冈，要向凹地跑！这是一个多么隐蔽的凹地啊！在这个凹地，你要使她的鹰羽帽晃晃悠悠！这个欲火中烧的人会一把抓住姑娘纤细的腰肢，侧着身子狂乱地亲吻起来。就是这些画面撩拨着主人的心儿，在他的眼前晃来晃去。也许，这是那位傻美人在夏牧场第一次被别人拥入怀抱吧。威猛的力量哪会饶了她？主人会把她紧紧搂住，使之变得柔软服帖。那是多么柔嫩而年轻的身段呀！这是自愿的还是受到了强迫？他自己哪能分得清，他就是马背上的一个神魂颠倒、迷醉狂乱的人啊！

请姑娘的兄长们保持冷静，你们不如祈求妹妹用皮鞭狠狠地抽打那个异乡的小伙子吧，但愿如此吧！啊，真主，你们可要防备自己的妹妹和那个小伙子一见钟情，以心相许呀，别出卖了你们！可别让她假惺惺地抽打小伙子，而在内心偏袒他呀！谁知道他们会在哪一天，哪一个关键时刻，哪一棵松树的绿荫下，哪一个迷人的傍晚，哪一块岩石底下相遇？也许他们还骑在马背上就已经海誓山盟了！而现在他能否骑马追上姑娘还说不准，如果追不上呢？这种娱乐活动有个规则：首先是姑娘先骑马向远方奔去，小伙子心里明白那可真是天赐良机呀。只要姑娘身下的马蹄不会在瞬间四只变成八只就成，那么哈孜木的黑骏马一定会靠近姑娘的，到了那时，就不需要藏在隐蔽处偷着亲吻了，完全可以公开亲吻，这里的规矩是允许的。那时才好紧紧搂住姑娘纤细的腰肢，那就像猎手调驯临飞的雏鹰一样，让它忽而逮住地上的狐狸，忽而又失去，最终吃到美味的猎物！那是多么甜蜜呀，姑娘挣扎着不让他亲吻，而小伙子死缠着她，比翼飞奔的两匹骏马！在绿色的草原上，游隼逮住鸽子也没有这么精彩吧？啊，风流潇洒的青春！两个部落的人们站在两边呼喊助威，一些自尊心很强的小伙子们甚至已经奔到了终点。现在该这个小伙子逃跑了，他已经将漂亮的姑娘揉得衣服凌乱，鹰羽歪斜。现在，哈孜木的黑骏马将姑娘远远地落在身后，奋力飞奔！多么丢人！多么耻辱啊！对方简直要气炸了肺。不过，瞧一瞧小伙子一副笑呵呵的模样，你还能相信他吗？你们还记不记得，刚才他不是说了"那也得姑娘带劲才行"这样的话了吗？说不准他们早已经海誓山盟了。年轻的小伙子可以死在她的皮鞭之下呀，他们部落的人们不是说小伙子掉进火狱也烧不坏吗？用马鞭抽打得越厉害，在火狱里烧得就会越少啊。很难说不会出现让姑娘的骏马践踏部落的尊严以及男人的名誉这样的事情。

　　可怜的哈孜木，一生只见过一次这样热闹非凡的夏牧场，费了九牛二虎之力加入其中，却连一口白色的乳汁都没有喝上。他起初参加叼羊是一时冲动，没有悟出什么。而且大姑娘小媳妇可不就是一张已经宰好并剥离的，只能从别人的胯下抢过来的羊皮呀。站在对面的人们多么威风啊，不知道尊姓大名你该直冲冲地去找谁呀？而他碰上的，人们分配给他的竟然是一个比他大十岁的黄肤色的中年女人。"黑骏马已经疲惫了，狠狠地打！"那是一个矮壮的婆娘，小伙子们为她拉紧马肚带，尽量将马镫子抬高一些，忙着伺候呢。他们自有逞能的理儿，就在之前的一次姑娘追中，黑骏马遥遥领先，轻松地到达了起点。可能是因为地势高的原因吧，跑回终点时却被追上了。这个女人骑的可能是刚才那个小伙子以前骑过的青灰马的后代，所以，夏哈拜部落的几个人说："骑这匹马吧，它会在斜坡上超越那个小伙子！"可只有真主知道，哈孜木除了自己的老婆，是否正眼看过其他女人？他一路直来直去。而且那个中年女人也不想上场就飞奔远去，一上场就飞奔远去也不是真正的姑娘追。对他们这把年纪的人也不合适吧。那个女人既没有婀娜多姿的身材，又没有戴着漂亮的鹰羽帽，骑在马背上只知道飞奔有什么好？这会让人家笑话，那可是一种羞耻。不知是否是背运，反正哈孜木根本就没有与她搭话就奔到前边去了，或许他心里想的不是人与人，例如，不是男人与女人之间的矫情，而是这匹青灰马刚才是否真的追上去了，还是其中另有蹊跷？从另一个角度看，矫情算什么本事？他们两人没有产生这种情致。事情恰恰与之相反，那个矮壮的女人上场好像只是为了用自己手中的那一根八棱皮绳编制的绣线菊柄马鞭狠狠地抽打他，就看这种惩罚什么时候会劈头盖脸地落下了。这就是他的疑虑所在。疑虑又有什么用？神奇的黑骏马啊，飞奔出列超到了前边。啊，这真是一匹真正的骏马呀！当他斜着身体坐在马背上向后眺望着，并一路飞奔进入了人群里的时候，前面说过的那个漂亮姑娘已准备上场，他冲了过去，一把逮住了她的缰绳。那个姑娘一个劲儿地哀求：“哥哥！放手吧！”看来已经由不得姑娘了，因为那个主人也插了一句话：

“既然交上了手，就让姑娘去抽他吧！”

“不过就是让你的坐骑再流一次汗罢了。”这是多么文雅，多么有礼貌的话呀！可能是姑娘多少有些怨气吧，但是她又是那么妩媚动人。难道他的媳妇儿当年也是如此妩媚动人的姑娘吗？住在阴暗的峡谷里的一位老猎人的儿子结婚，会有多少规矩呢？父亲亲自带着哈孜木去了姑娘家，只住了一个晚上，第二天就把媳妇儿娶回了家。就在当天傍晚，哈孜木在毡房外劈柴时，才看清楚自己媳妇儿的皮肤不是黄色的，而是接近于栗色的深棕色，她的容貌也很像托铁甘。有些人称这种人是铜人，这句话不是说他们是铜器时代的人物，而是指他们的肤色都是铜色的。难道他们就是后来融入了美国土著的一支部族之后裔吗？还真有一些人这样来推测这些以白令海峡为通道移居美国的人。那些从哈密地区的喀拉托别墓地挖掘出来的完好无损的木乃伊，就属于这一类。据考古学家们推测，他们是三千年前的人。不说远古时代，只说稍近一点的时代，公元 1 世纪初，亚洲地区最勇敢的部族就是乌古斯部族，而他们的肤色就是这样的。不管别人怎么样，反正他自己是一个另类。因为以东方人的审美观念来说，她并不漂亮。

而哈孜木只熟悉自己铜肤色的老婆，而且没有经过什么恳求，或者任何日思夜想，没有经历爱情的缠绵艰辛，他们俩便一个成为了老公，一个成为了老婆。所以，对哈孜木来说，什么漂亮，什么姑娘的娇媚都没有多大意义。用他不成熟的观点来衡量的话，只像是一块没有裂缝的石头的圆东西而已。但是，今天这些姑娘放荡不羁的游戏，已经使他神魂颠倒了。而举行姑娘追的时候，人们又给他配上了一个比自己大十岁的中年女人，这种耻辱使他更加神志不清了。你瞧瞧，这个亭亭玉立的姑娘妩媚动人的模样！原来世界上还有这样的人儿啊！站在面前的究竟是人，还是天使？哎呀，哈孜木到底怎么了？这可是他的秉性里不曾有过的陌生变化，是一种堕落呀。难道我们能为这种堕落而惩罚他吗？要不是已经结婚十年了，他难道不是一个刚三十岁出头的英俊男人吗？哈孜木每年都会看到发情的公山羊们是怎样犄角相抵的。这是一种波动，请再为此加上伟大的情感吧！黑骏马体魄健美，步伐轻盈，这也是一种美。黑骏马也在注视着你，它会伸伸鼻子，闻闻你，慢慢靠近你。有时候，它甚至控制不住自己，将脑袋伸进你的怀里，希望你为它的脖颈、耳后根，还有脸颊挠痒痒，使它感到舒服。哈孜木当然知道这一点，它可是一匹好马啊，好马不怯生，好人就像一匹好马。人们不是说了吗——"不过就是让您的坐骑再洒一会儿汗水罢了！"那个好人，那个娇嫩的美人，那个代替了中年女人，比自己小十岁，来到哈孜木面前的这位天使究竟是谁？他在崇山峻岭出生成长，整个人生被封闭。从这层意义上来说，他不过就是一个傻瓜罢了。不要与城里的年轻人相比，只与普通阿吾勒里的年轻人相比，也从他身上找不到一丁点儿爱好，或者一丁点人人共有的爱情最柔美、最有力、最隐秘的冲击力。那种隐秘可能有时幻灭，有时显现，也可能晚一点苏醒，也可能会拖延更长时间，就像珍贵的矿石一样。当然在大多数情况下，这种珍贵的矿石都被掩埋在地底下，可无论埋藏得有多深，早晚会有一天因为大自然某种突发现象而暴露无遗。哈孜木起初抖擞了一下，准确一点说，"现在他已经感觉到了强烈的震撼。竟然会有这样一个奇异的世界"！这就是他刚才发出的惊呼。在他的一生中，他压根就没有考虑过这种事儿，这正是他的不幸。你只有站在幸福之人的行列，才能体会到自己有多大能耐。这是小伙子，那是姑娘……小伙子是牧主的儿子，二十刚出头，豪气万丈。这一年是 1958 年的夏牧场，崇山峻岭，一片葱绿。年轻小伙子轻便的着装，以及赫赫勇气，深深吸引着姑娘，使她顿时变得千媚百态，而且这一切都是那样自然。而那个姑娘顶多十八岁，或者十七岁吧！从白色丝绸长裙下露出的两只白嫩的胳膊、肩膀和脖颈，显得温柔细嫩，她那和蔼的神态、美丽的容貌，简直夺人双目。所以，哈孜木惊呼：

"竟然会有这样一种奇异的世界！"

他怎样扶她骑上了马背；怎样把马鞭交到她的手中；为她勒紧马肚带，怎样披好了膝盖，就这样默默地做了一切。当时，他容光焕发，轻松自如，显得非常完美！她的脚蹬在了菱形马镫上，不知是她自己弯下身子时抖了一下，还是对哈孜木有所敬畏，或者是有些羞怯，在她收起长裙的下摆时，她的脖颈扭动着，呈现出了一种无以言表的娇宠姿态。啊！美人！人们常说以德报德，但是，她对哈孜木的真实评价会是怎么样的呢？而这时，哈孜木好像连一点先前那种对马的喜好都没有了，取而代之的则是给自己原本就不大清醒的神志蒙上了一层阴云。在整个夏哈拜部落的人们都为他们的姑娘呐喊助威的时候，骏马的主人至少会有一点儿心动吧。在奔向起点的时候，小伙子的骏马一路驰骋遥遥领先，而回到终点的时候，肯定会淹没在滚滚灰尘之中！他的年纪也稍稍大了点，人们让他住手，他偏偏不听，固执己见。让他如此胆大妄为、目中无人的就是他父亲的一百匹好马呀，别说是一百匹马，就是有一千匹又有什么用？还抵不上哈孜木的一匹马管用。在姑娘举起鞭子狠命抽打的一刹那，他父亲放养的骏马简直不是骏马，而变成了狗！他很像一个谦谦君子，刚遭到鞭子抽打的时候，先飞出去的是他那顶深蓝色的帽子，那简直是一顶没形儿的玩意儿。想伸手抱住腰身抢走姑娘的小伙子怎么会戴这样的破玩意儿？一切都是玩笑，结局却很完美，最终姑娘牵着小伙子的马缰绳，将"俘虏"带回了自己一方。也就是说，姑娘说到做到。大大小小的部落哪一个不赞扬这样的姑娘？那个"叛徒"小伙子也已经加入到了这一边的人群。她对哈孜木说：

"牵上你的马回去吧！"当然那一边站着的是他自己部落的人们。而对哈孜木来说，他该回哪儿去？他不属于任何部落，任何地方，只是一个流浪汉。他现在才发现自己充其量不过就是已经迁徙到了平原地带的那些野蛮的山里人中的一个流浪汉，他到底值多少钱？难道他的价值只能用黑骏马，也就是用黑骏马的四蹄，以及四蹄的速度来衡量吗？

"您的马鞍很舒适，很稳固。"美丽的姑娘跳下了黑骏马，将马缰绳交到哈孜木手中，又说，"即便有人想故意从这匹马上摔下来，你的马也不会让人如愿呀。"

"这是我父亲制作的。"哈孜木其实没有说出这句话。或者，他应该这么说："马鞍算得了什么呀，是您骑马的技艺高超啊。"可他哪儿有这样的麻利。姑娘显得有些惊奇，她偷偷地扫了一眼哈孜木简朴的服饰，又扫了一遍黑骏马的鞍具。这一带自以为是的公子们都没有这种鞍具，看起来人与马并不相符。但这个小伙子也不是没有礼貌的人啊，应当以礼待人，不管怎样，肯定是个懂得礼节的人。她走时，弯着腰向哈孜木表示谢意，然后猛地转过身，说了一声：

"大哥！"并将一团布塞在了哈孜木的手中，然后走到了站在众多坐骑中的那个小伙子身边，随后他们俩很快就从人群中消失了。

姑娘送给他的是一块绣着花边的白绸手绢，不知里面包着的硬东西是什么？除此之外，像他这样一位生活在荒郊野外的粗野之人还需要什么呀？他穿得也不大雅观，仅有的一件外衣就是用一只骆驼的绒毛做成的。他身上最耀眼的就是镶银腰带，哎呀，这又有什么？现在这个时代，只有老头子才佩戴这种东西，除他之外，哪一个年轻人佩戴这个啊！应该被提起的不是人，而应该是精湛的制作手艺。这种手艺在他滚了绣花边儿的皮裤裤管上也有，这是一条用马鹿皮做的皮裤，皮子的绒毛向里，并用黄色的匙叶草泡过。谁都认为这条皮裤不亚于黄色条纹裤，上边滚着的花边是他过世的母亲留下手艺的体现啊。虽然他不是典型的谦谦君子，可是他身上也有一些典型的标志。不过所有的魅力不在于腰带、皮裤和哈孜木自己，而在于黑骏马和它的鞍具。让美人称心如意的黑骏马呀！岁月会慢慢流逝，与其他姑娘一样，这位姑娘也会像别人的老婆那样操持家务。她第一次以姑娘的身份，像摘取了奥林匹克运动会的桂冠一样，在自己的脑海中留下了永远都不会泯灭的记忆。可哈孜木又是谁啊？她对他会留下什么样的记忆？在她记忆中留下来的只是黑骏马，还有自己十七岁的豆蔻年华，飞马驰骋时飘逸的马鬃，以及像铅一样沉重的镶银马鞭，而哈孜木则会远远地留在这一切的后边，拥有这些感觉这些没有生命的记忆。他对姑娘来说究竟是树木，还是石头？反正不是人，顶多是一种模糊物体的影子，好像他只是黑骏马的附属物。骏马的主人好像也意识到了什么似的，那位姑娘刚才为什么亲昵地叫他哥哥？为什么逮住了他的马缰绳？这样一位像老鸦蒜一样白白净净

的姑娘应当厌恶黑不溜秋的男人才对呀。打个比方，如果哈孜木穿着这
一身衣服，以这副模样，骑着一头喘着粗气的犍牛来参加这样的婚宴，
那么，那位美人会逮住犍牛的鼻绳，亲昵地叫他哥哥吗？哎，黑骏马
呀！拥有这样一匹黑骏马的小伙子会有什么遗憾呀？可惜啊，规则原本
如此。以前对骏马非常痴迷的哈孜木现在对黑骏马却大失所望，因为他
发现有没有一匹善跑的骏马都无所谓。小伙子是小伙子，骏马是骏马，
令人赞叹的不是你，而是骏马。那个没有黑骏马的小伙子多么幸福啊！
他是个有模有样的小伙子，穿着整洁华丽，以及他的年轻、勇敢，还有
与山里的猎人不同的能言善辩、诙谐幽默、通情达理。一切的一切，使
他成为了一个非常完美，幸福至极的人。可怜的哈孜木，要是你能站在
那个小伙子的位置上就好了！真让人心疼。再比如，在进行姑娘追的时
候，两匹坐骑带着他俩跑向凹地的时候，他俩又会怎么样？在大庭广众
之下，那个钻进别人的怀里大胆亲吻的狡猾家伙，在幽静一隅会放过她
吗？不会是平白无故的，你瞧他俩很快就亲密了起来，这就是所谓的陷
阱。现在只剩下给烈马套上笼头，使它变得服服帖帖了。当人们都沉浸
在欢乐之中时，他俩转到拴着的马群那边，装模作样地寻找哈孜木的黑
骏马，也算配合默契吧。

　　有时候，一个人的心情会变得朦胧阴暗，犹如明媚的夏牧场之后会
出现萧瑟的秋季一样。心情郁闷的哈孜木，退出了热闹的婚宴，向长着
松树的斜坡走去了。他为什么要离开？俗话说：有人忙着赴喜宴，有人
却顺手牵羊。他们就是我们所知道的两个对手——美丽的姑娘和英俊的
小伙子，哈孜木关注的就是他们。他们两个正向靠近一片草坪的小松林
走去，再往下就是陡峭的深谷，他们好像停留在那儿看了一眼哈孜木。
真不知他们当时是在说什么，还是想招手叫他呢？不，他们已经抽打够
了，报复够了，现在已经言归于爱情了。现在他们感兴趣的不是骑着骏

马争雄夺冠，而是手牵着手向前走，一会儿脚下打滑，一会儿摔倒，俩人互相搀扶着在斜坡上走着，管他们是否摔倒，反正能够安全到达谷底就行了。而在那座山冈的草坪上，摔跤手们一个摔倒在地，另一个被对方摔倒，他们会不会骨折，手会不会被折断，他们与这两个人何干？他们自有自己的乐趣。他们是高呼着口号叼羊，或者是呼喊着亡灵的名字参加赛马，他俩都不会感兴趣，现在他俩很快就消失在绿树丛中。即便用最快的计算机也算不出来他们离开的速度吧。啊，人间！民歌中有这样的诗句：姑娘在哪里啊？就在相约的深谷。不说远古，从一直在这种苦闷中度过的阿拜时期开始，这座深谷不知为多少情侣敞开了怀抱，成为了他们的枕头和婚床！啊，夏牧场绿茸茸的草丛啊！对哈孜木来说，他在人群中的表现还说得过去，独处一隅却使他痛苦万分。犹如一个人的青春时光闪了一下，很快变得红红绿绿，从你眼前掠过一样，就像一只无情的手悄悄地将他的魂灵抽走了似的。"竟然还有这样一个奇异的世界啊！"他又深深地叹了一口气。因为他不仅受到了侮辱，而且变得两手空空。哈孜木将坐骑拴在一株低矮的雪松上，一屁股坐在了一个树墩上。在绿色的夏牧场上，山脚下像蚁穴一样吵吵嚷嚷的人们中间的某个人看见了他，指指点点地议论着说这个人神经不大正常。

"真不知他为什么会逃离这样热闹非凡的婚礼庆典！怎么跑到那么偏远的地方去了？"

"还能为什么？还不是担心别人借他的骏马去参加姑娘追呗！"第二个人说。

"当心！"一个骑着一匹白额枣骝马的人说，"他等待的是叼羊，他想在参加叼羊活动之前让坐骑稍微休整一下。等着瞧吧，依我之见，他会趁机隐蔽地骑着黑骏马奔过来叼走山羊羔的。"那人又自命不凡地说，

"对付他的办法就是让两个骑着好马的人，躲藏在他两侧的小沟里，监视他。"

谁会扔下这个热闹非凡的庆典，去那没人烟的山顶！人们吵吵嚷嚷地各自散去，而哈孜木就想坐在那儿，与这群人相比，他没有享受到这个世界的一切美好的东西。在近处的洼地上，一群骑着两岁马驹的孩子，互相拉扯着，一个抢跑另一个的帽子，打打闹闹的。从他身边走过的都是十岁左右的孩子……

他的老婆已经十年没有怀孕了，如果刚成家就怀孕，那么，他们的孩子也该向着马奔去了！想到这儿，他的脸上好像有了一点喜色，但是比起这种喜色，他的阴郁更可爱，他的心里酸楚楚的。那是一种讽刺，那只是无中生有的东西，是呀，空勺子会刮破任何人的嘴巴。首先，他没有那样的儿子，即便他有儿子，他也没有可以供儿子骑用的小马驹呀。要想拥有小马驹，即便是烂糟马，也得有可以与母马配种的种马呀。今年出生的小马驹到了秋季，就会成为一岁马，第二年就会成为两岁马，孩子们会想办法调驯那些马驹的，到了第三年会成为三岁马，那可是锦上添花呀。拥有一匹三岁马的少年难道会在绿色的夏牧场向一位可汗行礼请安吗？哈孜木再次向密集的人群看了看，心想：他们正欢天喜地闹腾呢，聚集的人们都有儿子，也有让儿子骑用的马驹。没有带群的公马，怎么会有马驹呢？

"哎，糟老头子！"他埋怨起父亲来了，"你钻进了一个荒无人烟的峡谷，认为世界上最幸福、最安宁的莫过于此了。"话中隐含着另一种埋怨：饲养牛群，还不如饲养马群。他眺望着对面盘旋而上的陡峭山谷那一侧的雪峰，起伏连绵的山脉显得朦胧幽远。他父亲的冬草场就在这两座山之间的山谷里，哈孜木爬上的山冈就是夏牧场上游的最终点。一个认识他父亲的老人说：

"你父亲是一个手脚利落的猎人，一个很坚强的人。年轻的时候，他曾经骑着犍牛往返于住在上游一带的我家。"老人家所指的最终点在一个悬崖峭壁上，人们只能扎起简易帐篷，在这儿放牧。老猎人每天一大早就出发，跋山涉水，太阳还没有西沉就已经到达住在远牧场的人家了，好像在做一点交换生意。

当时哈孜木没有注意，现在才想到父亲并不像父亲，他不过是荒山里的一个妖魔而已。他走得再远也只到达了上游地带，在悬崖峭壁上扎起简易帐篷，但是又无法从那儿走出来，索性又跑回黑崖下藏起来。那是什么？究竟是熊还是人？

他难道就是这个拥有镶银鞍具和黑骏马的小伙子的父亲吗？现在，难道他应该骑着这匹骏马回到已经被炊烟熏黑的山崖下，回到没有人烟的冰冷洞穴里，回到那个榆木疙瘩似的老汉和那个铜肤色婆娘的身边，整个冬季烤着炉火，冷漠无言地住在那里吗？如果骑着犍牛翻过山，只不过是一天的路程而已。哈孜木现在还不知道，如果他知道，那么，美国伟大的人类学家摩尔根对这一切早就有所阐述，那就是人类野蛮生活方式的第三个阶段：以饲养牲畜谋生，辅以打猎。愿真主保佑，愿伟大的造物主千万不要将第一阶段和第二阶段的生活方式带给人类！如果哈孜木能够想到这一点，尽管他父亲已经不在黑崖之下露面，但是那遍地的绿茵不就是他的幻影吗？而文明也开始从悬崖峭壁，从林立的奇石之间探出头打量着世界。终其一生穿行在崇山峻岭、追猎围兽的父亲是否多少具有一点文明？他以前毕竟拥有一支短枪和骏马，而不是弓箭和利箭，真主赐予了父亲知足的秉性，要不然他会拿起五响枪，每次连发五颗子弹，血染绿色山野两侧。这就是一次猎获五只野兽而不是一只的所谓的生产进步。而进步其实就是一股别有用心的水，哪儿有它钻不进去的缝隙，渗不进去的地方呀。我们不是常说吗？在我们想说服某个人，让人服服帖帖的时候，我们每一个人都无法控制自己，会变得异常兴奋，神魂颠倒。谁知道呢？哈孜木的梦想可能是另外一种梦想吧。有什么办法？哪些算卜占卦的人，或者号脉的人，可以满足哈孜木的梦想？哪一帖咒符能让他康复？

可能他自己也没有忘记吧，就在今年春天，有一天，他和父亲，还有那个铜肤色婆娘三个人坐在一起，计算着酥油的价格，打算买一台奶油分离器。可是这一切都已经被遗忘，谁都无法想象久居深山老林的老父亲在想些什么，究竟在躲避什么，又梦想着什么，让他心急如焚的又是什么。在今年的两个月夏季中，父亲就像渴望芒硝的骆驼一样不是来了一趟夏牧场，待了很久吗？也许是万能的造物主在刻意地启示他这样一个像山崖上的一只蝙蝠或是一只猫头鹰的人：你要睁开眼睛看看清楚，今天有的东西，明天可能就没有了！就在那里，哈孜木眼前拉开了一幅绿色的帷幕，从那时起，这儿整整上演了两个月犹如古代罗马歌剧中有关皇帝戏剧一样的经典戏剧。

哈孜木没有什么名声，只是歌剧中的一段毫无意义的插叙。他不是主人公，只是一个从这里或者那里窥探一下正在上演的一幕幕有趣戏剧的人罢了。不管他是否在场，谁会在乎他？对自己这种百无聊赖的处境，究竟是应该责怪自己，还是应该责怪父亲，还是应该责怪老婆，还是应该责怪三十五年前从娘胎里带来的黯淡萧瑟的命运？他应该迁怒于谁呢？或许，他就不应该见到这熙熙攘攘而又热闹非凡的人群吧。

以前年轻的时候，他的父亲站在巨石上眺望一眼，就没有兴趣再去看美丽如画的夏牧场上那些兴高采烈、载歌载舞的人群，被拴成排的母马，交颈拴着的绵羊，洁白的毡房，精彩纷呈的排场，也没有勇气再去看那些风度翩翩的小伙子们和花花绿绿的姑娘们的娱乐活动，他会骑上喘着粗气的犍牛，好像说着："我再也不想看到这一切了！"一路向后退，惊慌失措地跑掉了。而现在，他的独生子将违背父辈衣钵的意愿，就像父亲背对着黑崖一样，难道他也要转向另外一个方向吗？他的思绪四处飘飞，他想与一个人进行交易，用黑骏马交换一百只羊或者五十只羊。除了两三头乳牛之外，其他的牲畜仿佛在用犄角抵着哈孜木一样，让他不得安生。虽然他现在不富裕，但是好像下一刻就会富裕起来一样。黑骏马有什么用处？他探着脑袋打量了一下下边的万丈深渊，那个小伙子和姑娘还没有回来。他们在哪里？在干什么？

　　早期的野蛮人居住在人迹罕至、没有经过装饰的冰冷的石洞里，只有他们身上的绒毛使他们免受寒冷和潮湿的侵袭。虽然绒毛比较稀疏，但是还长在他们的身上，而真正可以御寒的就是猎物的皮毛，野蛮人的地毯也是用野兽的皮做成的。他的父亲比起野蛮人文明多了，这可能也是几百万年的进化吧。父亲打制的鞍具，经过装饰的腰带、匕首，以及去世的母亲留下来的刺绣，这一切都是手艺，是一种成果。从冲击力来讲，它就是不停地过滤澄清的一条美丽的河流，是一个与自己的高度相符的经典时代。这些手艺就像那个时代的老鼠留在雪地上的脚印一样，是花里胡哨的涂鸦。但是哈孜木在自己的生命中是否探究并承继过这些手艺？尽管是用兽夹捕获的也罢，但将现成的兽肉插在烤肉扦子上在火上烤，就是一种退步。尽管如此，他所居住的地方不是山洞，而是有锅有灶的很不错的房子。用半拉子手艺建起了一座房屋，说它是半拉子手艺就是因为它也是用石头垒成的，用的还是没有加工过的山石，也不用砌成两排，中间用土塞满，拉起绳子衡量曲直，使之达到标准，而是歪歪扭扭地盖起的三间房子。这三间房子让人想起一个时代的三个阶段，山脚下是县城，那里的人都很文明，有学校、文化馆、繁荣的工业等，反正这个世纪应该有的东西都有，即便是雏形。在眼前的那些人则处于中间阶段：留声机、收音机、各种时装、塑料制品、瓶装的或者不是瓶装的各种食品、带弹头的枪，甚至喇叭、口琴、曼陀林、各式各样的儿童玩具，还有鸭舌帽、礼帽，没有流苏，没有拼花的长短不一的衣服，他们是多么节俭啊。来自远古的一种节奏使他们任何时候都显得很安稳。看看他们修建的松木房，有人修建了四五间，最差的人家也都有一间。那些房子怎么样？美观大方，有棱有角，巧妙无比。有一次，托铁甘和哈孜木由于遇到了风雨，无法回到夏牧场，就曾经住过这样的松木房。那是冬草场上的一间空房，里外三间，中间是穿堂，两边房间的天花板和地板都是木头，踩在上边咚咚作响，这就是手艺啊！这可不是用房前屋后的石块歪七扭八地堆砌起来的牛棚，多少还是做了修缮的，长短一致、粗细整齐的松木被相互镶嵌起来了，那可不是用电锯锯出来的，那些中段像鱼肚一般鼓着的老锯子留下的锯痕、月牙斧留下的印痕依稀可辨。而山上的石头牛棚里还能留下什么痕迹呢？看看地貌，山外还有山呢，只有那些飞禽走兽都难以翻越的崇山峻岭，才能被称作是真正的大山。从地理位置上看，人类的分布就是一件神秘的事情。你看，人们的足迹甚至已经遍及这样的山峦，不知道这究竟是人类在大自然面前所表现出的傲慢神气呢，还是萎靡不振，或是算人类的发展抑或衰落？但就算你像雪鸡那样飞得再高，或者像牦牛那样爬得再高，生活还是会把你抛到最底层的。

　　人之所以被称为人，难道只是为了用半生不熟的食物填饱肚子吗？从社会学角度来说，除此之外，他还会有其他的事情可做吗？这些道理他虽说不是从哲学资料中读到的，但这个夏天的奇特经历赋予了他一种感觉，就像一个想打喷嚏的人事先会嗅到很多异样的气味。他父亲经常告诫他说不要到风口上去，那些野生动物的鼻子是多么灵敏啊！那可不是铁质的箭头啊，黑色的火药味从老远就能嗅到。总之，有一种气味，先是嗅到，然后，就受到惊吓，受了惊吓该朝哪个方向跑呢？人的价值只有在他所处的社会大环境中才能得到体现。哈孜木暂且把它全面准确而且颇有兴致地理解成了——"生活在人们中间就像生活在金色摇篮里一样"。

他也没有身处那些参加叼羊的熙熙攘攘的人群之中。倘若你的马快，或许你就能冲到前面把羊抢过来跑开，而跑得慢的就要被人甩在身后。自得其乐，有谁会说谁的不是呢？人是什么事情都能学会的，骑马也是学来的，也是一种文明，骑马还有一个好听的国际化名称，那就是"马术"。这里不是别的地方，而是自己的家乡，自己的草原，自己的山坡，自己的山坳。可在哈孜木看来，这后来的事情就仿佛是完全多余的疯狂举动，因为这种疯狂在马、羊羔、种羊身上都可以看见啊。说时迟那时快，那匹拴在小松树上的黑骏马用蹄子在地上刨了两下，嘶鸣了两声，甩起尾巴蹿了两三下，那是它在放松呢。从前当地的医生们常常把各种药材杂拌在一起做出黑色的小蛋蛋，俗称"马粪蛋"，而现在黑骏马也将此类的"黑粪蛋"夹在了自己的两条后腿之间。

这不就是疯狂的举动吗？连马都会这样发飙，何况是人呢！会不会是那匹玉顶枣红马呀？你看它额头放光，此时已经变成了一个黑影向远处奔去，马背上的人肩扛着一只白色的山羊羔。这马犹如一只狼，而且还是那种真正的大灰狼。大灰狼将不大的羊羔从颈部那么一咬，然后甩到自己的背上就跑开了，无论是对马匹来说还是对灰狼来说，这样甩到肩上看起来可能会比较轻松，但实际是在拼命啊。这样一来是做游戏，为了争一口气；二来是为了生存而进行的斗争。谁又敢说"叼羊"运动就不是人类从大灰狼那里学来的呢？他不是一个人，身后还有很多人尾随着，他们翻过两三座山包之后，开始绕着弯奔跑。这时候，他们面前出现了一片很气派的白色毡房，取胜者想把那只羊羔扔到阿吾勒中间最大的一座毡房前，可别人想尽办法不让他这么做。看上去玉顶枣红马最初的那股冲劲也有所减弱，眼看着身后已经有几匹马赶了上来。那个阿吾勒附近有一处凹地，玉顶枣红马和其他的马匹都接二连三冲进了那处凹地，许久也不见上来，这说明那位骑着玉顶枣红马的骑手被他们堵截住了。啊！这广阔平坦的草原，这郁郁葱葱的绿地啊！任凭骑手和马儿怎么在它身上折腾，都不会扬起一丝灰尘。这时"叼羊"才真正进入了激烈竞争的高潮中，那些骑着快马的骑士在不同的山头伺机出击，显而易见，他们的马肚带被拉得很紧，帽带也系得很结实。

以往，每当这种时候，总会骑着黑骏马策马扬鞭，发起疯来像个巫师的哈孜木今天这是怎么了，是不是还生着气呢？他将自己的那匹马拉进松林深处，将它拴在了外人看不见的地方。他不再紧盯着"叼羊"的队伍，而是目不转睛地盯着他们后面的那群人，她们脖颈上的项链，以及发辫上的银饰闪闪发光灿烂夺目，这光芒忽隐忽现，犹如流动的金子伸向远方。

你看，那儿有一位身穿无领无袖黑色坎肩，内穿一条白色金丝绒裙子的姑娘，她是多么婀娜多姿啊！那位衣着时尚的年轻小伙子，你怎么那么有福气啊！你和她肩碰肩形影不离，就算能成为她的影子也是一件幸福的事情啊！世界上能有比这一幕更让人活受罪的事情吗？赶快让她消失吧！在这种时候，谁又会去注意别人的行踪呢？这两个相爱的人很快就融入了刚才的队伍中，没有留下一点儿踪迹。从前常听人说，在这种集会上，常会有姑娘失踪。这就叫失踪吧，尽管她（他）们最后都返回了自己的团队，但是，无论是姑娘还是小伙子都将自己生命中最为宝贵的东西，把第一次燃起的珍宝丢掉了，就像伟大的阿拜所说的那样，是不是已经把珍宝永远丢失在了那一条深山峡谷里？他们是不是曾经躺在丝绒般的绿叶上让自己燃烧的激情渐渐冷却？那可是只燃烧一次，再也不会出现的火焰呀。但一切都只是一种轮廓，这个情窦未开的傻瓜并没有能深入地体会那种感觉。

这个晚上，这座游戏场上将会出现多少闹剧啊！那还不是一般的闹剧，而将是那种最疯狂的闹剧。正像俗话说的那样：一个姑娘的丈夫来了，一千个姑娘就会感到心痒痒。这里将要发生的就是这样的闹剧，这样的故事今天即将发生了。"赛诗礼"——多么会起名字啊，这后面还隐藏着多少奥秘啊！这里所说的"礼"可不是我们以往理解的嫂子在伸手不见五指的夜晚，在垂挂着的帐幔里发出的窸窸窣窣声中，将仿佛被戴上了笼头的新郎和新娘子送入洞房时，向人索取的"铺床礼"和"摸发礼"，那只不过是夹在那位嫂子热气蒸腾的腋下的几尺布料而已。这个"礼"可没有那么简单，这是要牵去跪卧在相邻部落那个牧主门前的一只高大的雄驼。可以说是同心同德吧，大概他也有以前未曾兑现的承诺吧，这就是所谓的"赛诗礼"吧。这也只是它的叫法，魅力其实在于它的排场，它的晚宴。人们已经将毡房围毡底边卷了起来，白色大帐的里里外外都沉浸在诗歌与歌曲的海洋里，快乐与欢笑、相握的双手、交错的臂膀、扭动的腰身、晃动的肩膀都是为了换取这一夜的自由和满足渴望。

托铁甘这才清醒过来，他看见人们开始渐渐四散开来，在昏暗中显得影影绰绰，若隐若现，灰蒙蒙的。他无声地坐着，什么都没有察觉。刚才眼前的热闹场面荡然无存，渐渐朝着远处松树林那边的下坡地带退去了。看来，他们是打算从平原地带进入乱石林立的山谷里去。他只看见那只白色的山羊羔，在三个并排的骑手之间传递着，他们是为了减轻身下马匹的负担才这么做的，他们一边传递一边向前移动着。这一天最辉煌的一幕也就到此结束了。

接下来干什么？接下来是"赛诗礼"，眼前尽是些陌生而斑驳的影子，今年的聚会最让人不能理解的就是这一点。使他感到困惑不解的就是诗歌与爱情像一个丧夫的怨妇一样披着浓浓的夜色偷偷摸摸地发出的呻吟。他沿着山腰一直走着，心里想着白天的事情，感到很难受。从那个阿吾勒喝过早茶出发之前（他们连柯莫孜都没有斟一碗，说是要带到婚礼上去），托铁甘曾经说：

"白天将有的聚会，那是属于白天的热闹，晚上自有晚上的热闹。"

"我的这个小舅子是怎么将娱乐和巫术结合起来的呢？"哈孜木有点迟疑，但没能将这句话说出口，便咽了回去。

不管他是巫师还是公山羊，他得在人们都睡觉之前找到一个可以落脚的地方才是。托铁甘从小就是个调皮的孩子，爱开玩笑。他可能认哈孜木当姐夫了吧，经常拿他寻开心，取笑他。他喜欢唱歌喜欢弹奏冬不拉，可是哈孜木哪里懂这个，反正人们总是对他交口称赞。他总是唱一些拖着长调的歌曲，唱起来很远就能听到歌声，只有真主知道那些是什么。除了他拖得很长的腔调外，哈孜木根本就不明白他在婚宴聚会上经常演唱的歌曲《可爱的驼羔》和《英俊的小伙子霍孜和美丽的姑娘巴彦》的价值所在！他当然希望自己唯一的小舅子过得舒坦呀，可他最满意的不是这个，而是托铁甘这一年来所从事"巫师"这个新行当的工作。这么多年来他唱歌唱得嗓子都哑了，可又得到了什么呢？不过，这个小舅子现在总算是找对了路子。

三

那是 1949 年，不对，是 1950 年的秋天。托铁甘在阿吾勒边上玩耍，给鹌鹑下套，突然看见了一群人坐着马车正朝这边过来了。这个在荒郊野岭里寂寞无奈的调皮孩子能放过他们吗？于是，他躲进了树丛里，开始学老鹰的声音吓唬那些人，他一直不停地鸣叫着，那些过路人终于停住了脚步。他们说："那可能是家养的鹰吧！"又有人说："这鹰也太聪明了吧？好像我们欠它什么东西似的。"后来他又学着猫头鹰的叫声不停鸣叫，然后，那只"猫头鹰"却变成了一个十三四岁的毛头孩儿从树丛里露出了脑袋，发出了没有任何顾虑只属于孩子的纯真笑声。这时，那些人才明白是怎么回事儿。

这些人周游各地，演出节目，并为刚刚成立的哈萨克族、维吾尔族歌舞团挑选有天赋的演员。这些人中还有大姑娘和小媳妇，大家饶有兴致地围在小孩儿周围，有的让他学猫头鹰叫，有的让他学鹰叫，还有些人干脆让他学狗叫。

"我才不学狗叫呢，我学狼叫！"小孩这么回答。毕竟还是个孩子，起初他呆呆地愣在那里，从前他哪里见过如此打扮的人们？就算见过一些从邻县来的穿着古怪的乞丐，但从没有见过像这样手拿各种公牛角形、驼峰状离奇古怪器具的人们。他们的衣服也是长短不一，奇形怪状。有些姑娘的两条长辫在长长的丝绒衣裙后边甩动着，几乎触到了地面。犹如鹌鹑嗉囊一样的小胸兜上绣着花儿，朝两边展开着，小锅一般大小滚着毛边的帽子高高地耸着，还有人头上的白毡帽是扣在额角上的。尤其可笑的是，他们的衣角和裙边都像花花绿绿的花毡一样贴着各种图案花饰。这些人中间还有两三个和自己差不多大的小孩儿，个个聪明伶俐，让自己学狗叫的就是他们中的一个。那个戴白毡帽的人当时训斥了他：

"闭嘴，不要胡说！"之后，他就对托铁甘说："那你就学学狼叫吧！"说着将他拉到了自己的身边。他并没有忸怩作态，而是非常爽快地完成了他们提出的所有要求，有的他做得还不错，可是有的就实在不成样子。当那个"白毡帽"又问他：

"你还会什么？"他居然回答："我会当巫师，从坐着的地方一下就能跳到屋顶上去，还能用自己的舌头去舔烧得火红的铁块……"

"在这荒郊野岭，我们到哪儿去给他找毡房和烧红的铁块呢？"说着他们笑了起来。

那是在一条小溪边上，他们准备回城里去。吃饱了饭，弹奏了乐器，这些稍事休息的家伙已经完全把托铁甘迷住了。到后来，他实在不想离开这些人，而对他们来说这样富于天赋、聪明伶俐的孩子，也是打着灯笼也难以找到的宝贝呀。他的父母常说他像自己舅舅家的人，喜欢说假话。从前的事情是真是假就不得而知了，可这会儿这个小家伙不动声色地随口撒出了一个弥天大谎：

"我没有父母，是个孤儿，我就靠四处游荡，讨别人开心养活自己。"于是，那些人就将这个毫无牵挂的孩子带走了。托铁甘的父母亲费尽心血，用了将近两年的时间，才得到了他的消息，好不容易才把他带回自己身边。那首拖着长调的《可爱的驼羔》就是他在那个时候学会的。可是有什么用呢？调拖得再长他也没办法养活自己了。那时，不是这种像泡沫一样肤浅的艺术，而是连那些底蕴深厚而坚固的教义都能冲破，让无数人五体投地般膜拜的巫师占卜师飞黄腾达的年代。"六十个骑士，四十个步行者，当我呼叫的时候，你们快快过来！"——当他这样吟唱的时候，你就会感到痛彻心扉。当他绕着毡房抽打格栅的时候，可能就是他呼唤的神灵从各个缝隙窥视的时候吧！你甚至弄不清那股力量是怎么把托铁甘举到屋顶上去的，满屋子的人们都看得心服口服，而且各自心里暗暗嘀咕：他会不会将我的什么丑事，什么恶行公之于众呢？是呀，托铁甘天不怕地不怕，肯定有一个坚强的后盾，他会说自己说出的话语是神灵悄悄告诉自己的。而这个权力不是给他的，而是给那些神灵的。他曾经多次将那些看不上自己的花枝招展的美人从屋里哄出去，并说："去，净身去！杂种！"是的，他甚至能说出某个美人的腿上有一道伤疤，或者是肚脐和乳房之间有一颗痣等秽言。如果说假话，巫师还有什么威望啊？看来他还真的知道点什么。谁知道呢？巫师可能也有自己的信息来源吧！就算不是神灵，恐怕也有和神灵差不多的什么东西在给予暗示吧！这时，那些还显稚嫩但又寻欢作乐的年轻人当然会显得心虚恐慌。你看他跳起来骑在毡房天穹上的气势，多么威风呀！

他每次跳神都有自己的目标，到了驱邪祛病的时候，托铁甘总是会说邪气附着在某个地方或某件东西身上。他的主要做法就是搬移邪气，比如说将邪气搬移到白绵羊或者黑绵羊身上，如果是搬移到某种物品身上，那就是钱，或是活的牲畜身上，但绝不会是猫或狗，即便是小绵羊或者山羊羔身上也可以，具体还要看主人家的情况。如果想让众人确信不疑，他还会加上一句：不要纯黑的，它身上什么地方得有点白斑才行。你想想整圈的羊中，难道就找不到一只有点白斑的黑羊吗？他跳来跳去施了神法之后，就会将疾病搬移到那只牲畜身上去。托铁甘自己不会明说，只是默不作声，但也可以理解，他将那只特指的牲畜带来，绕着病人转圈，就是将病人身上的病灶搬移到牲畜身上。说明白一点，就是用嘴将邪气吸出来，再吐到牲畜身上，再将那只牲畜带出去，拴到门外。无论是病人还是病人家属都虔诚地祈祷要他尽快将那只带着病灶的牲畜带走，让所有的邪气和病灶都随之飘散。也可能这么做之后，病人就会轻松起来，有了信心，疾病也会好起来。

这种巫术是什么时候传到哈萨克人中间来的？关于这个问题，很难给出具体的年、月、日来。公元初期，在民间流传极广的《乌古斯传》一书记载，乌古斯可汗曾经召集部族所有的人举行了一个仪式。当时，他竖起了两根木桩，将一黑一白两只绵羊拴在了上边。如果要追溯托铁甘在这里所用的白绵羊和黑绵羊的真正来源，那这些绵羊的来历就非常悠远啊！但是，在乌古斯可汗举行的那个仪式上，并没有提到有什么人施展过巫术之类的话。巫术是一种先见之明啊。可是，征战世界的乌古斯可汗既没有相信巫术，也没有不信巫术。当然他的身边也有过一个能预见未来的智者，那是一位满头白发、银须冉冉的老人家。也就是说，赖兮兮的托铁甘那点预见术，也不能说微不足道，那么，他所说的那个"六十个骑士，四十个步行者"的根源是不是很深远呢？所以，这种比伊斯兰教还要深入人心，而且很快就能让人们看到结果的巫术不仅使科学界和政府感到反感，甚至也使宗教界的毛拉们愤愤不平。毛拉们说："预见未来的能力只属于安拉，巫师就是个罪孽深重的人。他们不仅自己罪孽深重，还将广大人民都拉下水。"而科学家们的证据则更充分。有谁说得清呢？反正，托铁甘现在受到了两个方面的夹击，可毕竟都是人啊，相信的还占多数。不光是这个托铁甘，还有一些多少有些这种预知未来能力的人都偷偷摸摸地干起了这个勾当。你让托铁甘怎么办呢？他又不想放羊，不愿牧马，农活他肯定提都不想提，对一个男子汉来说，无论弹琴唱歌，还是从事巫术都被称作是坏人，这些毛拉到底想怎么样呢？——他首先从内心深处开始憎恨毛拉。有一天，他在征得了毛拉的允许之后，出其不意地开口便唱道：

> 如果先将姑娘们赶进地狱，
> 再将好色的我们赶进地狱，
> 如果有四位妖魔举旗高呼，
> 我将无悔地离开这个世界。

"异教徒！混蛋！"那个长着稀疏的黄胡须、脑袋尖长的塔塔尔毛拉一下子就跳了起来，"快将这个蓝眼睛的坏蛋绑起来！"

这个时候，气急败坏的毛拉竟然忘记了自己的眼睛也是蓝色的。当时人群中还有贾扎力，他马上争辩说：

"哎呀，这不是他自己胡诌的诗歌，而是哈萨克民族最有名的阿肯布尔江创作的诗歌。"就这样，托铁甘才好不容易躲过了一劫。

"不管这首诗歌是谁写的，总归是从他的嘴里念出来的吧。就算他念的是哈布都拉·托海的诗歌，也是不能念的，快点把他的衣服扒光，给我狠狠地抽打这个异教徒！"

怎么可能抽打啊，毛拉自己也知道打人的年代早已成了过去，但是，他还是不愿意失去自己的那点面子。

"请原谅，毛拉大人，您何必跟这种不知好歹的乡下疯子一般见识呢！"愤怒的毛拉喘着粗气，尽管他拗不过房主，但是为了平息他的愤怒，房主还是将托铁甘从白色大帐里拖出，送到其他小帐里去了。

从此以后，可能是托铁甘的脸皮变厚了吧，他干脆将两个坏东西——一个写诗，一个是巫术混在了一起做成了一锅粥。按照人们惯常的理解，除了毛拉和和卓之外，没有人敢限制巫师写诗唱歌，说这样会在真主面前负罪。因为，人们从来没有排斥过这类多少会点巫术的人，即便这些人是异教徒也罢，与他们比起来，托铁甘算什么？他是和自己血脉相通的兄弟啊。在各种婚宴聚会上，他会一头扎进大姑娘小媳妇堆里，敢和那些伶牙俐齿能言善辩的阿肯一比高低，是一个即兴作诗、出口成章的阿肯。总之，他所有的财富就是离开演出队时带回来的一把不错的冬不拉，是呀，习惯了山里自由自在生活的他，无法适应城市乐队的生活。这一把比阿吾勒的冬不拉要长出一截的乐器就是将自己的"两个坏东西"自由而微妙地结合起来，并发挥到极致的金勺子呀。他施展巫术是为了生存。那样的巫师，既不将自己等同于阿吾勒的毛拉或者普通人，也不像现代人那么文明，也不怎么狡猾。总之，他们总是试图将自己表现得与众不同。让贾扎力感到惊讶的就是他们的这种性格，他们似乎是某个部族（部落），具体地说是某个阿吾勒的某个祖先的后代，比如说是某某人的儿子。这么说起来，他更是不同于一般的人，浑身上下都显得更像另外一个形象，他们似乎拥有比阿山海格、霍尔胡特这些古代哈萨克圣贤还要悠久的历史背景。贾扎力搞不明白的就是这一点吗？如果有人问："贾扎力老师，您是懂历史的，除了那些从萨满时代的先祖那里传承下来的一两个巫术以及巫师腔调之外，还有什么特征？"对这个问题他将如何回答？

这一盏从席卷而来的伊斯兰教及其强制推行政策中找到生存夹缝，没有熄灭依然延续的小灯，即巫师咒语，以及举着这盏灯，在漆黑的夜晚吟唱着古代萨满歌谣的幽灵，即巫师，可不是随意就可以忽视的现象和生灵呀。巫师一直睁着疲惫的眼睛窥视着从最初的文明到口头文学时期、之后的经典文学时期，以及一神教、伊斯兰教等一切，难道我们就不能对它说一两句温暖的话吗？他呀，不过是额头上留着刘海的稚童罢了，他打老远就认出了你，并兴冲冲地向你奔跑过来了。巫师说教里包含着一切：神话、传说、巨人、霍伯孜琴乐曲、悲欢离合、脍炙人口的铁尔麦、趣闻逸事、愿望憧憬，等等。无论你说什么，这些东西都是我们北方先祖的，尤其是古代先祖们的，也是我们自己身上固有的东西。但是其中却没有五短身材健壮结实的狮子阿里、魁梧高大的艾布里·巴克尔、宗教首领乌斯曼、阿巴斯等人。到现在为止，他从来没有将这些内容纳入自己的唱词中去，也没有将此附着在自己的身上。也许，贾扎力你会说：不是那样的吧？或者你想说：你是一个骗子！废物！说谎者！就算没有他，你们的阿吾勒这样的骗子、废物还少吗？哪怕是一只小山羊，也还是应该让他得到，以便养活自己。如果他能用驱病祛邪的法术让那个年老色衰的糟老头用钱换来小老婆，即便是第四个老婆，生一个孩子出来，那你还能说这个孩子是外人吗？

托铁甘还年轻，再加上他的巫术，就使他和其他的老巫师截然不同。说到这儿，尤其是说到他的歌唱才华，贾扎力也就不会太责怪他了。哈孜木与他在一起也就待了今年一个夏天，但哈孜木却疑虑重重。从前他总是把小舅子的巫术看成是一种综合技能，是一种特殊的天赋。

他有一次曾经说自己可不是揪着衣襟草草念经的毛拉。当哈孜木赞美他的这种神力，像摇动鹅毛扇一样夸赞他的才华，并将他说得天花乱坠纯洁无比的时候，托铁甘再次反复强调说：我才不需要可以当拜垫的衣襟呢，我自己的衣襟就够了，即便那是种公羊的试精带也罢，我不是毛拉！我就是个驱病祛邪的人，我不是神仙。它的名字叫神灵，神灵与魔鬼是难兄难弟，无论是白天还是黑夜，我所驾驭的就是那个神灵。

那该怎么办呢？哈孜木感到非常头疼，自己是应该承认他的善举呢？还是承认他的妖术？这是哈孜木一生所享受的最人乐趣，他自己身处热闹非凡的草原盛会，并渐渐适应，默默无声地随托铁甘而动。有的时候，他也会偷偷地留下来，或者随同叼上羊羔的人们走得远远的，有时一连几天都见不上面。他至今还记得，那是他们刚到夏牧场的日子，在参加争抢穆携①活动中，他们走失了方向，最后，好不容易才找到哈孜别克部落的一处非常殷实的阿吾勒，那儿扎有三顶白色毡房。傍晚时分，哈孜木将马拴到马桩上，朝中间那顶最大的毡房走去。当时，他在门楣上贴着红红绿绿图案的小帐前看到了几个叽叽喳喳的女人。她们

---

① 穆携：在哈萨克人的庆典上，年轻人会向举办庆典的主人索要山羊羔或者布料作为叼羊或者抢份额活动的内容。主人家会马上满足要求，他们就会开始追逐抢夺，以增加庆典的热闹氛围。

仿佛准备抛撒庆贺礼物。有趣的是，他那机灵的小舅子将一根花绳子系在一个年轻美貌媳妇的脖子上牵着从阿吾勒下方朝这边走来了。后来他才知道，这个漂亮的小媳妇是那个东家的第四个老婆，也就是他的第三个小老婆。这个牧主的大老婆没有生过孩子，他就一个接一个地娶了几个年轻美丽的女人。那个嫩白的小媳妇身材苗条，上身穿着紫色的薄上衣，十分合体，上衣滚着花边，衣摆上各处缀着的饰物使薄上衣直直地垂着，她那两条笔直修长的腿更是妩媚动人。她优雅羞怯，婀娜多姿，令人着迷。是谁这么残忍让她领受这份罪啊？是命中注定还是人为的安排？她唯一不走运的就是没有得到一粒有生命的精子。那粒精子像彗星一般划过时为什么不刺她一下呢？有什么办法？还是射手不带劲儿啊！如果射手很棒，他的子弹一定会穿过任何障碍，穿透任何厚度。哎，那不过就是鱼卵大小的一粒精子呀！

别说见过，哈孜木连听都没有听说过这种跳神的事情。是呀，他能在哪儿见着呢？可怜的小伙子。是不是妖精在托铁甘的耳边说了悄悄话？要不然他是从哪里学到这些巫术的呢？这也许就是他所谓的驱病祛邪的某种法术。昨天晚上，他在其他一个阿吾勒跳神时看见了这个小媳妇。当时，他一边跳神一边说："东边的阿吾勒有一个美丽的小媳妇，是求子心切的牧主的第三个小老婆，我的神灵窃窃私语，令我六神无主。神灵怂恿我说：'你去呀，你去为她驱病祛邪，她便会走桃花运！'"

谁不想讨好牧主呢？那些阿谀奉承的人马上就将他的消息告诉了那个阿吾勒的牧主。所以，牧主便邀请圣贤托铁甘给莱维小老婆驱病祛邪，施展法术呢！托铁甘首先说："需要一根三丈长的三色花绳。"然后，他就将这根绳子套在了漂亮媳妇的脖子上，牵着她围着大老婆的毡房绕了三圈，他这可能是为了先让那个吝啬的老家伙满意吧。人们常说：不要相信谎言，要相信说谎的技巧。而他所采用的技巧就是用花绳子套住她的脖子再向真主求得孩子。

"是啊，是啊！这是自古就有的规矩呀。"老人们纷纷开口说，"施展这个法术需要到没有沾上粪便的干净地方去。"这么一来，谁会怀疑他呢？他手扯花绳子牵着这个如三岁母驼一般的美人径直走掉了，他只想不管早晚得找个地方让她跪倒吧。看来，他整个白天都在酝酿发情呢。他从阿吾勒往下绕了三个山弯，在一条山涧岔路口放置了三块石头，然后让那个小媳妇坐到了那几块石头中间，并让她面朝夕阳，煞有介事地给她驱邪。而这会儿，正是他带着小媳妇归来的当口。尽管这个小媳妇是用四条腿的牲畜换来的，但她毕竟不是牲畜啊！如果说是牲畜，骆驼是从鼻绳，马匹是从缰绳牵着的。要是那种送给亲家的皮毛光滑，生性尊贵的母猎犬倒也罢了，无论是系上花绳子，还是套上项圈，谁会管他往哪儿牵呢。老人们个个点头称道，就好像他们曾经目睹、亲自使唤过，后来逐渐熄灭了的一盏神灯又被重新燃起来似的。而现在恰恰相反，没有谁会用这种方式向真主祈子。

"你要欣然从命，不要害羞啊，小媳妇，你的灯盏就会被点燃。"几个长辈你一言我一句诚挚地劝道。多可怜啊，小媳妇嫩白的脸上闪烁着由于内心的悲伤带出来的晶莹泪珠，她感到周围一片灰暗朦胧，自己就像走在卵石滩上的马匹一样磕磕绊绊起来，几次差点跌倒。等他们走到谷地僻静处的时候，那位善良的恩人开始搀扶她，像发情的牲畜那样用温柔亲切的语言发出缱绻缠绵的声音。一切都按部就班地进行着，美人身体的一曲一张，胸骨的弯曲，甚至连卵石硌着她白皙的脸颊，都是那么让人心疼。大地呀，你会馈赠于我！酥胸上是一对依然像少女一样的小小乳房，两粒像红麦粒一样的乳头垂向大地。乳房外边是一件又薄又轻柔的洁白丝衣，这究竟是哪一条鱼儿身上薄薄的鳃绒呢？但愿你的乳房形同沃土，人类与爱情的这两团白光就会光芒万丈。尽管要忍受十月怀胎的痛楚与折磨，臀部会变得粗壮硕大，马驹一般的身材会变得臃肿肥硕，生育时你还会感到全身骨头都会变酥，但还是诚心祈求上苍赐予子嗣吧！祈求上苍点亮她的这盏灯吧。

托铁甘找了个适当的机会做了个提醒："空勺子会划破嘴唇！"对这个近乎于奴从且纯洁的美人来说，为了得到一个孩子她会答应一切。托铁甘当时的那些非分举动对她来说有点像爱情，这会儿他不是一个巫师，而是一个正常的男人。他说着人话，喘着人气。他使美人心甘情愿地为他解开了自己的胸衣，并心甘情愿地接受所谓驱邪。只有真主知道呀，这是那个长着褐色头发的小伙子温柔无比的手掌啊！继续驱邪吧！火红的夕阳啊，你也看见了吧，你也劝劝他吧！让他继续驱邪吧！快点！再快点吧！年轻的美人太受罪了啊。这个小伙子是个什么样的保护者啊？他的举动和饿鹰啄食有什么区别？火红的夕阳啊，你说说看呀，在落山之前说说呀！然后，也让黑暗快点降临吧！你到底是巫师还是别的什么啊？与其当一个巫师，为什么不充当一个强盗呢！那根花绳子还在小媳妇的脖子上套着呢，你为什么不干干脆脆地把她抢去远走高飞呀？！为什么要留给那个老山鹰来啄呢？你为什么不用自己逮住狐狸的尖利鹰爪永远将她压在身下？那不是鹰爪，而是爱情之手，填满欲壑的手啊！你不要怜惜自己的冲劲，肌肉长出来就是为了接受疼痛的！

托铁甘把那个小媳妇带走的时候她是哭着去的，回来的时候却是满脸春光，喜气洋洋，默默不语地跟在小伙子的身后，看来已经没有气力忸怩了，她已经无力反抗命运和自己所崇拜的人。他究竟是真主还是人？抑或是由两者的混合物派生出来的一种渴望？可他毕竟想使一切从无到有，竭力点燃一盏灯呀。当然，灯盏是不会自己燃起来的，先祖们想当初也是钻木取火的呀。相比之下，有什么必要怜惜黑头火柴和磷皮呢？

"伟大的造物主曾经说：我赐予子嗣，临世则靠自己。"在走近阿吾勒的时候，托铁甘从年轻媳妇温暖的腰际抽出手来说道，"我刚才说的那一句'空勺子会划破嘴唇'就是这个意思。"

"嗯……"年轻女人对他的话低声而含混地回了一声，还伴着一丝微笑，脸上却变得粉红一片。虽然怀孕还只是一个憧憬，但暖暖的火光已经照进了她的心灵，给了她一片希望。这会儿托铁甘又说了一句人话：

"你又不是在灰堆里滚一回就可以生出鸡蛋的母鸡呀。"这位走在小媳妇身边的巫师一边走一边还伸出手将她的腰肢和臀部抚摸了一通。他不是真主，是一个人，而且还是被神灵所左右的人啊。

对这个可怜的女人来说，巫师回来途中所说的那些充满温柔放荡的话语是她先前没有从任何男人那里听到过的。那些话语使她的心儿被碾成了粉末，骨头被融化成了一汪水，并顺着两条腿一泻而下。是呀，那些话语是那么动听悦耳，令她永生难忘。小媳妇轻轻地扭过白皙的脖颈，让夕阳的余光落在小小鼻子的两翼，抬了抬自己可爱的下颚微笑着瞥了一眼自己这位可敬可爱的巫师。

"我还会提出这样的条件：今天晚上你会一个人待在屋子里，你身上剩下的疾病会在那个时候被驱散转移。反正我身上的神灵也会不断地催我快去找你，不会让我睡安稳的。"

这时，两个老女人出现在了门边两侧，巫师将花绳子交给了她们，并吩咐道：

"好好将花绳子收起来放在她床头的挂衣架上。"这时，哈孜木也匆匆地赶了过来，这边小媳妇还在羞怯地张望。

哈孜木听得很清楚，自己这位总带来吉祥的小舅子正向那两个女人嘱咐：

"让她好好净身，然后让她今晚独处一室，她必须整晚做祷告，里里外外的衣服和床单被褥都必须干干净净。"

对老实巴交的哈孜木来说，除了知道深山老林里的动物们公开交媾之外，他对这类偷情还不是很清楚。他睡了一小会儿，醒来翻身的时候，却发现睡在自己身边的小舅子已经不在床上了。是不是他身上的神灵搅扰得他无法安睡啊？毕竟是姐夫啊，这时，他的睡意全跑了，他听见门外有动静，心想托铁甘会不会被神灵左右而摔倒了？想到这儿，便跟了出去，他没有看错，从毡门的缝隙里清清楚楚地看见那家伙闪进了那个小媳妇的门。他也许会在她的屋里驱病祛邪吧！因为，他不会平白无故地让她好好净身，独处一室。即便是一个山民，他也是个穆斯林啊，即便是听说他也知道净了身的人能积德，愿真主赐予那个女人恩惠，但愿那个舒展着身体睡在崭新洁白的绸缎上的美人得到天堂般的快乐！那是一种渴望啊！

神奇的托铁甘，千万别吝啬自己的力量！赶紧召唤自己的神灵吧！不管用什么方法，究竟是像褐色的猫头鹰一样落下，还是像雄鹰一样顿足，就由你自己吧，总之，一定要让咒语应验，让那可怜的女人怀一个孩子吧。怀着如此善良的愿望，这位姐夫沉沉地睡了过去。等他再次醒来的时候，天已经大亮了。托铁甘还没有回来，他匆匆忙忙穿上衣服走出门，看见托铁甘正和那两个女人在白毡房前聊天呢。当那个手提着净壶做完晨礼净身的一家之主披着袷袢出现时，那两个女人便迎了上去，其中一个弯着腰从他手里接过了净壶，第二个则笑嘻嘻地向主人禀报了好消息：

"她正舒舒服服地睡觉呢！胸怀宽广的真主也许会让她受孕。巫师自己也说他所施展的法术好像起了作用。"

"但愿他说得对！让她睡吧，别叫醒她！"愚蠢的主人说完这些话就走进了大帐里去了。

一个人睡意被打断，就意味着一种开始。谁会无缘无故地厌烦自己的睡床呢？连野马都不会嫌弃自己的饮水源。那是怎样的惊吓呀？最近这几天，哈孜木平静的心儿也出现了某种微妙的变化。那些小伙子们为什么要抱怨月亮太大太圆呢？睡在洁白毡房里的哈孜木哪里知道其中的奥秘呢？从那以后，他总会反复地吟唱这样几句听到的歌词：

> 美丽的夏夜为何那么短暂？
> 她的千娇百态使我难尽兴。
> 受惊扰的白天鹅怎会飞落——
> 怎么会飞落在自己的湖泊？

那么，天鹅的惊飞和人的惊醒是一样的吗？这其中有什么意义呢？就像没有饱饮柯莫孜一样，短暂的夏夜怎么能满足渴望的欲念呢？另一天的凌晨悄悄溜回来的托铁甘发现哈孜木并没有睡着，而是抬起头坐在那里，他说："你一出门我就醒了。"深更半夜在陌生人的家里也不便说话。哈孜木说得的确没错，喝足了柯莫孜之后，他跑到松树林里睡了整整一下午。那个机敏的小舅子想道：看来他的睡眠也被打乱了！

托铁甘既是巫师又是歌手，怎么会远离餐巾呢？在某一夜里，他在一个阿吾勒吃饱喝足后，丢下了一句假话，没有留宿骑上马就走了。哈孜木才不会独自留下来，悄悄地跟在了他后边。那一天的夜呀，真是皓月当空，可能正是旧历的十四吧。他们沿着小路走上一个山梁。

"人们还没有入睡呢。"托铁甘说着下了马，然后将缰绳递给了哈孜木，自己蜷着身子躺了下来，躺了一会儿，又翻了个身，一直就那么蜷着身子躺着，然后甩了一下手，说：

"等那边的阿吾勒熄了灯你把我叫醒好了，我稍微睡一会儿。"真主保佑，那是个可怕的景象，谁知道他说的是那边的哪个阿吾勒，那里足足有五六十个阿吾勒吧。哈孜木心想，他白天根本没有仔细观察过。那可是真主的鬼斧神工呀，那些阿吾勒坐落在高山带和中山带之间，这里有着很多山坡，每个山坡上都有五座十座毡房。月亮像乳汁一样洁白，穷人家的房子显得灰暗，而牧主家洁白的毡房则显得更加明亮刺眼，所有的毡房里都透出了微弱的灯光。一路沿着高山峻岭山丘向两侧延伸的山坡要去哪里？简直一眼望不到边。那些洁白的毡房越来越远，越来越小，最后会像一颗流星一样消失。无边无际的夜空啊，地球哪个地方的夜空，也没有这里的清澈吧！这才是真正的草原夜空啊，布满天穹的繁星今夜也显得格外璀璨夺目。哈孜木怎么可能知道它有"银河"这样优美的称谓呢？他在阔克莫依纳克冬牧场的夜空也曾经见到过这样绵绵延延的洁白银带，父亲曾经告诉他这就是"候鸟之路"，据说候鸟们就是沿着这条路飞来再飞走的。

那犹如簇拥在一起的毡房一般挤在一起，一串串出现在高耸入云的两座山之间的六颗星星，叫作昴宿星座。他从勺子形状才勉强看出了从自己的东侧出现的北斗七星。他还知道启明星在天亮之前才会出现，尽管知道那个就是银河，但是父亲并没有告诉他沿着银河右侧飞来的"仙鹤"星座和左侧的"天鹅"星座。哎呀，实在太多了！他头顶正中就是希腊神话中的英雄赫拉克勒斯星座。不知道恐龙星座也就罢了，但是他作为以游牧为生、经常打猎的哈萨克人怎么就不知道"苍狼"星座和"天狗"星座呢？头顶上是一片镶嵌着闪闪的银色纽扣的宝蓝色苍穹，而那边巍峨壮丽的则是天山，从那里往这边绿茵茵的营盘就是哈尼夏牧场。让我们来想象一下吧，这是什么啊？这铺洒的是什么东西的光芒啊？它是犹如乳汁一般洁白稀薄的东西，好像那洁白的颜色就要沾到你的手臂或者脸颊上似的。究竟是一种什么样神奇的力量啊，让所有洁白的毡房和吉祥的营盘都沉浸天籁之中，使它们变得薄如蝉翼，白若丝绸。

这是一幅神奇的景象啊，那是他的婚床吗？哈孜木从来没有想过如此无穷无尽的大自然财富和自己贫穷妻子的婚床能有什么相同之处呢！让我们自己看看吧，那个隐隐约约而又茂密的黛色松林像什么呢？是壁毯的流苏吗？如果眺望着巍巍峨峨的冰山再睡过去也不错啊！那时，他是不是可能梦见一个牧主家的女儿华丽的闺房呢？哈孜木目不转睛地盯着那个方向，他不知道小舅子说的究竟是哪一家的灯光，有的灯火熄灭了，有的依然时隐时现，有的昏昏欲睡。作为一个人，他怎么可能不激动呢？远方传来了一阵歌声，刚刚响起，继而又中断，再次变得轻柔舒缓起来，好像是从远方传过来的。这不，就在他们身边，从左边的山坡那边传出了清脆的歌声。刚才那边还有灯光，现在已经熄灭了，灯光虽然熄灭了，而歌声却传了出来，其中有什么奥秘呢？一切都在进行中，有些歌声从很远的地方传来，若隐若现，而有的歌声则显得很沉闷，也有的歌声是从近处，就从他们的身边传出来。那是怎样幽怨的歌声啊！怎么会有那么多歌声呢？山坡上有马儿，圈里有羊，它们都很安静。那些洁白的毡房也悄无声息地站在原处。从他们走来的山坡上，有一群骆驼卧在那里反刍。它们后边低矮的洼地，拴着一匹马，它没有吃草，竖起耳朵像在聆听着什么。

野外只有动物的声息，所有的毡房都盖上了天穹方毡，灯光也渐渐熄灭了，虽然地面上的灯光是这样的，然而天上的光亮却不安宁地颤动着，显得更加明亮，更加耀眼。

还是那些歌声，谁在听啊？又给谁留下思考呢？就在这宽广的草原上，在那层层叠叠坐落着的阿吾勒中，在半醒半睡的黄昏时分，在昏暗的月光下，在朦朦胧胧的夜晚，那些此起彼伏没有歇息相互融合的歌声究竟是怎么样的旋律？又是什么人唱出的歌声啊？是从哪儿来的呢？

哈孜木知道的也并不多。比起神奇无比充满奥秘的夜晚，他更了解白天的情形。生活是有两面性的，这第二面才刚刚开始，他还没有来得及看清，他只听说过诸如"你看这月亮多亮啊，犹如白昼！"等一两句话而已。他们很多天来都在参加叼羊活动，晚上会沉沉地睡去了。草原上的十五天就是这么过去的，接踵而来的便是躁动不眠的夜晚，让我们看看那个充满奥秘的夜晚将赐予他什么呢？

他们是沿着阿吾勒上游的大山来的，将马匹拴到一簇松林里之后，托铁甘便说：

"你就留着这里吧，马倒不一定会丢，但是不敢保证马鞍不被偷掉。"他边走边将自己的外衣递给哈孜木，接着又说，"还有这个。"

在下游弯弯曲曲的山谷里，驻扎着四五个阿吾勒。他们刚才过来时看到的那些隐隐约约的灯光就是从那里发出来的，那里还有一堆冲天的篝火。在阿吾勒中央，那堆篝火正在熊熊燃烧，那是干枯的松木堆起来的篝火。人们正围着火堆跳着舞，他们像旋风一般旋转着，个个像火人一样一闪一闪的，那闪闪发光的究竟是人们的眼睛，还是姑娘们身上的银饰，或者是红红的火苗，还是被反射出的月光，说不清楚。颤抖的手指、扭动的腰肢、弯曲的双肩、晃动的脖颈，一切都那么清晰。旋转飘逸的衣裙有时仿佛就要被飘忽的篝火点着，但瞬间又飘闪开来了。

也许这个景象只是个插曲，也许后来会出现比这个还要庞大的群体吧？突然，人们丢下了那堆篝火，朝着山脚下的那片小松树林的方向奔去了，并传来一阵阵银铃般的歌声、动人的笑声和轻轻的哼叫声。总之，她们身上充满了娇宠柔美、轻松自在、快乐光明的气息，就像一群流浪的吉普赛人，是一群拥有爱情的吉普赛人，那是什么样的爱情啊！

在美丽的大自然里，在明月和群星下，在人间绿茵茵的夏牧场，在纯洁辽远的宝蓝色天空下，人们呈现出的是最单纯的幼稚，相信一切的信念，那是人类最简单的文明，是人们最初的情感，即便不是全部，也是其中的一部分，是一丁点遗留。

篝火还在燃烧，人们已经离开了，孤零零的篝火冲天燃烧着，大地烧起篝火，狼群就不敢来了。这么大的一堆篝火，别说是狼了，就连龙也不敢靠近吧！他瞥了一眼上游空空的山谷，缩起了脖子，感到自己越来越渺小。如果这里有熊呢？这堆篝火能吓走它吗？！

四

哈孜木打了个盹儿又醒了，他不由自主地朝野外黑黝黝的山谷看了一眼，好像一只浑身长满黑毛的野兽压在自己头顶上似的。山下的篝火还在不停地燃烧着，那里有两束火焰，一束是红色的火焰，而另一束则是黑色的火焰，那两束火焰仿佛在抓挠着彼此的脸，使对方变得血肉模糊；那也是一根根黑色和红色的手指，当黑色的手指伸长时，红色的手指就退缩了，而红色的手指伸出来的时候，黑色的手指就退回来。月亮犹如女人的脸庞一般白皙，大地就像一个洁白丰满的胴体一般，那些红色和黑色的手指，仿佛将那个躺着的洁白胴体的上衣撕得褴褛不堪。

白色、红色和黑色，由这三种颜色织成的布匹，在那些互送彩礼的盛大晚宴上，被人们扯成了一块块的布料，这多么能让人感到满足啊！在那些牛角和驼峰上都系上这样的花布，将这一片片的布料扔到那远处的松树枝上去，甚至还扔进那些峡谷的深渊里。

有谁知道可怜的托铁甘有没有得到那么一两块这样的花布呢？刚才他脱掉了身上的外衣，追逐着那些阴影弯着腰朝前走去，他一路畅通无阻，如果碰上什么人他就会说，自己有神灵附身，是它们不让他睡觉，他才跑到这里来的。在这片宽广的草原上，如果不说他是从山上下来的人，那么就不会再有人问他什么问题了。无论什么事儿，都发生在那座山下三排松树交叉的地方。当哈孜木听到有人在唱《英俊的少年霍孜和美人巴彦》这首歌，他听出了这是托铁甘在唱。还有一个细细的女声伴随着他，听上去非常悦耳。这是在荡秋千时唱的歌呀，哈孜木也没有仔细地去想。如果他知道会讥讽托铁甘，你这个神经兮兮的巫师呀，凭着你就能成为阿拜那样的伟人吗？曾经，就在这样的一个草原之夜，阿拜和托格江也是这样伴随晃动的秋千，和声唱过这样的歌。如今，还是那个月亮，还是那片草原，从阿拜的时代至今已经过了整整一个世纪，远的就不说了，就说后来的这些年吧，从那以后，在这样的草原上，过了多少这样的皓月当空的夜晚啊?！那些沉浸在自由欢乐之中的人们都是谁啊？他们都是在哪儿的灌木丛中，或者在哪一棵松树下寻欢作乐呀？也许，当年那两个年轻的姑娘和小伙子就是如今躺在那间破毡房里浑身酸痛、整晚咳嗽而不能入眠的老头儿和老太太吧？说说看，你们中间的那个姑娘是那两个老人最小的孙女儿吗？谁没有来过这一片草原啊？是呀，那边又传来了一首忧郁的唱声：让我们在两三个月的夏季歌唱欢笑吧！这就是草原的自由，正如小伙子有邀请任何姑娘跳舞的自由那样。他们可以肩并肩坐在一起，也可以一起唱歌，一起跳舞，一起捉迷藏，一起玩狼和羊的游戏，一起玩老鹰捉小鸡的游戏，一起玩抽皮鞭挨打的游戏，这一切都是允许的。

这是一个有趣的民族，你搞不清这究竟是他们的游戏呢，还是他们的生产生活，抑或是他们在展示自己的艺术。无论怎么说，这是一个不眠之夜。许多世纪以来都是这样的，在战乱的年代，这是恐吓敌人和窃贼的方法，在和平时期，则可以驱赶毒蛇猛兽。如果看它的内容，你就会知道这才是真正的艺术夜宴。这里没有交易，也没有卑劣，也不是出于需要向任何人做出的阿谀奉承，这里的交往就是平等地交流，自由选择的爱情。整日牧放牲畜，在漫长的冬夜里，聚在一起弹起冬不拉唱起歌，一直围坐到凌晨，毫不厌倦地吟唱那些冗长的叙事长诗，聆听民间故事的正是这个民族。夏天一到，人们就纷纷走到野外，夜晚就是他们的艺术舞台，就是他们的文学、歌舞、乐曲的殿堂。他们的装饰打扮都不会在白天进行，他们的艺术都是在茫茫的夜晚在广袤的原野创作的。你说，这样的民族是不是一个很有趣的民族呢？有时，他们会集合到一起，只有真主知道这些人里面就有从阿勒泰、塔尔巴哈台等地嫁过来的浑身充满艺术细胞的美人。她们带来的嫁妆不只是那些成双成对纯毛的挂毯和镶边的大氅等物品。谁知道在那些小巧漂亮的皮箱里，藏着怎么样动人的长诗呢？当阿拜去遥远的喀尔哈勒相亲回来时，带回来的不仅仅是自己的妻子迪丽达，还有那首名歌——《雪青骏马》。

哈孜木有生以来第一次这么投入地聆听一首歌曲，那是一首这一带从前没有的歌曲。如果真主赐福，这首歌将成为今年夏牧场的序曲吧。"阿嘎加依，哪里有比阿勒泰更美的地方！"当这首歌曲传来的时候，这位不懂任何艺术、吃尽苦头的小伙子一下子挺起了胸膛。这是一个充满思念的旋律，他记得父亲总是说咱们的先辈是从阿勒泰地区阿克萨拉草原上一个叫托特合西的地方迁来的，那就是宿缘吧！

他们当时迁徙扎营的地方就是天山一带的阔克萨拉，这两座大山之间的距离到底有多远，哈孜木根本不清楚。反正距离非常遥远。在没有惊扰的和平年代，除了远嫁的姑娘，有谁还会带来如此充满思念之情的歌声呢？这个家伙好像也有一点阿勒泰人的血性，山里的凉风带来的歌声让他沉醉了。他可能想把那首歌曲听清楚一点吧，便慢慢地走近了传出歌声的地方，但是歌声却停了下来。他那从小就已经封冻显得冷漠空虚的年轻胸襟，这时仿佛还留有一丝亮光，一丝火光。对自己如此封闭，他感到羞耻，他想我也是人啊！我也是个顶天立地的小伙子啊！就算不是这样，至少也有一点类似的感知。赛马比赛结束，冠军们领取了奖品之后，不是有那么一阵兴奋忙乱的时刻吗？他此时此刻的心情恰好就是如此，他沿着松树林来到山麓的下坡处坐了下来。人们三五成群地站着，这会儿熊熊的篝火也快熄灭了，马上会变成一堆灰烬。他一直处在惊讶之中，没有想到在不经意之间，在东方崇山峻岭的背面，天际显露出了晨曦，天就要亮了。最初，那晨曦犹如美人的脖颈鲜嫩白皙，渐渐地蔓延到了她的酥胸，很快蔓延开来，那是伟大的东方白色的天使呀！她从那淡蓝色披巾下面显露出了月亮一般美丽的脸庞，渐渐苏醒过来，从薄如蝉翼的丝绸被褥之下抬起头，仿佛刚刚摆脱沉沉黑夜露出美丽的面孔，从整夜的梦境中回到了现实中。

　　他们是什么人？原来骑马的不仅是他和托铁甘两个人，对面的两棵云杉树下，一个姑娘正在送一个小伙子上马。他看得很清楚，小伙子的坐骑上银灰色配饰闪着金属的光泽，跃身上马的小伙子飞奔离去。有什么办法呢？在这样的时辰分手，他们面部依依不舍的表情，他们动作的忙乱慌张，他们内心的甜酸苦辣，哈孜木怎么可能看得出来？他根本就搞不明白。有很多骑马的人正沿着山路朝邻近的阿吾勒走去，有几个人的坐骑还带着姑娘，马的主人则骑到了马鞍的后面，两条腿空空地垂着，身体紧紧地贴着马鞍。也不知道他们都说着什么有趣的事情，彼此都那么开心爽快，反正姑娘们尖顶帽子上的鹰羽一晃一晃地摇摆着。有时，有的姑娘还差点会从马背上掉下去，然后又会很快恢复坐姿，小伙子们有力的手臂怎么会让她们摔下马呢？对小伙子们来说，上坡的时候才麻烦呢，没有可以支撑的马镫和可以拽住的缰绳，如果他们的手能抓得着马鞍的前鞽还好，抓不着该怎么办呢？前面是纤纤细腰，它能起什么作用呢？其实这是一种轻佻的举动，可是，在那种时候，谁能想到这个呢？这些小伙子如痴如醉，他们到底都是些什么人？他们是打算将那些美人们送到阿吾勒以后就回去呢？还是昨天晚上就与她们一起度过了？这会儿正在上坡，姑娘们仰着身子，小伙子的手胡乱抓着什么。而昨天他们在下坡的时候是怎么样的呢？那甜美的青春啊！再怎么打弯都不会折断，即便用榔头狠命锤砸也不会被砸断！这就是弹性啊，身体所有的享受尽在这弹性之中啊！失去了弹性，只剩下脆弱的生命还有什么意思呢？

那是一个短暂而无情的瞬间啊！宴会结束，所有的人都纷纷回家了。刚才还聚在一起的人们现在要分开了，他们都在说些什么？他们的神情怎么样？常言道：不入虎穴，焉得虎子。这就是一个神秘而黑暗的"虎穴"啊！现在他们正三五成群地站着，走走停停，一副流连忘返的样子。这种徘徊起初只在阿吾勒之间，姑娘们和小伙子们恋恋不舍。啊！转瞬即逝的夏夜啊！不走不行啊！已经有一两个人走了出去。骆驼都站起了身，羊儿也伸展腿脚，有所动作。上边阿吾勒那座大毡房旁边有三个姑娘在一起站了很久，她们有时头碰头窃窃私语，有时又会拥抱到一起，之后马上又会分开，表现出优美的姿态，她们之间究竟有什么样令人怦然心动的秘密呢？有谁能进入她们的内心世界呢？什么样的秘密深藏在她们那银箱一般可爱的心灵深处呢？她们的心儿究竟在为谁而跳动呢？

这场晚宴最后剩下了一个小媳妇和一个大姑娘，大姑娘是小姑子，小媳妇是嫂子。对任何姑娘来说，能给她找到幸福的，或者让她倒霉透顶的都是她们的嫂子。见多识广的嫂子会教给小姑子一切，因为她自己当年也是从那样一个嫂子那里学到那些知识的，她们不只是要进行犹如芭蕾舞蹈一样的肢体训练，还要像一个即将出国的外交人员需要学习外交礼仪一样，学习自己将要去的那个地方，例如小伙子世界里的一切，包括它的界限、坐标、公开的哲学，以及抒情、密码、语言、潜规则，等等，直至他们的生殖系统，这简直就是一门学科！一个十六七岁的姑娘要不了三四年，在这位老师的教授下，就会变成能呼风唤雨的一个女主人了。真主保佑，可不要让她们学坏了！俗话说：我用青母马的皮张做了皮桶，哎哟，我发誓以后再也不会这样。有些姑娘就是这样的。让她怎么办呢？成天看着嫂子的脸色行事，当然就会成为这个样子。

"她们是什么人呀？你与她们说了好久啊。"当托铁甘走近时哈孜木问道。因为他看到的是一个大姑娘和一个小媳妇，这可以做各种假设。从他个人的角度来看，总觉得她们在谈马匹生意。曾经也有人将自己带到了一个角落不断纠缠，这样的人身边一般还会有一个中间人，他俩会将他包围起来，只想廉价购买那个又穷又可怜的人仅有的一匹马。

那个小媳妇很较劲，他们之间存在着一种不和谐。也许，这个小媳妇还是一个不能生育的女人呢！从那件平绒薄衣下边显现出的水蛇一般的纤纤细腰，还有那突出的双胯，可以看她也许真的是个不能生育的小媳妇。

"那个讨厌的母狗胡言乱语说什么家有公牛别当它是自家的牲畜，家有巫师别当他是自己的丈夫！"

"那是谁说的呀？"这是一个没经过大脑思考的问题。

"还能是谁啊？就是她的嫂子！我说的就是她身边的那个婆娘！"托铁甘一屁股坐到一根犹如猛禽利爪般的老雪松墩儿上了。那树墩儿呈深红色，而且还疙里疙瘩的，就是这些根呀，通过深埋在地下的庞大根系，不间断地给整棵大树输送养分，直至树梢顶端的绿色小嫩芽。无论是托铁甘，还是邻村的流浪公牛，哪个能拥有这种将自己的根深植于地底下的超强能力啊？！那不是一百年的事情，它可能超过千年，和这棵巨树比起来，巫师托铁甘就显得太渺小了。

他刚开口说了一句："刚开始……"又突然大喊了一声，"哎呀，快跑啊！"

哈孜木一直都在看着那边，尽管他看见了也觉得没有必要与托铁甘讲，因为他知道那家伙一定会像孩子似的大喊大叫起来。只见一只巨大的棕熊耷拉着肚皮，后脊梁和屁股上的冬毛还没有褪尽，正踏着沉重的步履走出拴着坐骑的一处长满灌木丛的山坡，朝着前面的开阔地走去了。它对人不理不睬，毫无惧色，不紧不慢地走着。它怕什么呢？只有那整夜都在熊熊燃烧的大火才能让它退缩。从它突出的颈部和粗大的后腿就可以看出它力大无比，从它那缓慢的脚步，能看出它怀着一种绝望或者怜悯，一副无精打采的神态。

如果它是朝着他们这个方向走来的话，倒也没什么，但因为天已经亮了，棕熊只得躲往大山深处。这个时候惧怕它并朝阿吾勒逃跑，是根本不懂得动物习性的愚蠢之举。这是一个陌生的阿吾勒，一个人大清早就大喊大叫惊动这里的护家狗，像小骆驼那样手舞足蹈地逃向阿吾勒，不是反倒将睡梦中的阿吾勒惊醒了吗？真主啊！他们是不是没有见过棕熊啊？一个大男人难道这么胆小吗？他还是个巫师呢，那些围绕在他身边的众多神灵这时候都跑到哪里去了？它们加到一起还不如一只连冬毛都没有褪去的棕熊吗？

然而，托铁甘很快镇静了下来，无论怎么说他还是一个人啊，他保持了属于人的尊严。这对他来说已经很不易了。站在原地的两匹马可是惊得不知所措，吓得尿了一地。而这两个人终于平静了下来，毕竟他们身上有着能控制自己的已经成熟的神经系统。连一向被人们认为是很机警的马匹都不具备这种发达的神经系统，对这两匹马来说，唯一可以依靠的就是它们的主人了。它们拖着解开的缰绳奔跑过来，仿佛在说：

"救救我们！"那匹黑骏马直接跑到了哈孜木身边，它呼扇着鼻翼，打了好几声响鼻，前腿腋下的肌肉都在颤抖。这种时候，如果你抚摩一下马匹的后背和臀部，它就会感到非常满意了。这时，那只棕熊已经翻过了前面的山坡，消失在了人们的视线中。马匹和托铁甘很快就恢复了平静，刚才的恐惧感很快就消失得无影无踪了。马儿的头也低了下来，开始"嚓嚓"地吃起草来。托铁甘也站起了身，终于开口说话了，好像证明自己还活着似的。看来大姑娘和小媳妇也走进了家门口。

"刚开始。"托铁甘又重复了一遍。她本来马上就要被说服了，结果那个妖里妖气的婆娘掺和进来，那婆娘简直就像是一条小灰蛇！你知道她说什么了吗？她狡黠地说："我这个小刘海①有个条件，她说只有托铁甘放弃当什么巫师，她才肯成为他的女人。"

"我的小刘海？"哈孜木愣了一会儿说道，"小刘海，条件是放弃巫师……"

"哪儿来的刘海？别说刘海，她的鬓角恐怕连碎头发都没有吧？那个健壮如牛的姑娘，头发那么厚，两条大辫子就像两条马尾巴一样，她哪儿会有什么刘海啊？"

公牛是动物，巫师是人。对托铁甘来说最难以忍受的就是那个婆娘将自己比作公牛。从前，他一直将自己的巫术当成是一种过人的本领，牧主仰仗自己的钱财而显富贵，而他是以巫术为荣的。"姑娘多得很，托铁甘却只有一个！"说完托铁甘将手一甩，他心想，公牛是不是很笨啊？如果它很笨的话，它怎么会知道到邻村去找母牛呢？而如果说它不笨的话，那谁笨呢？是托铁甘吗？他不是也能找到邻村的姑娘们了吗？托铁甘……公牛……

为这件事情操心的不只是他们两个人，哈孜木也为自己因这件事情

---

① 这是对小姑子的爱称。

而绞尽脑汁的愚蠢行为笑了起来。

"你为什么笑?"托铁甘将马背上的鞍垫取下,铺到地上,将马鞍枕在头下躺了下来。

"随便笑笑,我是在取笑不知羞耻的公牛啊!"哈孜木一边打着哈欠,一边躺了下来,显得很困的样子。

"哪儿来的公牛?"

"阿吾勒的公牛……"哈孜木的声音渐渐消沉了,托铁甘没有听完哈孜木的话就呼呼地睡了过去。

五

狼群从四处逃向了狼窝,棕熊也奔向了自己的窝。而这两个人还在酣睡,位于山下平原上的阿吾勒也渐渐苏醒了,有人手拿缰绳寻找自己的坐骑,有人收拢马群,还有人赶着牲畜上山,四周一下子变得繁忙起来。毡房的天穹方毡都已经掀开了,提着水桶去打水的人们看上去也和平时不太一样。门外灶边呈现出花花绿绿的景色,东边巍峨的山峰上有一片火一样的红霞,仿佛给这一片凉爽寂静的大地赋予了温暖和生息。夜晚留下的残影渐渐隐去,很快发亮,进而变成一片橘黄,抑或是绿色还是紫色,说不清。地面的景色很快地发生变化,那些衣服、裙子、花帽、围巾,甚至连一颗扣子、一对耳环都显示出了一种柔美轻松,变得鲜艳夺目。人们也一样,他们仿佛彼此之间疏远了,变得陌生起来了,只与同性聚集在一起,仿佛互不相识似的,他们现在的模样,就是不再相互靠近,而是整天都想赢得异性的垂青。这只是白天的生计,这本来就是两种生存方式,一种是白天的,另一种是夜晚的,那晚上的生计在哪儿呢?什么痕迹都没有留下来,绿色的山谷和松树林都显得很寂静无声，熊熊的篝火已经熄灭了，仿佛这里从没有过任何歌声、任何游戏和任何热闹的场面。夜晚的喧闹过后留下这个空旷的原野，看上去是多么萧条啊！这不仅仅是一个阿吾勒啊，那个时候，这里曾经发生过多少浪漫的故事啊！在那宽广的大草原，那些浪漫诱人的故事仿佛一夜之间，最多也就在一个月之内就结束了。

昨天黄昏时分，那些匆匆忙忙的人都是谁啊？哈孜木还在熟睡之中，就算他醒着，也不会有什么人来找他。他们中的一些人还从他的身边走了过去，从这片草原的这一头走到那一头的时候，他看过不少这样的人，他们有的成双成对，也有的郁郁寡欢。你看，还有两个身材高大的人还同骑在一匹马上！他们行走的方向也很有意思，有的直接从他们面前穿过，还有的朝着远处的那些阿吾勒走去，也有的迎面走过来。有时，也有人走到不远的地方，又会突然转过身来，也许那是个拐弯的地方，或者是个山坡，不知道是要沿着山坡而上，还是往山坡下走，反止，他们会找到办法，很快做出决定。这些都是什么人啊？是那些找不到归宿的人吗？也许他们中间还会有手脚不干净、想顺手牵羊的人吧？如果是由于饥饿也就罢了，然而，在有心人眼里，他们中有不少人好像还是高傲的绅士，根本懒得跟人打招呼。别理他们，你看他们骑在马背上，身下坐骑的颈鬃和尾鬃随风飘逸，从你身边飞驰而过时，你甚至都无法看个仔细。真奇怪，白天的人和晚上的人为什么就不一样呢？难道哈萨克人白天和晚上是两种样子吗？他们的坐骑也一样，当两个人相向而来的时候，他们身下的坐骑不是也会很机智地停下来吗？那样的坐骑都去哪里了呢？哪个路人会在与别人擦肩而过的时候，不打招呼就走过去呢？相遇的哈萨克人毕竟不是在高速公路上相遇的两辆汽车啊！那些人当中有的是丢了东西的人，有的是问路的人，他们中有无所事事的人吗？就算没有任何好处，他们也会从你的祖辈开始一一打听清楚，将你的整个家谱都问个遍。而现在这些哈萨克人却根本不理身边的人。

他们所追寻的并不属于这个世界，而是些属于天堂光芒之类的东西，那些东西总是在他们的眼前晃动着令他们兴奋不已，他们什么时候才能找到那些东西呢？他们现在的愿望已经不仅仅是希望自己致富、前去朝圣和住上豪宅，以及将一群羊变成两群羊，等等。那些战乱的年代早已成为了过去，他们不用再连夜去吆赶别人的马匹，愿仁慈的真主不要降罪于他们。可是，这也没有什么罪过呀，你何必要去挡住那些幼稚无辜者的去路呢？让他们快点去吧，他寻找的那个人还不知在哪个聚会的场所呢，或者坐在哪块石头上。也许大家还记得叶恩丽克和克别克藏身的黑石头吧。

是哪一片树林啊？哎呀，美丽的姑娘，你看看自己有多轻浮啊，就这样破坏了阿拜和托格江①的美梦。哈孜木真的没弄清楚世界上还有这样的事情，这使他感到非常惊愕，可他毕竟还没有能亲眼看到那种让人惊愕的事情，他看到的仅仅是托铁甘大大咧咧与大姑娘小媳妇之间颇为气恼的谈话。姑娘不是说只要托铁甘放弃了巫师行当就嫁给他吗？这是因为她不想成为被缚在后鞯上的一只野兔。而托铁甘所寻找的就是那只野兔，但是，他怎么才能抓得住那只野兔，然后怎么绑住它将它缚在后鞯上，是先将它打死呢，还是让它落入圈套里再抓住呢？就像猎人都有自己的狩猎奥秘那样，小伙子们也有自己的手段，哈孜木哪里知道这一点。就在这个刚刚过去的夜晚，多少个阿吾勒举办过多少场晚宴啊？他那个巫师小舅子托铁甘将外衣脱下来交给自己，就让自己像院子旁边竖着的一个稻草人一样僵坐在了那里，他却鬼鬼祟祟地走了。看来他不想让别人察觉自己是从哪里来的，便只穿着袜子蹑手蹑脚地走到坐

---

① 阿拜和托格江：阿拜是哈萨克斯坦近代著名作家穆赫塔尔·艾维佐夫的长篇小说《阿拜之路》的主人公，托格江是他的初恋。

骑旁边。不知道是否打中，反正没有听到"咚"的枪响，不光是他，所有的人手里拿着的都是无声手枪吧？看来那不过只是一颗虚弹，就像他自己形容的那样，那个两个发辫像两根大粗棍，体态像肥硕的母牛一般庞大的生灵，不是说倒就会倒下去。如果那不是一个姑娘，而是一只野山羊，也会发生意外的，你那时会瞄准了再打，它也会应声倒下，当你高高兴兴地跑到它身边，想抓起它的后腿时，那个家伙却会翻身跃起来跑得无影无踪，你看那个差点被捉住的神奇生灵跑得多快啊！看着它渐渐远去，你只能那么坐着了，那就是说你其实还是没有打中它，子弹只是划破了它的后背，后背是脊髓的外壳，那个飞速划过的滚烫弹头可不简单呀！碰到了神经的这种冲击力看来还是很有威力啊。托铁甘刚才说"她本来就要到手了呀"，可能就是这种情况吧？但是，有什么办法呢？那个姑娘虽然起初有点顺服，可最终还是让他扑了个空。可惜了那头棕色母鹿裸露着的热辣辣的后腿啊！如果能用有力的双手将它紧紧捉住，就像抓住一条鱼的鱼鳃那样控制它该有多好啊！但是，可怜的托铁甘呀，这有什么用啊？托铁甘没能弄到手的东西，哈孜木能想明白吗？他弄懂的只是那个鹿角而已，他以为小舅子这是在挑选姑娘，可是姑娘要怎么挑选呢？如果是绵羊，就掂量一下它肥墩墩的尾巴，是牛就按按它的后腰，这两个都是老实憨厚的牲畜，要是马匹呢？他曾经多次见过那些买卖马匹的人们抓住自己的黑骏马的笼头，看看它的口齿，然后会说一些他不怎么明白的话儿：牙口完好，牙齿还没有磨损呢。而姑娘们愿意别人抓自己的"笼头"吗？她们也有"牙口"吗？什么是"牙齿还没有磨损"？如果真有这么回事，又怎么知道是否磨损呢？哈孜木总是很恼火，觉得这马匹的买卖很难做。他觉得最容易做的买卖就是山羊买卖。他家里从来就没有四畜样样俱全过，只有一种牲畜，那就是牛。哈萨克人从来不把山羊算到四畜之列，多有意思呀，一种牲畜和另一种牲畜不一样，做买卖的人总是直接去抓山羊的前胸。谁知道呢？托铁甘的手也很喜欢去抚摸那些丰满的胸吧，谁没有这种喜好呀？在元月寒冬里，每当哈孜木砍柴取水回来时，他的妻子也曾经无数次将他冻得冰凉的双手焐在自己的怀里帮他温暖。但那不是做买卖，他俩互相也不欠什么，他们一个将对方的双手拉在自己的怀里，一个将自己的双手塞进对方暖暖的怀里，快乐是共同的。如果现在想起来，那些温馨的岁月丢失在了哪里呀？那时，自己年轻妻子的那犹如山鸡胸脯一般的胸脯很是丰满。有什么用？现在哈孜木身处何方呢？是睡了还是醒着了呢？他应该想念什么？又思考些什么呢？他的前边还会有什么啊？那么说，夏牧场难道就是一晃而过的绿色胶片吗？人的青春时代也同样如此，绿茵茵的青春时代会流失，金色的秋天会来临。也许，哈孜木还想玩儿点什么过过瘾，可那不过就是一时兴起，而不是男人的欲望。小伙子的激情连影子都没有，是醒不过来呢，还是已经变得冷漠无情？他也是个大活人啊！一次次的刺激最起码会让他明白在这个世界上还有这样的生活。托铁甘在干什么？尽管很神秘，那至少是一种躁动。哈孜木会随时醒过来，或者会失眠。哈孜木那个小舅子什么时候蹑手蹑脚走过，神不知鬼不觉呢？这一切都是哈孜木没有见过的事情，多么纷繁的变化啊？这些人在期待什么？渴望什么呢？哈孜木应该像谁那样去生活呢？这是一团谜，是一个个问号，无论是躺着还是醒着都是如此。他躺着又该怎么躺呢？本来还睡得好好的，马上又会醒了，有一点风吹草动就会醒来，多么脆弱的神经啊！曾经在自己那座吉祥的羊圈里昏天黑地的睡眠都跑到哪里去了？失眠是不是也有时代特征呢？这是1958年的夏天，难道这个夏天就是为了破坏哈孜木的睡眠而来的吗？如果只是一个夏天也就罢了，这之后是不是还有什么更加错综复杂的事情呢？那个凉爽的秋天还会带来什么不安定呢？将有多少人失眠，会有多少人辗转反侧，有多少人噩梦连连半夜惊醒？睡眠，究竟是一千年的睡眠，还是一百年、一个世纪的睡眠呢？这是整个群体、整个民族的睡眠。真奇怪，不是一个人，整个民族的睡眠都被破坏了将会发生什么啊？谁知道呢？一个民族可能也会有自己长久而深沉的睡眠吧！没什么大不了的，要是受到破坏也是睡眠受到破坏，而且最需要醍醐灌顶般惊醒的也是那个民族吧？而整个民族，整个群体的觉醒将是了不起的觉醒吧。

　　贾扎力依然坐在一个接一个的高坡上，他就像一个晕头转向的人，什么都没有感觉到，那些红红绿绿的从身边闪过的是什么东西？他眼前一片昏花，那是一只花斑虎？还是一条花斑蛟龙？再定眼一看，驿队也快走完了。那峰白公驼身上挂着的那柄带鹰羽的银搅棒也许是最后的搅棒吧？姑娘们的花帽上都扎着鹰羽，这样的鹰羽也很配刚进门披着长纱巾的新娘子。戴着绣花盖头的年轻媳妇刚刚分娩完坐在那里，面色红润，而盖头的皱褶处不是也能看到这样的鹰羽吗？夺冠骏马的颈鬃上、新生驼羔的头上、婴儿的摇床上、相亲的女婿都要佩戴这样的鹰羽。这多少还可以理解，而那个没有生命的银搅棒上的鹰羽又象征着什么呢？贾扎力又看了一眼，从硕大的赭色天穹架中间交叉的木条之间露出头来的那柄搅棒，随着白公驼的脚步不停地摆动着，他们这不是去参加葬礼或者婚礼。从燥热的平原来的贾扎力焦渴难耐，嗓子眼好像都要冒出火来了，可是那峰白公驼不可能转向他。在翻过山坡的时候，它将一串大小均匀、光滑发亮、结结实实的黑色粪蛋沿着自己走来的山路一路撒了下去，而且就像再也不会返回似的，大摇大摆慢条斯理地向前走着。银质搅棒上的鹰羽也最后闪了一下，继而消失了。

　　这是没有口福啊！你能跟谁生气呢？是生白公驼的气呢，还是生他主人的气呢？哎！焦渴呀，这种焦渴是不是一直都不会得到满足呢？过去就过去吧，那有什么呢？失去了根基，一切都是一场空啊！今天晚上，他们可能会在驻扎的营盘上再喝一次柯莫孜吧，明天呢？会怎么样？明年又会怎么样呢？

已经正午时分了。驿队走得差不多了，走在最后的是骑在马背上的一个小媳妇和一个年轻小伙子。从贾扎力坐的那块大石头下面，突然跑出一只白胸狗，它一边嗅着地面，一边跑到了坡顶停了下来。此时，它抬起脑袋朝着南边的天空站了一会儿，然后又蹲了下来，它可能想嚎叫吧，但是，又觉得嚎叫也没有什么意思，于是从鼻腔里很不屑地发出了哼哼声。它身上好像不仅具有狗的情感，还有点像人类那种带着智慧的焦躁之情。它看起来最终得出了结论似的，夹着尾巴，低着头，嗅着地面，转过身，没有沿着山路走，而是向刚才的那个小媳妇和小伙子们来的山坡那边跑去了，仿佛是去寻找自己留在身后的故土。看着它，真让人感到心酸，一个小小的身影若隐若现地向远处跑去了。它又能找到什么呢？它也只不过在流浪啊。

山坡上有一处敖包，那是用石头垒起来的敖包，贾扎力又不能和敖包一起留在这里，还得找个方向才行，难道他应该沿着来路垂头丧气地跟上驿队吗？还是那个白胸狗知道了点什么，那是它靠自己的嗅觉来回忆的本能？贾扎力也回忆起来了，自己刚才还和两个人聊了几句，他们是驿队里繁忙的人，说人们吆赶着所有的牲畜一路搬迁，只有最西头还剩下了一个阿吾勒，那是库努泰博拉提部落一个叫霍依先的富裕阿吾勒。贾扎力也知道这个阿吾勒，他们的毡房依然如故，柯莫孜也酿得恰到好处，阿吾勒原封未动。他们拿自己所处的位置做借口暂时住在这里，哪怕只是五天时间，他们也要待在这里。如果从东边来人催着搬迁，他们就说自己属于西边的那个县，如果西边来人催着搬迁，他们当然会说自己属于东边那个县。

贾扎力既然已经上路了，看来就得这么走下去。如果走得快，天黑前就能赶到目的地。整个大草原上只剩下那么一户人家，也是让人感到庆幸的事情，如果没有那户人家，今天就算露宿野外，他也不想再回去了。他向白胸狗看过的那个布满乌云的天空看了半天，伸了一个懒腰之后，就缓缓地站起身来了。他的坐骑也歇息了一会儿，主人的脚刚刚套进马镫，马儿就疾步走了起来。那样的行走对这匹大黑马来说并不算什么，很快他们就走了很远的一段路。一开始，他们穿过了灌木丛和沟壑，现在已经走到了一处山坡上。那是夏牧场上的一个荒废的旧营盘，多么萧条啊！仿佛不光是那一片夏牧场，而是整个地球上都没有剩下一个活人。走过一处旧营盘，又会走到另一处旧营盘。那只降落在拴马桩上的黑秃鹰，此时此刻，想起从前曾经发生在这片营盘上的一个个鲜活生命创造的故事呢？这个宾朋满座、人丁兴旺的大户人家，起初将这根拴马桩栽在门口不是为了让这只黑秃鹰落上去歇脚的吧！贾扎力稍事停顿，心想：这应该是一顶有八个大格栅的毡房吧。那只苍老的黑秃鹰先是低了一下头，仿佛在表示自己的敬意。当然，如果它知道，就算它已经活了一千岁，在这个地球上，有什么生灵能超过人类呢？然后，它又翘起了尾巴，这是无知飞禽的野蛮动作，它飞了起来，发出了"咕""咕"的声音，它这是什么意思？它是想说他们回来了吗？它怎么能不知道人类就是它的天敌呢？哈萨克人曾经做过什么伤害它的事情吗？黑秃鹰需要的只有两样东西，一个是灰狼，另一个就是哈萨克人。哈萨克人会牧放绵羊，而灰狼则会留下残骸。灰狼也需要黑秃鹰，如果没有天上的秃鹰，地上的灰狼怎么能知道哈萨克人的羊群都在哪里牧放着呢？这并不是夸张，哪个牧人不知道这个秘密呢？真让人觉得好笑，但是，贾扎力在意的并不是这个，而是刚才那个曾经有过八个大格栅的毡房留下的荒芜凄凉。那是一个圆圆的完美的圈儿，外侧有一圈挖过的痕迹，格栅的底部和芨芨草帘触到地面的印记还依稀可见，这是今天早上才拆掉的毡房营盘，富裕人家箱架下的青草依旧，不过，由于一两个月都没有见到阳光，那些草已经有点枯萎变黄了，其中还夹杂着一些变得消瘦发白的小草。显而易见，床下的情景也会如此。曾经的青草歪斜地躺在地上，仿佛是一块被压实的毛毡。不知当年有多少声名显赫的达官和大腹便便的巴依曾经在这里躺过呢？也许那也是他们最后一次仰躺在这里吧？

还是那只黑秃鹰，它又飞回来了，嘴上叼着什么东西，秃鹰一般会叼什么东西呢？是肉吧？它是从哪里找到的呢？这好像并不是刚才飞走的那只秃鹰，而是另一只秃鹰！它仿佛找到了什么就衔着飞来了。它在天空盘旋着，那荒凉的旧营盘，嘴里叼着肉的秃鹰，将这个骑在马背上的路人的思绪带到不知什么地方去了。

据说很久以前，哈萨克人的祖先住在太阳升起的东方，那个部族被称作"乌孙"，由于他们生活在太阳底下，故此他们的国王名字就叫——昆弥太阳，那个时候国王不叫国王，而被称作"毕"，所以，国王就被人们称作"太阳毕"。这个太阳毕出生的时候，他们的部族遭侵袭，敌人杀人放火，无恶不作，并将剩下来的人连同他们的牲畜全都赶走了。而那个刚刚出世的太阳毕却留在了故乡，一只母苍狼喂养了他，一只秃鹰叼来肉给他吃。最后怎么样了？母苍狼用自己的奶汁、秃鹰用肉喂养的孤儿终于长大成人，他解放了被奴役的百姓，并且成为了汗王。老人们常说：秃鹰之所以总是衔着肉在天上盘旋，就是这个原因。

这些是贾扎力听别人说的，其实书上也是这么写的。伟大的历史学家司马迁将这个发生在公元前数世纪的事件清清楚楚地写入了自己的著作《史记》之中，然而，那里面并没有写这件事情之后秃鹰嘴里衔着肉在空中盘旋就成为了它的习惯。总之，还是有一种温馨的感觉，那是一种同情心，是飞禽、苍狼和人之间的亲密感。也许那只失去幼崽的母苍狼是因为乳房肿胀难忍才喂养了他吧，那个饥肠辘辘的婴儿怎么会不尽情吮吸八个乳头甜美的乳汁呢？当时，这个慈祥而伟大的生灵曾经是多么陶醉地亲吻了这个裸体的人类啊！

从此以后，这个喝过苍狼乳汁的勇士部族，这个丢弃了自己旧营盘的部族，不知经历了多少次的迁徙，多少次的安营扎寨啊？他们是一直都在征途迁徙征战的民族啊。也许就是由于这个原因，他们创造了这样的谚语：苍狼之食来自野外。苍狼也有自己的一片留下踪迹的领土，如果没有这样的故土，吮吸过母苍狼乳汁的两个孩子——列姆和罗姆就不会建起宏伟神圣的罗马城。

反正，这些灰狼都不是一般的狼，如果当时的那只母苍狼没有喂养伟大的猎骄昆弥，并养育他长大成人的话，那么后来的乌孙部族能不能团结众部，成为庞大的乌孙王国呢？对贾扎力来说，尽管这一切不是很清晰，但是他依稀能感觉到这些。嘴里衔着肉的那只秃鹰掠过前面的一座山坡，飞向平原地带了。那是一只全身乌黑、嘴巴赤红的秃鹰，它有着一种神秘的韵味，天上的那一块生肉就足以证明这一点。就是这个模糊的感觉，将贾扎力的思绪带到了二十几个世纪之前，使他想起了那个时候最古老的一个国家——乌孙国。在他的心目中，古代乌孙和古代埃及、罗马、希腊、巴比伦、中国等文明古国是平起平坐的国家，这是毫无疑问的，贾扎力就是这样想的。谢谢你，翱翔在苍天之上的那只年逾千岁、浑身乌黑、嘴巴赤红、盘旋在碧空的神奇生灵！还是那些老营盘，这里还有很多拴马驹的木桩，他数了数，总共有十一个木桩，如果说每根拴马驹的木桩上拴上五只马驹的话，那么一共就是五十五只马驹，那可以酿制多少柯莫孜啊！如果不是整个部落的人来喝，一个阿吾勒的人怎么能喝完呢？那是不要钱的饮品，但是现在……各个拴马桩之间已经没有绳索了，只剩下光秃秃的木桩竖立在那里，一片萧条颓败的景色。不远处躺着一根粗大的打桩棍，你想想看，是不是它已经没有什么用处了？那是一根用整根山楂树树干晒干之后做成的重型打桩棍，曾经将多少拴马桩打入了地底啊？绿色山坡上有一只长方形的大食槽横在那里，那只白胸狗却不见了踪影，四处乱跑的是其他各种各样的狗。另一户人家的营盘上，一只瘦小的花猫正在一边后退一边朝着一只毛发凌乱的大黄狗发着威，好像随时要扑过去似的。可以看见两个房子中间安置着的一个地灶，狗就站在地灶的一侧，而猫则站在另一侧，地灶里牲畜骨头和杂物堆成了小山，这两个啃吃骨头的生灵正在为此而争斗。看来它俩已经势不两立了，猫的两眼充满了令人生畏的红色火焰。行人从它们身边走过时，看得一清二楚。就连那条狗都无法承受猫的这种令人不寒而栗的淫威，慢慢地退出了战场。无知的动物啊！精明的人们会把什么值得你们为之拼命的好东西留在这个旧营盘的地灶里啊！没过多久，它们俩都垂下了竖起的尾巴，变得温顺起来。这些是丧家犬，还是这个阿吾勒的猎狗呢？总之，它们看上去都有一种从未有过的颓废和败落，个个东张西望，神情落寞，没有了可以坚守的门栏和围着打转的羊群，它们能有什么精神和希望呢？一切都是那么荒凉，四周光秃秃的，就像被蛇舔过了一般。那些人的气味和洗锅水都到哪里去了？那些富足的日子荡然无存，所有的不幸就是在一个早晨突然降临到了他们头上的。在那混乱不堪的搬迁中，它们跟丢了自己的主人，遭到邻村同类的撕咬，最后漂泊在自己故乡的旧营盘。多么令人心酸的命运，多么凄惨的生活啊！这就是狗的天性，否则在看到地面上唯一存活的一个人时，应该号啕大哭才是啊！可惜，没有人听懂狗的语言，如果有，就应该和它们好好交流一下。倘若老人们健在，就算听不懂它们的语言，是不是也会弄明白点儿别的什么呢？他们经常唠叨说狗对人是忠诚的，而人呢？

　　一群群乌鸦、猎隼、喜鹊，飞起又飞落，别提它们有多开心了。他看到的家畜是一匹后背被磨破的瘦骨嶙峋的棕马、一匹三岁玉顶黄马和一匹青灰马驹。它们是不是很快就会变野了呢？当那个骑着马的人出现在山坡上的时候，它们就受了惊，甩动蹄子朝山下奔去。营盘对面的松树林边则站着一群竖着耳朵的羚羊，它们看上去没有受惊。地鼠们忙着在每个营盘边上不停地打洞，瞬间在草原上抛出了一堆堆小土包，潮湿的沃土被堆成了一座座金字塔形状的黑色小土包，那是地鼠们的金字塔。当哈萨克人将自己的毡房——白色金字塔拆走以后，他们的营盘上只会留下地鼠们修筑起来的黑色金字塔。旱獭大概认为自己是由人类演变来的，所以一派自以为是的神情。不是有那样的一些人吗？他们曾经迷恋诗歌，还写过很多诗句，但是后来没有成为诗人，甚至仇恨起诗歌来，旱獭的仇恨就是如此！它们以为自己的地盘一下子扩大了，便从各自的洞穴里钻了出来，四处游荡，根本不把那些鹰啊，隼啊什么的放在眼里。尽管如此，还是要小心，羊群已经不在了，哪儿来的现成遗骸给山鹰啊？对它们来说，那些小媳妇们晒在晾架上的食物也不复存在了，你能保证山鹰不来侵袭旱獭的幼崽吗？瞧吧，转眼间的工夫，一个三耳帽大小的东西犹如一块飞速坠落的石头，从空中俯冲下来，叼了一只旱獭就飞走了。让你们这些个旱獭再自以为是！一生都没能离开地面超过一米距离的那只黄色生灵，终于上了一回天空。那个山坡挺陡的，那样的山坡无法保证骏马不失蹄。那只习惯于将猎物交给主人的猎鹰，是不是在短时间内就恢复了野性呢？本想将爪子间的猎物叼到对面的山坡上，不幸却让猎物逃脱了自己的利爪，山鹰就是山鹰啊！它在空中稍稍地停顿了片刻，看了一眼地面，然后很快飞走了。谁都会对这样的表演非常感兴趣。骑在马上的人会停下脚步，步行的人会躺下来欣赏。

　　你们都扑上来吧，成群的乌鸦和秃鹫！但首先到达的是两只喜鹊，一个羊肚腔装着的臭烘烘的酥油就扔在它们的面前，两只喜鹊好像害怕那个臭东西会扑上来咬自己一口似的，一会儿跳到它的右边，一会儿又跳到左边，不敢轻举妄动。而那些大鸟儿们又来凑什么热闹呢？竟然凭着庞大的体格来和小小的喜鹊们争夺这么一小口食物！它们纷纷飞至，落到了对面的山坡上，它们的翅膀颀长而坚硬。人类也是这样的吗？是不是体格越庞大，伟大的真主赐予它们的灵活性就越小呢？就别提一只黑色的大鸟在落到地面的过程中所要承受的痛苦了，它们摇摇晃晃仿佛要坠落在地上一般跟头绊子地扑了下来，坐稳之后，它们的两只翅膀则像支撑着毡房的栅栏一样许久都不会收起，过一阵子才会慢慢收起来，那双翅膀就像是用一双笨拙的手制作出来的多余东西一样，与过去那种双翼飞机如出一辙。

贾扎力又看了一眼，发现刚才那只灵敏的飞禽已经扶摇直上天空，尾部的白色纹路还依稀可见。也就是说，它是去年的雏鸟，今年已经两岁了。第一眼看上去，它就像一只刚刚起飞的直升机那样，垂着两条腿飞翔着，现在还是那个样子。他这才看清楚，那并不是它的腿，而是拴在它腿上的绳子。贾扎力就是这样说的，在其他的地方也叫短绳套或者脚绳。你看这只神奇的生灵飞得多高多美啊！天空一片晴朗，那是秋天没有一丝乌云的纯净天空，不能看得太久，看久了眼睛会看花的，会出现一圈圈圆晕，你会破坏它湛蓝如洗的纯净的。这是真主赐予飞禽，尤其是赐予山鹰的幸福，它怎么会重新落回地面去找寻刚才从爪间落下去的不起眼的食物呢？如果它是个男人，那将是怎样自尊心强的男子汉啊！如果让它挑选姑娘呢？碰过一次的它绝对不会再去碰第二次，只会寻找新的目标并牢牢地抓在爪间！而那厮们却像争夺一位有着秃尾青马领头的一群马的阔寡妇一样，争得你死我活。对山鹰来说，这算什么呢？那不过就是爪子发痒了，或者是抓回来又丢失了的一片肉罢了，它总有一天是会重新落入自己掌心的猎物。需要从娇惯成性的小姨子那里取回的猎物犹如轻狂的姐夫掌心的猎物呀，仿佛他就凭这个在天上心安理得地自由地飞翔，聊以慰藉自己似的。那两段脚绳被抛在后边，划出了两条弧线来了。它在寻找谁呢？是不是这只无知的奴仆不想离开曾经奴役自己的主人呢？这只秃鹰是多么自由啊！乌鸦也很自由啊，它们的脚上并没有，哪怕一拃长的绳子。

那两根像瘟疫一样附身的脚绳，就是该遭受诅咒的脚绳呀。那两根被系在腿上的该遭诅咒的脚绳将永远存在吗？真可惜，你没有智慧和能力将它们解开扔掉啊！别说你了，解掉那些被诅咒的绳索对人类来说也并不容易啊！这一切都取决于人类自身，这根从穆萨拜耶夫家熟好的皮子上割下来的两根细皮绳做成的脚绳不知在你的脚上系了多少年？它那两条细细的小腿，可不是真主为了让你拴上脚绳而赐予的呀。

你看，那两根脚绳一直都紧随在它的身后，在广阔的天空中飘舞着，你就别提人类的这种智慧技能有多神奇了！而针织厂和皮革厂则是这种神奇技能的两个部分呀。真主保佑，它可别挂在树杈上，令你棘手呀。飞得再高再远也会有一个限度，它朝着那座绿色山坡径直飞了过去。贾扎力的耳边传来了一个声音：

"祖祖辈辈以来我们的门边从来就没有缺少过神鸟的粪便！"刚才坐在那座山坡上的时候，一个来到他身边的驯鹰人在放飞自己的猎鹰时，曾经这样絮叨过。当时，他先将鹰的眼罩取了下来塞进了自己的怀里，然后用手抚摸着自己那只猎鹰的头和脖颈，梳理着它的羽毛和尾巴，他的手微微颤动着。那是一只体格不壮、毛色油黑的飞禽。

"它的羽毛已经相当丰满，我还打算今年让它猎狐呢！"他还在嘀咕着，但声音里夹杂着哽咽。

"不要说了！"骑在马上的中年人呵斥他，好像是他的叔叔，这两个人都长着宽鼻梁、黄胡须，长得很像，"现在呀，一丁点儿的事情就能让人倒霉背运，我们已经没有咱们先祖们那种安营扎寨、打猎云游的好日子可过了，马呢？食物呢？"

他没有再多说什么，便将马头掉转过来。这时，草原上的那匹骏马先是转了一个圈，然后，灵敏地穿过山坡下的碎石，朝前走去了。它真是一匹好马啊，身上的黑色斑块多么好看。那个人骑的好像不是骏马，而是一只大花豹，那皮毛就像印在白底上的黑印章，个个都是巴掌大的圆圈，而且形状均匀，大小一致。

怎么办呢？你是对飞禽，还是对骏马感到惊愕呢？这时，猎鹰人将鹰腿上的绳子解了下来，用手指按了按绳子勒在鹰腿上的灰白痕迹，然后站起了身。他让自己和手上的飞禽都面朝西，嘴里念叨了一点什么。这是飞禽和自己主人之间最后的亲密接触了，他再次轻轻地抚摸了一遍它的头顶到尾巴所有的地方，它的身上已经没有任何束缚了，生下来的时候什么样子，现在就是什么样子，也没有留下人类强加给它的任何痕迹，还给了它自由自在的双翼和一个尾巴，主人将这只有着一双红色眼珠的天之骄子高高地举过了自己的头顶。起初，它好像差点要摔下来似的，但很快就调整了姿势，然后缓慢地飞了起来。

贾扎力说了一句："它飞错方向了。"主人却解释说："没有飞错，它会绕着圈飞，升空之后会调整方向的，捕猎狐狸的时候也是这样的。然后……"他哽咽着没有继续说下去，掉下了眼泪。这难道是为不可挽回的事情而哭吗？只有他自己知道。它是在哪一处白雪皑皑的下坡处，在哪一处洼地里猎捕了狐狸的呢？等它飞到高空的时候，将要发生的就是这些啊！那正是阿拜笔下的情景：白色的大地、黑色的雄鹰、红色的狐狸……贾扎力想着这些，从一座山坡来到了另一座山坡，他再次眺望天空的时候，映入他眼帘的只有那绿色山坡后面的皑皑雪峰。那只脚上

带着绳子的天之骄子已经朝着那个属于自己祖先的领地飞去，并永远地
消失在了那里。这个骑着马踽踽独行心情郁闷地从喧闹的草原归来的路
人猜想：那可能是一只逃逸出来的，或者是在狂风大作的日子里迷失方
向的雄鹰吧！他想起猎鹰人自愿放走猎鹰时，会亲自将拴在它腿上的绳
子解开才放它走。就算它们只是小动物，但它们毕竟都是鲜活的生命。
今天，它们的这些行为都是在没有人干扰、没有人影响的情况下表现出
来的本能。

六

斋月里，他也没能赢得多少时间，黄昏时分，他才好不容易到达
了。这就是那个富足的阿吾勒，有三四顶毡房扎在一起，哪儿有贾扎力
不知道的规矩呢？他将自己的坐骑拴在一根桩子上，径直朝着一顶最大
的毡房走去了。

从前的巴依都到哪里去了？他们个个都是一副充满了质疑的神态，
眼睛睁得很大，脸上是担忧，所有的问候也都是敷衍了事。既想知道点
儿什么，又不敢直接问。他们也算认识，但属一般关系。从前那些熟人
常讲的那些老话题也仿佛失去了原来的韵味，所有人都躲躲闪闪的。

等喝完了茶，给要宰的牲畜做了祈祷之后，就没有什么人来关心这
个客人了。人们进进出出，显得很忙碌，这位旅途劳顿而又孤独的客人
斜躺在了正堂的花毡上，很快就睡着了。

"让他睡吧！总比呆呆地坐在那儿强吧，大家都需要平静，而他更
需要平静，这家人也需要平静。有什么比偶尔发出一两声呼噜，然后睡
过去还好的呢？"

但这种平静被破坏了，三个骑马的人直接穿过院子中央，对那白色

大帐连看都没有看一眼，就来到了靠近边缘地带的一个没有牲畜的牧人家简易毡房前下了马。起初，他们还以为是牧人妻子的娘家来人了，后来才知道不是那么回事儿。在黄昏的忙乱中，他们都没有认出托铁甘来。而那两个人是身穿深蓝制服的公家人，这样的公家人从前也来过，那时，他们不会亵渎亡灵，会走进白色大帐里，吃鲜肉，喝柯莫孜，非常惬意地斜躺在正堂，然后，做一点宣传，得到一点承诺，便会离去。而今天的这些人却不是那样的，牧人的妻子将自己听到的话一五一十地传递到了大帐中，然后再沿着原路跑回自己的家，而她所说的也就是个大概，因为她能弄懂多少呢？她说那些人一直叨叨说巴依家的食物是不能吃的，是不干净的，吃了就是有罪，等等，她并没有用自己听不太懂的阶级斗争语言来传达这些话，而是用似懂非懂的宗教用语来讲述的。

"嫌脏就嫌脏！"巴依说了一句，"乳牛要是嫌水脏的话，那么清水也会嫌乳牛脏，这会儿吆赶祖祖辈辈传下来辛辛苦苦挣来的牲畜，翻过那座达坂，朝着焉耆的方向一路赶去。"

"他们不是嫌牲畜脏。"这会儿，那位肌肉丰满、脸色红润的黄夫人赶紧结束了自己正在做着的礼拜，她的体格看上去还很结实。她直直地站在那儿，将手里的拜垫扔到了正堂上叠好的被子上。

"不是牲畜是什么？柯莫孜和鲜肉都来自牲畜呀。"

"据我所知，他们身边的托铁甘是个明晓事理、眼界开阔的人，他肯定看到了什么，然后去跟他们说的。"

"他能看见什么？他又从我们的家看见了什么呢？"夫人走近老伴身边，坐下来说，"就别说我了，我已经老了，你自己知道，真主尽管对我吝啬，但是对她却不吝啬。我不是出于嫉妒才说这些话的，只是想提醒你：你总是喜欢待在最小的老婆身边，把另外的两个扔到一边不管，她们都还没有老啊。"

"不老就让她们生呗！"

"她们又不是母鸡，在灰堆里滚一下就能生出崽儿来，你又不常到她们身边去，她们怎么生啊？"

"该去的时候我都去了，她们现在都是已经枯萎干瘪的主儿，是一片失去生机的荒原。"

"你先等等。"她将自己依旧戴着手镯和戒指，显得像年轻孩子一样圆润柔嫩的右手放到了老伴的腿上，不知道这是不是托铁甘巫师的巫术。"显灵了，总算让小老婆有了孩子，我们都为你感到高兴。而现在……"她继续说着，将身体靠近了老伴，"你呀，多久没有去那个红脸媳妇身边了？"

"如果我没有搞错的话，那时人们还住在远牧地，地上还有积雪呢，我不是还和她吵了一架吗？她无缘无故地惹恼了我，她不是还骂了你吗？真主知道，从那以后……"

"她还年轻啊，今年也就三十岁吧！虽然她自己还没有意识到，但我却知道了，她至少怀着三个月的身孕。"

"别胡说！"巴依喝住了她，他身材魁梧高大，骨骼健壮，一把就将夫人胖胖的胳膊甩到了一边。你以为那个胳膊会疼吗？他俩年轻时的智慧和果敢是多么相配啊！老头儿就不好说了，夫人却一直都对当年甜蜜难忘的日子念念不忘啊。

夫人也并不是想故意挑起事端才说出红脸媳妇的龌龊，可她应该事先跟老头儿讲清楚啊！她也很害怕，那是肮脏的离间呀，她不想破坏自己吉祥的家庭和真主赐予的平安和福祉。但是，她又怎么忍心对那样一个年轻美貌的小媳妇说：你是个荡妇，你肮脏透顶，你肚子里怀着一个孽种，人们不能吃你做的饭！

对此，老伴又会说什么呢？管他说什么呢？马儿转来转去还会回到拴马桩那儿，该怎么样就怎么样吧。先让他听听再说，有什么好痛苦的？这可能也是能证明大老婆聪明过人之处的一个好机会吧！她此时此刻看着自己伤心的老伴感到很心痛，毕竟是男人嘛，肯定会感到很耻辱，剩下的就是大事化小小事化了。

"没什么可伤心难过的！"明晓事理的大老婆长长地叹了一口气，说道，"两个总比一个强，真主这是要赐给你后代啊！一直没有孩子，结果一年之内，两个小老婆竟然要给你生两个孩子了，这就是福气，没什么可见外的，有人不是还从别人家里领养孩子吗？先让她平安生下来再说，到时候，我不会让孩子受那个龌龊小老婆的玷污，会抱回来自己养着。管他是谁的种，反正孩子是咱们自己的。你可千万要记住：别让你那头红母牛再朝着别的阿吾勒叫唤了，你又不是太老，以后可要管着点她，别总想着去那头白母牛那儿，偶尔也要想想红母牛的事儿。就这么办，我的老公牛，站起来吧！我也该走了，锅里的肉也快熟了。"

这次，巴依是好不容易才站起身来的，这恐怕就是他年迈时受到的最沉痛打击吧！尽管大老婆再怎么缓和气氛，但对这个养尊处优的男人来说，这个打击显得非常沉重。机智的大老婆虽然想尽办法想轻描淡写洗刷罪孽的痕迹，但那孩子毕竟还是别人家的，不是自己家的，是别人的种呀，还美其名曰"灯盏"，可点燃那盏灯的灯捻的人是谁呢？春天的时候，大老婆二老婆没有跟老头儿一起去春牧场接羔育幼，留在了冬牧场，老头儿是与最小的老婆一起去的。看来，大老婆二老婆两个人的秘密是共同的，两个人今年夏天偶尔还结伴去看护羊群，还经常哼着小曲儿。当时，巴依对自己身边那个皮肤白嫩的小老婆说："你听听她俩在畜圈旁像狗一样吠的声音啊，可怜她们只为吃喝而感到满足了！"说着这些话时他一副洋洋自得的模样。他当时哪里知道那些吠声意味着什么，原来是在叫春啊！

他都想笑自己，那是自嘲的笑啊。当时，他感到窘迫的是那个皮肤
黧黑的小老婆不是也怀孕了吧！今年她好像看上去胖了一些。这就是可
怜的老头心中的担忧，也可能只是心惊胆战的可怜家伙的疑虑罢了，否
则那个不生育的女人还会怎么样？她又不是今年才叫春的。如果有可能
的话，她恐怕早就有了结果，但她身上连一颗活着的卵子都没有啊。一
直以来，巴依不相信这件事情的原因就在于此。你看那双该死的眼睛多
么灵敏啊！瞥上一眼就会转过身去，留下某种神秘的迹象，那里面当然
隐藏着一些秘密，巴依一直都害怕她眼里这种贼一般的一瞥，是一种暗
示？还是一种默许？或者是一种危险？是独处一隅，还是在河边？是在
夜晚，还是在白天？这一切都隐藏在她神秘莫测的一瞥当中。

信任和不信任都是人内心深处的一种不安情绪，那可是痛苦啊！有
时候，它们甚至就像两个针锋相对的敌人，两柄相对的利剑一样。

那可是眼里的偷窃啊，如果从前权力在手喝五吆六时的偷窃现在已
经不再是偷窃了，而出现在了光天化日之下，你该怎么办呀？出事儿肯
定会出在这两个小老婆身上。她们之间的窃窃私语和放荡的笑声是不是
也增多了，难道她们自己听不见啊！哎哟，她们早就听说了吧！三四年
前，这儿就发生过类似的一个关于小老婆的纠纷，闹得沸沸扬扬，后来
还是政府出面才摆平了这件事儿。今年，这样的事情又要卷土重来了。
年轻的小老婆是在你有钱有势、有吃有喝的时候才成为小老婆的呀！如
果你没了这些呢？你要走了，我的小老婆！巴依绕到白色大帐后面，眼
里噙满了泪水。他曾经两次让大老婆忍受冷落之苦，两次让她孤枕难
眠，在皮肤白嫩的小老婆和脸色红润身材丰满的小老婆还在的时候，怎
么就突然惦记起了那个大老婆了呢？也许是因为她那水蛇一般光滑，不
放垫子就安置不了马鞍的身材吧！也可能这些出自他们之间没有孩子，
所以就有了要走可能就是她先走这样的念头吧。

"你在这儿干什么呢?"他被吓了一跳,发现是自己的大老婆过来。归根结底,只有这个通过真主赐予、父母媒妁之言才结合的结发妻子才是自己最贴心的人吧!如果不想在真主和亡灵面前负罪的话,你这个老糊涂今天就应该留在大帐里那一张翘首床上!

今天傍晚突如其来的忙碌,使这两个上了年纪的人心贴得更近了。三个路人没有进巴依的白色大帐,而是去了牧人的简易毡房,犹如占领了有利地势般地显示着自己的威力。他们到底在想什么?是想以此表示自己的严厉态度,然后强迫他们搬家吧!哎,他们就是为了这个而来的,巴依想到这儿摇了摇头。他毕竟是一个见多识广的老家伙啊!我们这位尽管年轻,但多少有些灵气的大老婆判断得也不怎么对头,我的两个小老婆是否身净,是否洁净,对那两个穿蓝色制服的人来说又有什么影响呢?他们自己是否净过身呢?都是些信仰三教九流的异教徒,他们的目的不是这个,对他们来说:不是我的牲畜肮脏,而是我自己肮脏。他最后感到一阵难过,应该听听托铁甘怎么说才好,他毕竟是知己,是自己人啊!他的这个念头早就定格在了心里。公家的那两个穿蓝色制服的人和巫师都是有头有脸的人,这三个人是好不容易才坐进牧人家简易毡房的,有什么办法呢?是他们自己选择这么去做的,又不能说让他们去巴依家里。年轻的小媳妇感到十分不安和焦虑,还没有坐定,他们就开始讲述自己的来意,她哪里知道什么是阶级朋友,什么是资产阶级和无产阶级?他们还说界线什么的。看来,他们好像发誓不在巴依家里吃一口饭,喝一口水,在穷人家里就算只喝一口白开水,他们也会感到心满意足的。他们都是些什么人呢?怎么这么说话?她还怀疑他们是在挖苦自己。后来,实在无计可施的年轻小媳妇,只好一趟一趟往巴依家里跑。

"托铁甘一定没有忘记在咱们家喝过茶,吃过饭,他的巫术不是也帮过你吗?你去告诉他,让他把客人们带到这里来,在那儿他们是坐不安生的，去吧！"大老婆命令白脸小老婆说。

"他们不会来的！"牧人的妻子坚持着。"他们不来，就让小老婆毕坎过去，让她陪在你身边！让毕坎将我们给托铁甘准备的一点礼物跟他提一下，这一次就让他带走吧！"天下哪有这样的自由啊？大老婆的这个旨意正好符合了两个小媳妇的心意，毕坎也没有反对，什么都没有说，但她心里什么都清楚，老头儿总是管她叫"白脸小老婆"，他这么说是为了将自己和那两个脸色黧黑的老婆和红脸老婆区分开来，而自己的名字实际上叫毕坎。可能是因为牧人的妻子是在自己之后一年嫁进门的，她常管毕坎叫"同龄人"，而她的名字叫扎合雅，毕坎给她取了个绰号叫"知心人"，她们一个叫"同龄人"，一个叫"知心人"，真是如胶似漆心心相印呀。就算不这样，她们之间还剩什么秘密了？就在往毕坎的脖子上套上绳索的那个神圣夜晚的第二天，这两个小媳妇就迫不及待地躺在了山坡那边的草地上，交换了自己内心所有的秘密。扎合雅当时把毕坎压在身子下面，使劲地挠她的痒痒，还高兴地"咯咯"地笑个不停：

"你这个遭真主诅咒的，我把你……你这个狡猾的家伙呀，悄悄地就把事情给办了。真主啊！你不是要净身才会与他同床共眠吗？难道与那些懂得教义的人在一起的时候不会受到玷污？这可是中了邪呀，你看看他们这些狡猾的家伙还口口声声说什么驱邪祛病呢！我这个可怜的傻瓜还以为那家伙只是打开你的胸脯，在两个乳房之间施法呢！真主呀！还……让他的施法见鬼去吧！"她最后放开了毕坎，然后很快将话题转移开了，"起来，把头抬起来，你的胸都露出来了！我这都是在开玩笑呢！你那也是需要啊！俗话说：需要的时候连猪肉都是可以吃的。"可能是她想起了这些事情，在回自己家的路上，扎合雅又歪着头看着毕坎开口说：

"我当时还使劲挠你痒痒来着，现在却不能再跟你动粗了，你自己要爱惜自己，要洁身自好，千万不要让自己的双肋和肚脐下再碰上什么玩意儿了，一直想跟你说这些，但老是忘掉，今天看到托铁甘才想起来了。"在内心深处，毕坎也在默默地盼望着托铁甘转来转去哪一天能突然转到他们这里来。如果没有记错的话，那是六月下旬的时候，人们刚刚搬到夏牧场。真主啊！从那以来已经过去了两个月时间了，对活着的人来说……不是活着的人，而是一个生命已经从无到有了啊！

她身边的扎合雅嘟囔着一些什么，毕坎一点也没有听见。此时，残缺的月亮正从对面白色山峰的那一侧慢慢地移动着。今天大概是十一二号吧。那一天的月亮不是这样的，而是一轮盈满的圆月。当她睁开眼睛时，晨光已经从毡房下侧的缝隙里透了进来。天亮了，这让她和托铁甘都吓坏了。那都是青春带来的手忙脚乱，是冲天欲火带来的骚动，那种时候哪儿来的理智？当她来到门边向外看时，发现昴宿星刚刚升起来，满天的繁星依旧在天上眨着眼睛，仿佛一颗都没有减少似的。

当时的月亮是毕坎一生中见过的最满最亮的月亮了。那是一个仁慈的错误，两个人相互抚摸着回到了床上：

"都两个月了！"她说出了声，这句话让扎合雅听见了，她说："什么两个月？"

"没什么，随便说说……"

扎合雅首先进了屋，手里还端着一个餐巾。毕坎一进门显得稍稍有点紧张，但是很快就恢复了正常。她用了不冷不热、近乎于客套的表情问候了客人们。

她十六岁嫁进门的时候，也不懂得收拾打扮自己，身体也显得很单薄，而今年她也就是二十二三岁吧，还不算晚。她身上那件无领无袖的黑色马甲没有扣子，只有一颗镶有红色宝石的银衣钩钩着，勾勒出了她依然苗条的腰身。裙子是普通的双层裙摆白色连身裙。这些年，城市的衣服款式也慢慢流传到了乡下，首先流传进来的是头巾和长筒针织袜。毕坎也有一条那样的袜子，托铁甘也是知道的。头上那条不大的黄色头巾，松松地系在了她的脖子下面。袜子是看不见的，脚上是亮铮铮的黑色皮靴。她修长的双腿仿佛被恰到好处地安放进了细长的靴筒里。她身体微倾，表情腼腆，你会将这个白色的天使与哪个纯洁的姑娘做交换呢？爱情让她感到重生，不是一次而是一百次重生，让她变得纯洁。她一直都渴望着爱情，毕竟是个年轻姑娘呀，但是再怎么说，她却没有承受过没有爱情的痛苦。只有乞丐才能掂量出一小片馕的价值，你要是把它放在乞丐的手心里，看看他会怎么接受？他会弯下腰接过这一小片馕，嘴里还念叨着经文，说的都是肺腑之言。如果你是明晓事理的人，就不要驱赶来到自己门前的乞丐。托铁甘，你要珍惜她呀，你看那个两只眼睛盈满泪水，腼腆羞涩地站在门边的人，是一个可爱的美人啊。她是从哪里来的？仿佛是从一座旧坟堆边，或者是从一堆枯骨边来到自己身边的。曾经得到驱病祛邪施法，但是不是你给她施了法，而是她给你施了法，她是用自己的一颗火焰般炽热的心，用心灵的光芒，用发自内心的泪水给你施了法，你不能忘记她。如果你是个有头脑的人，你应该为她赴汤蹈火。你与其当一个巫师，还不如在她的面前发疯而死，那样你就会升入天堂。但是，托铁甘比爱情要聪明得多啊，他现在已经将那个所谓的爱情踩在了自己沉重的脚下，再也不想听见她那销魂的呻吟声。所以，从毕坎一进门，他就好像见到了鬼一样感到厌恶。和他正好相反，那两个穿蓝色制服的客人见到了毕坎就张开嘴愣在了那里，仿佛他们眼前展开了一幅美丽的画卷似的。你让他们怎么办呢？毕竟都是年轻人呀，他们甚至没有来得及仔细考虑一下。那突然展开在面前的美景——她身上那条白色丝绸的长裙只在胸襟那儿有点掐腰，然后就犹如从山顶一泻千里的瀑布一般垂着，黑色金丝绒马甲的领口和下摆就像写在白纸上的一个椭圆漂亮的"8"字一样，马甲的两个锐角在那个银钩处相互衔接。黄昏时分，突然出现在穷人家门边的陌生美人带来的就是这种神秘的韵味。铺餐巾的事情也顺理成章地成了她的工作，那是款待过无数宾客的灵巧手指啊。她的身体看不见，在那条光滑的丝绸衣裙里面优美地一伸一屈着的是怎么样的肉体和筋骨啊！这个屋子能有多大的空间！她凑得很近弯下了腰，如果不把餐巾铺展开来，酥油、糖果和酸奶疙瘩往哪儿放呢？为了做这些事情她都要尽量地弯下身子，那是一股扑面而来的温暖气息呀！那是不是春天喷着白沫儿的瀑布清新的气息呢？如果能在七月酷热中将自己干涸的渴望浸在那个清新的气浪中该有多好呢？对每一个有生命的男人来说，她每俯下一次身体都是一次煎熬。大海不是有那种此起彼伏的白色浪花吗？无论什么人，他的呼吸都是要通过嘴和鼻子来进行，而美人们呢？就搞不清楚了。那一股气息一阵一阵地袭来，很清楚，那是一种温暖还是身体的芬芳呢？总之，白丝绸内侧的一切使你的脸颊、心灵，甚至全身上下的每一个细胞都激情荡漾。不仅如此，这一切都是女人身上每一次的呼吸、火热的身体，以及青春情感的神奇魅力。除此之外，还有一些是外在饰品的衬托。她的双侧乳房上面缀着两枚金币——这又标志着什么呢？金币是用两条绿色的丝绒飘带缀着的，它难道是那两个高高耸起的小山包的地契？或者是它们的价值？两枚金币微微颤动着，她每低一次头这种颤动就会以同样的形式重复一次。现在也是如此，那两个小山包上的两枚金币又垂落在了中间的乳沟里。哎呀呀，那是多么神奇的垂落啊！那两枚金币碰撞到了一起，发出了若隐若现的声响。当她给每个客人递过一碗茶时，这些声响都是存在的，只有聋子才听不见吧！这样的视觉和听觉都结合在了一起，托铁甘为什么愣在了那里，他处在什么样的心情中呢？是呀，她来到了自己的面前，那些都是他熟悉的纤纤玉指，她优雅地将茶碗放在了自己的面前，表现得那么大气，两颗金币再次坠落在了那个神奇的乳沟里。

这些都发生在黄昏时分，她脸上只有一丝不易被人察觉的微笑而已，一丝非常微妙的带着些许乞求的微笑。她那又长又弯的睫毛，顷刻间就泻倒在了一边，那两枚毫无生命的金币撞在一起有什么用啊？那两双相互思念的眼睛碰撞在一起多好啊！托铁甘低着头没能坐太久，他躲避着自己两个主人的眼神，无意间说了一句话：

"哈萨克民族到底有没有无产阶级啊？"两个客人仿佛被他这句话惊醒了一样，好不容易才调整了自己的状态，第一个客人说：

"哈萨克民族是没有无产阶级的，只有长工。"这是他从一本外国书上读到的。

"维吾尔族人所说的'奴仆'是什么意思啊？"

"可能就是长工吧！"谁也没有注意到第二个人没有很准确地说出"长工"这个词来。不论他们说什么，紧张窘迫的年轻媳妇总能从那些直勾勾的目光中逃了出来。他们的谈话中夹杂了一些政治内容，毡房里飘过一阵寒气，就是这股寒气将他们又带回了原有的稳重严肃的神态之中，那就是禁欲。人人都知道身穿蓝衣蓝裤蓝帽意味着什么，那么你也应该好自为之啊……

刚才，这两个人同时表现了迷恋的神色，而现在又同时表现出了惊疑的神色。他们的冲动也到了一定的程度，餐巾早就被收拾好了，毕坎出去准备晚餐了。这两个人同时转过身子，两双眼里有着同样的疑问。

"那个小媳妇是谁啊？"第一个人问道，他挺起了靠在被摞上的身体，露出微笑问扎合雅，第二个人也重复了同样的问题。

"你们一定知道吧？"扎合雅说道。

"我们怎么会知道呢？"俩客人相互交换了一下眼神。"虽然你们不知道，可有人知道啊！"两双四只眼睛瞬间盯住了托铁甘，扎合雅的暗示也是这个意思，现在她不再冲着那两个干部，而是直接对着托铁甘本人说：

"您得给我贺礼！我有好消息告诉您！""什么？什么？……"他开始结巴起来，不知如何回答，他怎么会马上想起是什么好消息呢？

"您施的法对毕坎起作用了，毕坎已经怀孕了！"

"你在胡说什么呢？"托铁甘的脸色变得一阵红一阵白，看来，他出了一身冷汗，感到有些痛楚。

"您说的是驱邪祛病吗？"第一个客人马上问道，第二个人也没有落下，赶忙问道：

"那个毕坎是谁？"扎合雅的嘴能闭得住吗？一开口就口若悬河，还是从前的那些话，老生常谈，她怎么会知道自己的那些唠叨对已经不是从前那个巫师，早已经洗心革面，变得"纯洁"的托铁甘来说，就好比是一块黑炭将会玷污到他的人格呢！她还会偶尔来一两句：

"她说得没错！"

"真主啊！"扎合雅抓住了自己的领口继续说，"我们做邻居那么多年了都不知道一个小媳妇肚脐下面有一颗痣，可这个托铁甘都猜到了！"

这会儿，要是有个地缝，托铁甘都想钻进去。当一切都摆在面前，刀架在脖子上的时候，人竟然会下意识地傻笑起来。这个对巴依、毛拉和旧传统旧习俗坚决反对的大英雄今天这是怎么了？现在他就好像要把自己从那个巅峰摔到深渊里去似的。托铁甘像抓住救命稻草一样，也抓住了一根那样的稻草。起初，并不是托铁甘找到了这些人，而是他们找到了自己。当他们找人时，没有人提醒说这里有个叫托铁甘的巫师。在从前风平浪静的民间，曾经有过一些什么令人难以忘却的反抗呢？好多人都说有一个歌手名叫托铁甘，在部落首领、毛拉、和卓聚集的大场合，他会将教规抛到一边，开始满嘴鬼话。他们当时所说的鬼话是这样的：

> 如果先将姑娘们赶进地狱，
> 再将好色的我们赶进地狱，
> 如果有四位妖魔举旗高呼，
> 我将无悔地离开这个世界。

他们寻找已久的无神论战士、诗人正是这个托铁甘。后来，他们也亲耳从他的嘴里听他唱过这首歌。然而，托铁甘却没有说这首歌的歌词和歌曲都是布尔江写的，也就是说，这首歌是他自己写的。不仅如此，托铁甘还不失时机地抓住那场全民动员，将自己纽扣般大小的成绩说成骆驼般巨大成就的有利时机，充分显示出了自己对"革命"的满腔热忱，在一场"战斗"中赢得了显赫的声名。他还毫不羞耻地说：

"从那以后，那些恶毒的眼睛就盯上了我，而且身后还出现了很多人穷追不舍。"

"他将花绳子拴在了巴依的那位年轻小老婆的脖子上，牵着她往山脚下去了……他那是干什么啊？"两个客人相视而笑，托铁甘也没能说出这是自己的斗争方式。扎合雅却不依不饶地说：

"你们别笑！他将花绳子拴在她的脖子上，是在向真主祈求赐予一个孩子呢！如果托铁甘巫师施的法没有得到应验，毕坎的祈求没有被真主接纳的话，你们笑笑也无妨，而现在是施法灵验，祈求被真主接纳了呀。"

他们有的仅仅是穿着蓝制服的外表而已，内心也没有多少无神论者的信仰。和他们比起来，托铁甘还算是见多识广了，手里握着冬不拉，嘴里还会唱几首歌出来，还曾经迈进过公家的门槛呢。如果是他，到现在不知道要提多少问题，讲多少事情啊？而这两个人却没能说出所以然来，对是否信仰真主这一点，这两个人自己都说不清楚。当时，托铁甘还想抓住机会转移一下话题，扎合雅哪里会给他机会呀，马上说出了事情的真相：

"巴依家给你准备了一匹马！那是一匹玉顶枣红马。巴依家的人说了：'他施的法灵验了，我们要不表示点什么，给他一匹马骑骑，怎么能行呢？'本来毕坎想亲口告诉你的，你这个该死的家伙是不是忘了那些事儿啊？连看都没有看她一眼啊！毕坎还说：'让他牵走吧，那是一匹步履矫健的马，以前搬家的时候，我自己常骑它，让他骑着过瘾就行了！'"

虽然宰杀的是一只羊，但祝福却是由两个人来做的，前面的那只羊的肉已经下锅，第二只羊已经免于一死，欢叫着跑回了羊群里。这是一种很少见的不和谐，一只羊头应该分给两个做了祝福的人中的哪一个呢？贾扎力只是个普通的客人，一个教师而已，他应该不会见怪吧！这里最重要的是公家的人。于是，羊头端给了牧人家里的公家客人们，而端到坐在白色大帐里的贾扎力面前的是一盘普通的羊肉。没有羊头也罢，嘴里吃着肉的贾扎力听到了牧人讲述的事情，得知了那三个干部中有一个就是托铁甘。这一次，贾扎力来到阿吾勒之前，就听说托铁甘成为了平原公社第三大队牛组的组长。贾扎力还听说他挺有威望，从前的那点灵气算什么，现在呀，真正的巫术神灵才降临到了他的身上。成为牛组组长这件事本身就是一个契机，这个好机会使他膨胀起来，不知天高地厚。你看现在，他又被派来参加这样重要的工作，这就叫鸿运降临啊！祝他一切顺利！对他和别人来说，总会有个说法吧！在牧人的嘴里他就是一个圣人，牧人还将他与那两个人区分开来，将他拔高成为另一个档次的人，就像早产的羊羔，即在寒冬腊月不适时宜地早产的羊羔一样的人，说得天花乱坠，仿佛那两个家伙会将他说的这一切从他嘴里夺走一样。

起初，贾扎力还试图让他设想一下刚刚到来的新生活将给他们带来什么样的变化，引起他的兴趣，但无论如何，两腮塞满肥肉吃得正起劲儿的牧人毕竟只是个受雇者。巴依的运气是不是快到头了？他让自己做了祝福却没有端上羊头，这让他感到很难受。但是，眼前的这个牧人却与他大相径庭。看来他从前也受过不少教育，但是什么都没有听进去，他连自己家都不想进，恐怕就是这个原因吧。这是什么征兆？贾扎力心想："看来还是教育的力度不够啊！他的每个关节都已经生了锈，甚至都发霉变腐了呀！"

贾扎力想的是让他的阶级意识得以觉醒，但是相比"阶级"，背后是不是还有什么更重要的东西呢？关于这一点，他自己也说不清楚。牧人并没有把自己当成巴依的佣人和牧羊人，而口口声声都是"我们，我们的阿吾勒"。贾扎力并没有看出牧人现在的内心活动：他把一切喜欢的东西都当成自己的，而将自己看不惯的人和事推得远远的。他甚至还说："这些都是我们的父辈留下来的牲畜啊。"他说的都是自我安慰的话啊！子弹是依靠火药的力量射出的，尽管这个牧人在经济上受着克扣和不公的待遇，但是他好像还是仰仗着血缘上的一点点亲近关系而与巴依家保持着联系。巴依的大老婆为什么称他为"我的小弟"呢？那三个小老婆也随之这么尊称他。扎合雅叫毕坎为"同龄人"，而毕坎则称扎合雅为"知心人"，这都是一些尊称。巴依家人这么称呼牧人不知道是出于真心呢，还是他们放长线钓大鱼的计策呢？反正，他们之间还是存在着某种联系，这种联系的根源在哪里呢？那就是血缘关系。说到底，巴依和牧人都是同一个祖先的后代，他们之间也就相隔四五辈人吧。有趣的是，这四五代父辈都是从同一个屋檐下出来的，按照部落血缘的规则，这个屋檐的香火就一直由那个家庭最小的儿子来延续。随着岁月的流逝，直到今天为止，那个家族最称职的继承人就是这位牧人。他的家庭尽管从外面看上去很小很不起眼，却被人们认为是延续香火的神圣家庭。那些骄横的小老婆们无论在外面怎么放荡，但在进这家的门之前，总会梳理好凌乱的头发，将露出的乳房遮掩一下，人也会变得老实起来。别说她们了，您知道那个年长的大老婆会怎么样吗？她总是低着头唯唯诺诺地进门，然后再三向正堂屈膝行礼，这位大老婆嫁到这个阿吾勒当媳妇恐怕也有几十年的时间了吧。只有真主知道，从那以来，她有没有机会坐到这个神圣的正堂之上？她从来不会跨越那个大帐，即便那是自己的佣人——牧人的家，然而，不管他们是穷还是富，从父辈传下来的血缘关系就这么决定了他们之间的关系。因此，如果人们说起有关那些年轻小老婆的什么话题，牧人小伙子是绝对不会原谅的，如果可能，他还想成为她们严厉的监护者，因为他是知道家丑不可外扬这个道理的。明天，这个大户人家的情况会怎么样呢？他的话中不乏这样的担心和疑虑，那么小老婆们呢？巴依恐怕只能留住大老婆和毕坎。可扎合雅不是说毕坎已经怀孕了吗？

　　这就是事情的大概，而贾扎力自有想法。这是多么萧条的景象啊，看来这个旧世界就要轰然倒塌了，让那些到草原来寻找最后快活的人见鬼去吧！已经没有必要再继续这样的话题了。他在山里凉爽的空气中，很快就入睡了，空空的客房中只有他一个人，他旁边好像还铺了一个人的床位，被褥和枕头都是新的，还有一条绸缎面料的被褥，看来那个人的地位要比贾扎力高了！临睡前，他从外面返回屋里的时候，看见已经铺好床位正准备出门的一个年轻媳妇，她看见自己便站到了门的右边，优雅地表示对客人的尊重，那就是毕坎。

　　他快要睡着的时候，仿佛听到了门边有嘀嘀咕咕的声音，又好像有什么人蹑手蹑脚地进来之后躺了下来，等他再醒过来的时候，却发现自己身边的铺上并没有人。他又翻了一个身，毡房的披毡和地面的缝隙间隐约可见一缕亮光，天快亮了，但是那个人还没有回来，那个小媳妇临出门时掀开的被角依旧掀着，地上多了一件揉成一团的衣服，屋里光线昏暗，光亮和黑暗交织在一起，这种交织最后形成了一种近乎于紫色或者绿色的色彩。不知道是不是因为还没有完全睡醒，屋里的一切还是看得不那么真切。他有什么资格继续赖在床上呢？等太阳完全升起的时候才能喝上一两碗柯莫孜吧！巴依在哪儿？大老婆又在哪里？昨天夜里，巴依也只是礼节性地露了一面。也不能责怪什么，看来他们的近况也不容乐观啊！

　　看来，还是早点离开比较好吧！他出门的时候，天也已经完全放亮了，当他去解自己拴着的马匹、准备安置马鞍的时候，隐约看见了一个人影，这才知道那是托铁甘，那张空了一夜的被褥是为他而铺开的。天已经大亮，起最早的客人准备离开的时候，他才准备去睡觉。

　　"这么早，忙什么呢？"看不清他的脸颊，但是声音却听上去很清晰。"是托铁甘吗？"贾扎力一边穿外衣一边问道，他的话语中带有着一种不屑，仿佛是在说，"你不就是我所知道的托铁甘吗？"托铁甘也没有闲着：

　　"是的……你是贾扎力吧？"他并没有用尊称，直截了当地说了一句。无论老少，贾扎力很久都没有听别人称呼自己为"你"了。

　　"是的，我就是贾扎力。"除此之外，他还能说什么呢？又不能生气，而且他还很着急，并不想和托铁甘再多说什么话。就在这个时候，托铁甘突然抬起头来，说道：

"巴依说什么了？"

贾扎力也回答得很干脆：

"巴依能说什么？我怎么会知道他说什么呢？"

"您应该知道吧？"他说的这句话话里有话，当时是公社化的时候，这个时候谁是怎么表现的，谁面临了什么样的问题，都是被记录在案的，像贾扎力这样经历过两三种政府统治时期的老残余来说，这样的问题无论多少都可以毫不客气地安在他的头上的。谁知道前面有什么在等着这位善良的老教师呢？他半夜才来到这里，凌晨又打算离开，难道他的行为中有什么隐情吗？就算他没有这么想，心里还是出现了一丝不悦，他准备走了，但是，又无奈地转过身来盯住了托铁甘：

"我又不是能未卜先知的巫师，怎么会知道巴依的肚子里有什么东西呢？"作为高贵的教师，这些话他本来不说也可以的，但是，由于过度愤怒，他将昨天夜里从牧人那里听到的一个事实和盘托出：

"你居然能透过人家老婆的外衣，看见她肚脐下的一颗痣，对你这样的巫师来说，看穿巴依这样的人想的是什么有什么难的？"对托铁甘来说，这句话简直就是晴空霹雳，他感到一阵眩晕：

"没什么……"他不知所云地站了一会儿，但是很快恢复了常态，又找回了刚才自己说话的方式，"我只是想，你们是不是夜里一起谈心了。"

"他又不是我的什么亲家和亲人，我怎么会和他谈心呢？要谈心也是你谈啊，你的巴依朋友将要送给你的那匹马不就拴在那边的山脚下吗？"昨天夜里，牧人在拴这匹马的时候，就说过这些话，他想起来了，那是匹玉顶枣红马，枣色皮毛，真是一匹好马，体格健壮匀称。他们这个举动多么慷慨呀，关系亲近就是这样的，否则，就会造成恶人先告状适得其反的情形。贾扎力走到门边又反身说：

"孩子，请你记住，我告诉你，什么事情都有自己的规则，得到马匹的人是你，对白脸小老婆施法的人也是你，这些黑灰是不会沾到别人脸上的，别枉费心机了。好，我走了，再见！"贾扎力走出了门。

"站住，我还有话要说。"这些话强烈刺激了托铁甘，放走了贾扎力，那他什么时候才能报这一箭之仇呢？他慌慌张张地穿着衣服，紧要关头他还考虑到了以下的问题：黑灰？这些黑灰如果沾不上去，肯定其他东西也能沾上去的。有朝一日，我会将巴依家大黑锅底下那个油乎乎的黑灰抹到你脸上的。

贾扎力走到院子边上再回头看的时候，映入他眼帘的是双手叉腰、怒不可遏地站在白色大帐外边的托铁甘。再往那边还有一些狗，这些狗是些刚才还围着贾扎力狂躁不安地吠个不停的狗，也是最终什么都没有得到的沮丧的狗。心情怎么会好呢？别说狗了，连它们的主人也没什么好心情。反正一切都显得颓废萧条，模糊不清，仿佛那些白色大帐也在摇晃似的，那还剩什么呢？现在，所有希望都寄托在白脸小老婆身上了，如果这里有一盏灯亮起，恐怕就是为她而点亮的吧！你多美啊！你肯定可爱又令人心疼地酣睡在那里吧。愿你的心头肉平安吧，什么时候那块心头肉能成人形啊？什么时候他会平安地来到这个世界上啊？到时候，他将是谁的继承人呢？将来，这片草原上的继承人就是他吗？让我们先弄弄清楚吧，他到底是谁的后代？他是那个有牲畜成群而又吝啬的老家伙的后代呢，还是那个穷困潦倒四处漂泊的巫师的后代呢？贾扎力试图去想清这些事情，但是他又马上放弃了这个想法。让人真想说："别苛刻了，你这个老教育家！那有什么关系呢？都是你自己的血脉，自己草原上的后人啊，忘了吧！解脱吧！向前看，向那远处看吧！"

谁见过晨曦的伟大呀？那是甜美的饮料，天堂的美味，还是春天的气息？或者是稀薄的雾气，淅淅沥沥的细雨，还是最初的火焰？那神奇的色彩正在凝聚着颤抖着。它呈现着三种颜色，最下面是草原的绿色，那上面飘浮着薄薄的乳白色，最上面是光芒四射的红色火焰，它仿佛正沿着那乳白色缓缓地若隐若现地移动着。混合体，这是三种色彩的混合体，是清晨草原上最清晰又变化多端的混合体。总之，那是一缕模糊的光线，贾扎力走进了这道模糊的光线之中，最后渐渐消失了。

关　口

一

哈尔莫斯感兴趣的是羊，这也是个不错的营生。在那些集中在一起的很多白色毡房中间，有将近二十个一般大的大姑娘围在他的周围，这些人中间好像还有几个见过世面的小媳妇。这些花枝招展的媳妇们啊，脖子总是转个不停，她们就是带头人。不知是谁的姐夫？反正这些人当中有某个人的姐夫，他是这里的核心人物，就是这个核心人物说服了哈尔莫斯："别理她们……"

三个小媳妇正在与哈尔莫斯纠缠，有心的人们会发现她们都有着饱满而夸张的胯部，那是长在她们髋骨上的两块肥硕的肉陀螺。刚刚过了寒冬的小马驹到了春天就能吃上鲜嫩的青草，吃饱之后，它们会在地上打滚嬉戏，这就是所谓的"打滚的牲畜会留下毛"。旧毛褪掉之后，那光滑的皮上隐约会长出又短又齐、发着亮光的鬃毛。那些肥硕的臀部就像三岁母牛的臀部一样。用马的称谓来说，这些小媳妇们就是三岁母马了。而那些像小马驹一样的大姑娘则保持着原来纤细单薄的腰身。这就是刚才那个狡猾的姐夫所说"别理她们"的真正用意，他想说这些女人不适合你。

"我亲爱的年轻小伙子，"姐夫越发起劲地煽情，"我会让你像在湖泊畅游一样惬意的，然后随你自己挑选。她们一个个都是那种身体纤细单薄、就要开脸的俏姑娘，就看你是否逮得住呀，她们一个个都像滑溜溜的小鱼。"

"那你就看着办吧！"哈尔莫斯满口答应下来。他身上的每颗螺丝钉都要松了，每个部件也快散架了。这三个年轻的小媳妇能放过他吗？这会儿，她们已经忘记了在那个所谓姐夫面前做出稍稍害羞的姿态来，哪怕是做做样子也好。就在刚才，她们中的一个就像一只没有吃饱母乳的羊羔一样，还在那个姐夫的腰上戳了一下，下巴也随之迅速地点了一下。那是她妩媚动人的暗示，是想告诉姐夫，让他无论如何也要说服哈尔莫斯。

看来也可以跟姐夫动动手脚嘛！可怜的姐夫啊，就是她们将你那挺好听的名字——叶热依曼藏在了自己温暖的腋下，让人们逐渐地将它忘掉了。可恶的姐夫怎么就能说出"别理她们……"这句话来呢？就算你不理她们，哈尔莫斯可不想不理她们，眼前这美好的时光是会流逝的！你瞧瞧她们已经从那帮老女人堆儿里抽出身来，加入到了姑娘们行列中的模样！她们一个个站在哈尔莫斯面前，个个脸颊鲜亮溢光。

"咱们都是同龄人……"

"不过是撒撒娇罢了！"

"咱们结伴有说有笑地去一趟多好啊！"她们就这样委婉地说着。原来世界上还有像她们这样没有丝毫虚伪、率真娇宠的人儿啊！这个秘密就藏匿在重峦叠嶂的群山的那一侧呀！啊！人间！可爱的三个小媳妇！如果每个男人深爱的女人都像你们一样，他们还有什么遗憾呢！

哈尔莫斯本来应该拉上至少一车绵羊到城里去的。时间就是利润，如果我们把利润看作是贵重的珍珠，那么它们就是用时间这根细线穿起来的珍珠。就算不是一串珍珠，最起码也是将一把珍珠抛撒在了这广阔无垠的草原。这个能掐会算狡猾万分的商人什么都知道呀。他们顺着一条山谷，翻过几道山梁，又来到了一条山谷，然后爬到了一处山坡上。婚礼就将在那个绿色山坡上举行。算算来回的路程吧，很费汽油。如果他被这三个小媳妇的几句甜言蜜语轻易就说服了，会吃不少的亏，哈尔莫斯，那还是算了吧，这一行你也别干了！你这是怎么了？你本来不是这样的人啊！

你看她们扭扭捏捏地挤进了车厢，坐到了后排的三人座位上。那些根本就不是人的身体，分明就是三股热气蒸腾的气息！她们的身体散发着天堂般令人眩晕的气息，她们将这种气息带进了这个小小的车厢里。这是那些结束了少女时代、蓓蕾初绽、开始了媳妇时代最初岁月的女人身上才会有的气息啊！就连甜瓜也会有完全成熟的那一刻，在那一刻，它们会将自己的那种甜蜜气息送出体外，是那么光滑而鲜嫩。不信你试试，用刀把它切开，马上就会明白它们就只差那么一刀，和这比起来，丁香的气息又算得了什么呢？这可不是那种刺鼻的气息，它闻上去清清淡淡，若有若无。一刀下去，那股甜蜜的气息会缓缓地沿着那道刀印悄悄地渗入疲惫不堪的旅人焦渴的喉咙里。

那种气息充斥着这个狭小的空间。真主啊！请将它赐予我吧！多么可爱的小媳妇们啊，她们扯着裙摆将膝盖遮掩起来的动作又是多么美呀！瞧那排列在一起的六个膝盖！

你坐好了吗，商人先生？坐到天堂口的感觉怎么样？舒服吗？整个夏天忍受着难耐的酷热，你至少要到沙漠边上拉十次甜瓜吧？你那时是检查了以后再买呢，还是根本不检查呀？哎呀，那个味儿啊！那第一片甜瓜鲜美的味儿啊！这个世界上还有什么能与那种味道相媲美呢？不过，你也不要因此而忧愁，这不是你这辆汽车的价值，而是男子汉的价值，或者是类似于爱情之类的价值，甚至可以说是欲望的价值。这可不是一车甜瓜，今天你拉的是整整一车大姑娘小媳妇。说是小媳妇，其实现在只有她们三个人而已。你转头看看她们三个，她们排得整整齐齐，一溜儿坐在那里。

"你们快拿毯子和毡子过来！"姑娘们的姐夫发话了。也不知道他是从哪里拿的，他手里拿着一根细树枝，还轻轻地抽在了几个姑娘身上。夏天薄薄的裙子算什么啊？犹如小牛犊薄薄的皮肤一样呀。这一下把那几个姑娘弄得扭起了腰身，也许皮肤都抽红了吧，可是哪敢用手去摸摸呢？她们将自己最漂亮的衣服都穿在了身上，把所有的首饰都戴了起来，花枝招展，珠光宝气。

毯子和毡子铺到了货车上，红红绿绿的，挺耀眼！那些洁白的银子、灰色的铝片、发黄的铁片、镀铜的玩意，还有那些宝珠、带羽毛的刺绣、裙摆、衣袖、衣领，窸窸窣窣地垂下来。还有那些柔软无比的骨骼，甚至可以弱柳扶风一般扭动腰肢呀！

哈尔莫斯这个方形蓝铁皮车厢还从来没有如此包裹在绮丽无比的景色之中呢，也从来没有如此奢华吧！

我年轻的先生呀，吃亏就吃亏吧！生意有的时候就是这样的，不能总是拉羊皮和甜瓜西瓜吧，也应该见识一下这样的生活场景嘛！姑娘们那个狡猾的姐夫是不是也想从他这里得到什么呢？他这不是把美丽清新的大草原都玷污了吗？他拽着的那个肤色黧黑的姑娘是谁啊？你看看她那饱满的身段呀，是多么匀称啊！她又不是个不驯的小马驹，抓过来就能套上笼头，系上缰绳。那个可怜姑娘腋下的肌肉会不会被撕裂，单薄的肋骨会不会被折断呢？她就是那户欠钱人家的女儿。姐夫中自有人杰，小姨子中也自有淑女呀。他们毕竟是沾亲带故的人呀，他不过就是想让她风光一场吧。他只想让她一个人，只让她一个人端坐在司机先生的身边！

此时此刻，那三个小媳妇早就被遗忘了，她们身上那股来自天堂的气息也已经消失殆尽，只剩下了她们自己了。她们漂亮的皮鞋和窄窄的花裙摆不只光顾了这片草地，还走到了远处的悬崖砾石之中。谁会不喜欢廉价手工缝制的现成衣裙呢？买上了就可以马上将它们穿到身上，你所花费的仅仅是脱去衣服的时间而已，你就当它是一两只羊春天褪掉的旧毛的价值吧。那个皮肤黧黑的姑娘穿在身上的就是这种将要褪去的旧毛。她脚上那双棕色皮鞋的鞋跟看上去也并不低，世界上还有什么颜色比棕色更让人喜欢的呢？棕色的牛犊，还有棕色的马驹。俗话常说："像绵羊一样温顺"①，不仅是指某只绵羊既温顺又可爱，而且毛色还是棕色的。那个狡猾姐夫的小姨子刚从车厢门口露出头来，他就察觉到了这一点。这时，已是夜幕降临的时分，四周一片昏暗。从前哈尔莫斯曾经无数次冲破这样的昏暗，行进在旅途中，山脚下舒服而柔和的晚风啊！握在他手里的方向盘轻悠悠的，犹如骏马的缰绳。那柔和的晚风吹拂着胸襟。而现在被碰触被吹拂的虽然不是像这样的一种物质碰触，但总觉得存在一种东西。而这种东西犹如飘浮在空间中的飞盘，悠悠地盘旋而来，落到了他的身边。

她有点胆怯，好像轻轻地吹一口气就能把她吹跑似的，怯生生地坐在那里。

"门……"哈尔莫斯停顿了一下说道，"门没有关严！"说着他朝姑娘坐的方向侧了一下身子。她能怎么样呀？这种时候，坐在司机边上不要说羞答答的小姑娘了，就连大人都会发怵的。可怜的孩子赶紧到处摸

---

① 哈萨克语中的"棕色"这个词是一个同音异义词，有几种含义，其中一种指颜色，即棕色，另一种指性格，即温顺。此处指的就是性格。

索着，一会儿抓门把，一会儿又搜寻开关。时间很短，就在这短短的时间里，她的臀部没有离开座位，但腰以上的部位却扭向了车门。你想想看，这并不是身体的正常状态。我们都是在完美无瑕的时候看美人们的模样，而美恐怕就在于她的不完美。首先发生变化的是她的腰肢，那个腰呀，现在仿佛从原来的位置上挪开了似的，如果说女人的身体有一个可以活动的合页，此时此刻，这个合页就在这纤纤细腰上。不仅仅是腰，她的扭动带动了她全身的所有器官，她身上那件薄薄的紧身毛衣和有弹性的裙子能遮住什么呀？那两个并在一起的膝盖，膝盖往上的身体有点倾斜。纤纤细腰这么向前一扭的时候，仿佛有一种缥缈的愿望在一根丝带的中间打了一个结。啊！这个结呀！把哈尔莫斯的神志弄得有点糊涂了的正是这个，这个结往下有女人身体中某一个神奇的圆形部位。哎呀呀，你这个有钱的小伙子，会不会一不小心把它弄坏了啊？总之，这样的小伙子一定很感激我们这个时代的针织厂，该遮住的就遮住，该显现的就故意让它鼓鼓地显现出来。肉体是那么有弹性，她把手伸向门把手的时候，那个浑圆的肩膀也被有弹性的针织毛衣包裹着。见到此情此景，你说哪个司机能做到镇定自若而不慌慌张张呢？汽车的速度也使他拥有了同样的速度，即铁家伙的速度。他探了探身体，马上又弹回了原位，他那结实的肌肉、宽厚的肩膀不会是蹭在了姑娘那富有弹性且圆润的肩膀上了吧？看来还是有什么东西让他停了下来，不是那件弹力毛衣，而是看见了那个东西的真正模样：那是乌黑色，还是深咖啡色，或者是栗色呢？反正是这些颜色的中间色，那是一根顺滑的大辫子。这根辫子正好位于她那双可爱的小耳朵上方。他看到的一切不是从她的正面或者后面看见的，都是从侧面看到的。人们不是通常把女人的脖颈叫作"美人玉颈"吗？人们真是有意思，好像总是让她们坐在自己的正面，然后就那么端详。而这里的脖颈不是玉颈，而是从一边看到的圆润的脖颈，并不白皙，也不是乳白色，而是那种可爱的黧色！不知道是发亮的，还是光滑的，或者是一种虽然溢于外表但难以言说的温暖呢？她那小巧的下巴儿就是那种可以放在手心把玩的下巴儿，哈尔莫斯把这一切都看得一清二楚。你看看她那耳垂，憨憨地垂下来，像一块糖果！真想让人放在嘴巴里去含着，光溜溜的。

农村的姑娘没有能找到开关，便害羞地转过脸来微笑着，她的腰也弹回了原位，身体所有的部位都弹回了自己的位置上。

"我……我自己来！"司机说着，弯下了腰。这是他差点昏厥之后刚刚回过神来的那一刻，他还算懂点礼节。说到司机，尤其是年轻的司机时，我们总会起疑心。真主保佑，别让女人坐到那种人的车厢里。如果她暖暖的臀部有一点触碰到了司机的皮质座位，那就算完了，谁能违抗他呢？对在旅途焦急等待的年轻的女人来说，不容易啊！谁能保证不会有一两位调皮捣蛋的年轻人把她扔在东边或者北边的荒野上呢？哈尔莫斯不是司机，开车只是他的技能，车是他自己的，说白了他是一个绅士，一个有钱人。

现在，我们是找不到话说了才这么说的。现在该说什么呢？比如说他是新绅士吧。真主保佑，别让他像那些过去的绅士们那样，他们可是那种看着羊奶做成酸奶疙瘩，喝着香甜酸奶子的绅士呀。初夏的时候，他们让牲畜产羔，一年剪两次羊毛，再宰一次牲畜，他们知道的就这些，然后高枕无忧，悠闲度夏。嘴里塞点儿辛辣的纳斯烟，交叉着双腿，"嗞、嗞"地吐着唾沫，神气活现的。你能说什么呢？这是他在地球上活得最惬意的时候。那个时候，还没有信息、商品、价值观、交换这些概念！只知道那么一点点，那就是生意，也不是什么像样的生意，只是些小本生意，装在行囊中驮在马背上的褡裢能装多少商品呢？不过，这也算是个小小的火种吧，尽管不能和欧洲资本家们的生意相提并论，可他们也有自己的礼节、文明和讲究。他们的嘴巴很甜，他会把商品说得天花乱坠，但不会强迫你，你们可以平等地交谈，他把自己看成是人，也会把你看成是人。他身上的衣服，甚至连马鞍挽具什么的都是新式的，他毕竟是从城市来的。如果城里也有乡村那样的气息，那他也会把那种气息带过来的，不信你打开他的褡裢看看。你们都在哪里呢？美丽的姑娘和花枝招展的小媳妇们，多香啊！哎呀呀！如果能将那些小玻璃瓶里幽绿的香水尽情地洒到她们的胸脯上该多好啊！

人们会拿到手上仔细端详那些窸窣作响的带纹皮革和精致皮革，也有人能通过味道了解这些皮革的加工质量。

"有哪家的皮子能和穆萨巴耶夫家的皮子相比啊？"有些懂行的人还会这么说。

这可不是最近的事情，一两个世纪以来就是这样的。哈萨克人不下山，而这些小商小贩也就会放弃背着一些小商品去山里兜售的习惯。他们同样也是些哈萨克人，他们穿着整齐，口齿伶俐，这个世界上没有他们不知道的事情，也没有他们不曾传播的消息。他们的褡裢里还会有诗集，以及各种铅印小报和薄薄的杂志等，可谓应有尽有。他们身上穿戴的也不是三耳帽和皮袄，看着他们的衣着，你有时还会误以为他们是政府工作人员呢！当他们头戴小小的帽子，或者是小礼帽出现在阿吾勒下游的时候，你会大吃一惊的。看到这些与以往那些衣着邋遢的哈萨克人不同的人时，连狗都会生起气来，它们会贴着地面朝那些人冲过去，个个都是气急败坏的样子，实在让人惊讶。俗话说："狗要铁块做什么？"是呀，狗才不会管你是什么商人呢！狗就是狗，而人和狗毕竟不一样，别说大人了，你就看看那些孩子们吧！如果他们有马驹就骑着，没有就步行，从四面八方驱赶那些愚蠢的狗。

男人、女人、老头、老太太都走到了屋外。你看，那只五颜六色的褡裢多么漂亮啊！鼓鼓囊囊的从马匹身体的两侧时隐时现。那些因为家里的茶叶已经用完，结果头痛难忍地躺倒在床上的嗜茶如命的老太太们不久就会活过来。孩子们也该高兴了吧？那个五颜六色的褡裢里，可装着整包整包的糖果啊。

　　每个时代都有自己的特点，生意就是生意，无所谓大小，谁会轻视那些出售镜子梳子之类的小玩意儿和收集羊皮的生意人呢？也许，很多时候大钱都是从这样的小生意中挣来的。生意啊！我们什么时候才能学会它，什么时候才能了解它的规律和奥秘呢？生意！生意！就是生意使人们发现了美洲大陆，它从来不分语言，不分宗教，将所有的人混杂在一起，也把一切搞得一塌糊涂的就是生意呀。

　　就在刚才，当姐夫把这个肤色黧黑的姑娘送到车门前时，哈尔莫斯就觉得很奇怪，不知道自己曾经在哪里见过她。刹那间，他紧闭双眼思忖了一下，然后又忍不住睁开了眼睛。最初的紧张状态一过，姑娘才侧身坐了进来。还好，她只是侧身从他的身边滑了进来。但他这种寻找曾经的记忆最后转变成了对一种可爱棕色的向往。那他到底是在哪里见过她呢？真是的，就是觉得对她有点印象，可那种印象在哪里呢？是在她的头发上呢？还是挂在她的鬓角上呢？脖颈那儿的那片洁白的皮肤呀！一只小小的圆形银白色耳环紧贴着那片皮肤。还是附着在饱满的胸脯上？那种捕捉不到的印象就含在眼里吗？不，不在眼里，而在令眼睛更加妩媚的睫毛之上。你看啊，那些一根一根排列着的睫毛一会儿伏倒，一会儿又顺着原来的轨迹站立起来，瞧它们是多么清晰，仿佛一根一根可以数清似的。而且睫毛尖又是那么齐整，还微微翘起。

　　哈尔莫斯仿佛发现了一点迹象，那种焦躁习性，在寻找遗失物品时又会是什么样儿？可是又不能随意地去搜腾邻居家可疑的院落。哈尔莫斯现在的心情就是这样的，他又怎么可能总是盯着这个羞答答地低着头的小姑娘呢？如果他那么做了，那么这种行为和自己年轻生意人的尊严又如何相称呢？他总是从自己所从事的营生，即买卖的角度，并以自己的秉性来考虑这一切，考虑人与人之间的关系。这里的首要条件是自愿，也就是说姑娘如果自愿地盯着他看的话，他也会讨价还价地那样去盯着她看的，但她并没有盯着他看。如果他强制性地盯着她看的话，那就不是什么生意了。如果卖家不卖，哪个生意人又能强迫买家呢？所以，世界上所有的东西都有自己的价值。那如此美丽的姑娘投来的一瞥，又有多少价值呢？别说这个，连一公斤酥油、一公斤酸奶疙瘩也有其价值呀。……说到酸奶疙瘩，是呀，那个酸奶疙瘩，就是睫毛呀……

尽管如此，还是很可疑的……上了路也许就好了吧！如果可能，他们还能聊一会儿天吧！

姑娘仰身将身体靠到了座椅背上，哈尔莫斯小心谨慎地将车门关上了，他的右肩还是同样谨慎地沿着刚才的轨迹回到了原位上。姑娘又对自己刚刚坐正的坐姿做了些许的调整。她依旧是羞答答的，很是拘谨。尽管那双膝盖竭力保持原有的端庄，但腰以上的部位还是有了变化。我刚才不是说过了吗？女人的身体无论怎么摆放，它的美都在变化。一个穿着薄薄的衣裙，身材修长的美人因为一两次低头弯腰，那么胸脯与乳房会产生些微的变化。例如，会令那件薄薄的衣裙鼓起来显现出线条，这才是真正的美啊。如果这个美人伸出手去够高处的一样东西，你将会看见更加动人魂魄的变化带来的美丽。

是呀，这个矜持憨厚的姑娘为了不与哈尔莫斯的身体发生接触，便尽可能地将身体贴在座椅的靠背上向后仰着。为了保持两个肩胛骨的平展，便使两个肩头向外伸展，这个动作恐怕只有那些参加体操比赛的姑娘们才能做到吧！那是多么苗条纤细的身材啊！她也不是故意那么做的，是不得已而为呀。翻领衣裙细微地抖动着。应该怎样去领悟，那只有哈尔莫斯自己知道。他的视线一直伸向了远处，也不知道车是怎么停到这里的，它停的位置实在不太适宜。那是个长着草丛的小坡，汽车的两个前轮顶在了坡上，而车头几乎是悬空的，看上去这辆车不想在地面上行使，而要飞向天空似的。

　　向两边望去，两侧是层层叠叠、郁郁葱葱的山梁，一个接一个向远方延伸。他们的汽车刚刚穿过一处长着茂密森林的峡谷，眼前便一下豁然开阔起来了。这时，山顶上还有积雪，再往下的地方是长着稀疏树木的山脊。大自然中有很多事物都为生命的存在提供了可能性，舒缓宜人的山谷、长满松树的角落、平整而开阔的牧地、绿色的陡坡山崖——这些地方都驻扎着一个个的阿吾勒。有的阿吾勒驻扎在谷底，有的阿吾勒则驻扎在高高的山坡上，非常抢眼。偶尔还能看见一两座毡房高高突起的穹顶，颇为显眼。也会看见一处孤零零的毡房，但走近了你就会发现那不是一座毡房，旁边还分布着很多毡房，分明是一个阿吾勒。这些就是层层叠叠、星云密布的阿吾勒营盘。左边那座直抵谷底的雪峰就叫"白公驼峰"。哈尔莫斯马上就认出了这个地方，雪峰山脚下有一个叫"阿依尔阔勒"的湖泊，最近几年，这里被开发成了旅游区，这是一处长着郁郁葱葱松林的美景。所谓"阿依尔"就是分叉的意思，这是因为两条河从两侧汇聚到一起，形成了一个自然的堰塞湖。有人说从前这里发生了山崩，结果就形成了这座堰塞湖，但这种说法也没有什么依据。可无论怎么说，有了这座堰塞湖，人们就有了生存的必备条件。这里的游客络绎不绝，让他们来吧！只要他们有钱，谁会阻止他们呢？

　　那个时候，哈尔莫斯开的不是这种可以拉绵羊的卡车，而是一辆十二座的小面包车，他拉人，然后收钱。人和绵羊是两个概念。说到钱，说到向人们收费，那么人的概念就会隐去，就会产生像买到集市上宰杀的绵羊那样的一种概念。那个时候的哈尔莫斯就是这样，无论他的车上拉的是货还是人，拉到地方他就不再管了。只要他们返回的时候能按时集合在一起就行了，这就是他们之间的默契。这些到处游玩的人们会想什么呢？他们都是些闲得无聊的人，管他们想什么呢，让他们去玩儿吧！让他们尽情欣赏吧。而哈尔莫斯在想什么？他欣赏什么呢？人真有意思呀，每个人都按照自己的想法随意去想象这个世界，小偷是怎么想的呢？连乌鸦和雄鹰都有各自的选择。任何东西都应被买卖。事实证明，哈尔莫斯的这个想法是正确的。那个骑着青灰骏马的年轻人是个傻子吗？他骑着马沿着平坦的湖畔一会儿向上游奔跑，一会儿向下游奔跑，来来回回好威风呀。哈尔莫斯根本没有想到那是一种诱惑！你看，谁不想骑上那样的骏马在这样平坦的绿地上来回驰骋呢？游客们顷刻之间便蜂拥而上。好样的，我的小伙子，生意就应该这么去做。骑上马来回走一趟就是三块钱，这钱赚得好轻松啊！管他呢，哈尔莫斯独自躺在草地上心里盘算着，一阵窃喜。每个人三块钱，一天下来多少钱呀？一个月呢？一个夏天呢？真主啊，如果总能这样多好啊！这才叫生意呢！这个世界有什么事情比这样的生意更好呢！美妙的歌声，动听的乐曲，月亮美人，这一切和它比起来就算不了什么了。然而，这边的生意却让他受到了重创。松树的阴凉处坐着一个落寞的小姑娘，面前摆着一排小袋子。哈尔莫斯差点对她说："孩子，你这可不是什么能赚钱的生意啊！"她面前的每个小袋子里装着半公斤晾干的酸奶疙瘩，每袋五块钱，可卖不动。生意之所以能兴隆，就在于畅销，它就是个圆呀，圆形的特性就在于它会不停地滚动，可见，生意上的"流通"就是出自这里吧！

　　这个小姑娘是谁？她长得怎么样？这个精明的生意人根本就没有多看她一眼，他关心的只是那些袋子。他首先为做出每一块酸奶疙瘩所要花费的时间与劳动费用而感到窘迫，酸奶疙瘩是乳制品，而乳汁又是从哪里来的？是这样的，如果你有乳牛与绵羊，就必须把它们与牛犊和羊

羔分开来喂养，那这就需要两个牧人来牧养了。就拿挤羊奶的人来说，
他们每天要挤两次羊奶，挤出来的羊奶要煮熟，这需要柴火，而柴火是
从山上捡来的。在羊奶温度适宜的时候再倒进皮囊中，你还得使劲地搅
动捣制它，捞出浮在面上的酥油，剩下的就是脱脂酸奶。酸奶疙瘩就是
这种脱脂酸奶晒干后的食物，它可不是自己变成这种食物的，生的脱脂
酸奶盛在大锅里架在火上，长时间地熬煮，熬得稠稠的，放凉之后，再
通过筛子装进布袋里把水控干，最后再将它掰成小块儿。为了让它们看
起来整齐美观，人们会将细碎的小块抓在手里捏成大块儿，这叫"斯合
帕"。想一想把乳汁做成这种斯合帕，需要多少人付出多少劳动和精力
啊！你再试试将它卖掉，如果它能卖出那匹青灰马那样的价钱还好说，
而你就得成天这么坐在这里苦熬着。

"大哥，买一袋儿吧！回去的时候，你的孩子们会有所期盼吧！"

小姑娘腼腆地说出了这句话。

"我哪有什么孩子？"哈尔莫斯嘟囔着转过身去。

可怜那双清澈美丽的眼睛啊！这种时候，她会不会灰心丧气呢？就
算不买她的酸奶疙瘩，也应该给人家一个好脸吧！

起初，哈尔莫斯也没有想到这会给自己带来什么联想，后来，这种
情形缕缕出现在了他的脑海中，那是多么可爱的眼神，又是多么让人心
碎的祈求啊！五块钱算什么啊？唉！真可惜啊！其实，那也不过是为了
告慰唯一的主而施舍的一张纸片儿啊！啊，那一双眼睛，究竟是眼睛，
还是睫毛，或是这两样东西混合而成的黑色影子呢？仿佛人的身上有一
些让人无法忘记的标志，就是那些标志，让哈尔莫斯陷入了躁动不安之
中。总之，他是想起了什么，但就是说不出来，他自己当时也没有再回
头看她第二眼，那是一双怎样的眼睛呀？那双眼睛包含着怎样的意蕴？
那双眼睛投出的是什么样的力量呢？抑或是刚才那样的小生意人眼中所

透露出来的巴巴儿的祈求的眼神呢？如果这么说的话，现在她面前却没有摆放着什么物品，她依旧是那副模样，哈尔莫斯甚至没有再盯着她看，她没有看他，他也没有看她，那哈尔莫斯看见的是什么东西呢？从看见那个小姑娘以后，又过了两年时间，如果这个姑娘就是当时的那个小姑娘，那她怎么会这么快就变得如此美丽动人了呢？当时，她的衣服也很简朴，哈尔莫斯甚至以为她是一个孤女呢。关上车门会花费多长时间呢？那不过是十分之一秒吧！那三个小媳妇现在就像三匹被放任飞奔一阵之后刚刚回来的小畜一样喘着粗气，是呀，那些兴致勃勃的牲畜总会不安地用蹄子踹踏墙根，不安地扭动躯体。而她们三个现在就是那副模样。

　　而这位先生的状态也并不是很好，那种属于司机的刻薄性格这会儿占了上风，所以一脸不情愿。车厢后面的动静也越来越大，仿佛一群乌鸦在叽叽喳喳地叫着，并传到了前排：

　　"我们动身吧！"后边的人这么说了一句。这是谁呢？不就是那个老女婿嘛！这句话刚刚还有人说过呀，说那不是老女婿，而是老姐夫。尽管他还不老，开起玩笑还是恰到好处。

　　"霍尔勒哈！"三个小媳妇中的某一个开口说道。原来，这个长着黧黑皮肤的姑娘名叫霍尔勒哈。还是那个小媳妇，她又说道："你怎么不把你那个老姐夫叫到自己身边来呢？"

　　汽车启动了，哈尔莫斯虽然听到了刚才的话，但假装没有听见就开动了车。此时此刻，这三个小媳妇在他的眼里一点儿都不可爱，她们的胸襟仿佛被什么东西塞满了似的，想笑笑不出来，想说又说不出来，很是窘迫。反正，她们肯定心里有鬼。这时，哈尔莫斯的注意力都集中在了崎岖的山路上。他虽然看不见，但能感觉出有一股气息从他的颈部一阵阵袭过来。也不能怪她们，刚才自己不是看上去还挺开心的吗？是不是这个漂亮姑娘的缘故呢？三个可怜的小媳妇赶紧平下气来，整理好凌乱的衣服，坐踏实了。是呀，这说明你们的好时光已经一去不返了。

　　真有意思，车上总共就五个人，此刻他们就像锅架的三条腿一样朝着三个方向坐着，每个人都沉默不语。哈尔莫斯和霍尔勒哈各自无声地坐着，就像两尊雕像一般，而那三个人则是第三尊雕像。无论怎么说，这趟旅途不是很愉快，每个人都无声无息没精打采，他们只想尽快到达婚礼现场。他们的车沿着斜坡一直爬到了那个坡顶。对于乡下人来说，能坐车来参加婚礼是一种荣耀啊，而且这将是一场怎样的婚礼啊？结婚双方都是刚刚发达的新贵，而且不只是两方，是三方的结合。这举行婚礼的一方，先将自家的女儿嫁出去，然后再从另一方娶进媳妇来，这样不就是三方的结合了吗？这里已经扎起了很多的毡房，门外还拴着很多匹马，客人们还在陆续到来，哈尔莫斯将车直接朝着停车的地方开去，而不是驶向拴着马的方向。他将车开到了一辆绿色的丰田车旁边停了下来。大路就从这里经过，说是大路，其实是草丛被车轮轧倒后形成的一条没有尘土的天然大道。路边上堆放着很多切割成一截截的原木，这些原木堆放在那里，正在举行的婚礼和它们有什么关系呢？那些拖拉机将它们从坡上的松树林里拉出来，卸到了这里，就在昨天它们还是些长得郁郁葱葱而笔直的松树呢。

　　当时已经临近中午时分，要是正午还好说，我们管它叫午休时间，就在地球上的这样一个晴朗的日子里，上千个无所事事的人聚集到一起，来享用一顿免费的午餐。那么哈尔莫斯刚才还抱怨说浪费了一天拉羊的时间，那就是一句没有必要说的话了，因为他也是一个哈萨克人。有位诗人不是写过名为《这就是哈萨克人》的一首诗歌吗？这说明，传统的哈萨克人就是这样的。多么奇怪的性格，多么不加分辨的无忧无虑啊！

　　让我们说说看，那是1988年的夏天，礼拜四。在这样一个晴朗的中午，世界上正在发生什么事儿呢？美国、欧洲、日本都在发生着什么呢？广州、上海或者任意的一座内地城市都在发生什么呢？来到世界上的每个人都背负着怎样的责任呢？这是什么样的满不在乎啊？一切都毫无意义，那笑声，那话语，还有那一双双明亮的眼睛，都毫无意义。当然，哈尔莫斯并不是今天才看见这些毫无意义的事情。如果你问他，他肯定会挥挥手说"没办法"。有什么办法？他无法解释，也无法解决这些问题。

　　这些黑压压的人都是从哪儿来的？他所知道的就是那些世世代代靠牧放牲畜为生的人才会这样做。说白了，所谓的牲畜就是四畜，其中的骆驼和马是需要紧盯着牧放的牲畜，而可怜的牛就不用那样看管了，早上它自己就走了，挤牛奶的时候就会回来，总是和小牛犊一起成群结队地走，如果碰上狼的话，它们会围成圈，将牛角对着外面对付敌人。可是公牛不是那样的，所以人们说：不要将公牛当牲畜。这话就是这么来的吧！要说在放牛中有什么可做的事情，那就是看守公牛，它整个夏天都会吼叫着从一个阿吾勒到另一个阿吾勒，不停地流浪，雄性动物个个都是愚蠢至极的。

　　所谓的牧放，只有羊群是要求你一直守着养护的。把各家的羊集中在一起，一个阿吾勒就会有一群羊。一群羊需要几个人牧放呢？一个人就足够了，那也是骑在马上牧放的，那么整个阿吾勒的其他人在这两三个月都在干什么啊？所以，在夏牧场上，年轻小伙子、姑娘、媳妇和中年人来往穿梭。生意人哈尔莫斯你能给他们找点什么事情做吗？建起纺织厂，让女人用自家的羊毛来纺织毛布和毛衣，男人则用自家牲畜的皮子加工皮制品，这些就是表现他们工业水平的东西吗？纺布制革等一类事情，现在已经变成了最普通最容易的事情了。也可以用丛林里层层叠叠的落叶做点什么呀，至少能做出差劲一点的黄纸来啊！哪儿有煤矿？

哪儿又有铁矿？这些人有足够的能力和耐心，去弯着腰挖掘和开发吗？他们连山谷里若隐若现的白色石灰石的边儿都到不了。看看他们兴高采烈的模样，就这还牧放牲畜呢！

"小伙子们，别觉得靠牧放一群牲畜谋生很了不起，不要太高兴了。"这句话，哈尔莫斯曾经在一个地方说过一次。由于他不是城市的原住民，他的房子只在城市郊区，而且还是花了不少的钱才建起来的。围墙外面是空旷的沼泽地，再远点的地方有一条小溪，再往后就是山麓了。城里的居民虽然没有成圈的牲畜，但是也有一群群的牛羊就在这里牧放。哈尔莫斯曾经周游观察过这些，当时，一种现象让他感到既吃惊又难过，无论他到了哪里，看到的都是些残疾人，有的是瘸子，有的没有手，还有的腰弯得像一张弓，也有些是盲人，或者是独眼。说多了，好像是在嘲弄他们似的。当然，无论怎么说，我们都应该尊重人呀。总之，他们还是有事可做，如果没有他们，不是也得有人牧放这些牲畜吗？那么，那些人呢？小伙子们都在哪里？这里甚至连个中年人都没有，剩下的就是些老头儿老太太。当时，哈尔莫斯想到了那句话：父亲老了，就不用再找羊倌了。这就是说放羊这样的事情早就被人们认为是上了六十岁的人才做的事情！

那些健全的有劳动能力的人肯定要到工矿、建筑工地等需要劳动力的地方去工作吧，而不是围着这么一群羊整日站着，这对他们来说是非常无聊的事情。弯着腰去劳动是件好事儿啊！他们能和那些铁质的把手，和那些齿轮一起合作吗？那些巨大吊车的手臂是多么灵巧啊！真主为什么给了人们关节、肌肉和骨骼等组织呢？人的身上有着无穷的资源，如果你不用它，不让它活动起来，它就会失去了灵活性，就会生锈，就不能动了。有什么东西是不能打弯的呢？不说别的，就说其他民族的那些能干的老人，他每天不知会对着自家门前的那些绿色植物弯多少次腰，挺多少次背啊？真主保佑，集体主义也曾经教会过我们一些东西，可现在哪儿有大集体啊？大家都四分五裂了，都走吧！只要我们中间别再出现成群的"蛐蛐"就行了。伟大的诗人阿拜一生最讨厌的不也是这些"蛐蛐"吗？先生们，围着草地奔跑吧！跳跃吧！歌唱吧！

　　就算与这个内容不完全吻合，至少也是类似的不快情绪紧紧缚住了刚刚钻出车厢的哈尔莫斯的心。好在叶热依曼马上就将他带走了。

　　"她是欠钱人家的女儿。"这可是从前没有听说过的概念。哈尔莫斯并没有认错，她就是前年那个卖酸奶疙瘩的小姑娘，当时他还猜测这姑娘是不是个孤女，肯定是她的继母逼着她来做这样没有指望的事情。"可怜的姑娘啊，靠这点酸奶疙瘩，你能创造多少财富呢？"

　　今年她已经长成了大姑娘，开始引人注目了。小伙子们都像小公马那样伸长了脖子打起了她的主意！不能让她经常出门，不要与外界接触太多，但是，她想穿什么就让她穿，也让她经常去参加婚礼，她穿什么衣服都好看。除此之外，还有什么啊？我们就把她当成自己的面子，只求真主保佑她吧！有什么办法呢？只怪那四头呼哧呼哧直喘粗气的大犍牛掺和进来了，管它是不是四头大犍牛，就算是十头大犍牛，姑娘毕竟是姑娘，她是人呀！而犍牛终究是犍牛，是畜生！

　　"不是四头，本来是八头大犍牛呀！如果只是那几头犍牛的事情也就算了，霍尔勒哈唯一的哥哥也一同失踪了。"唯一的哥哥……就是这个卖酸奶疙瘩的霍尔勒哈，她是家里的老小，家里还有老父亲和老母亲，不过也算不上很老，哈萨克人不到六十岁就开始衰老了，加上唯一的儿子突然消失得无影无踪，使他们生不如死，悲痛至极。

　　我们把叶热依曼掺和进来干吗呢？他也只是嘴上的功夫，说说而已，不这样他又能怎样呢？这里是个空旷的山谷，有什么东西可以作为依靠呢？山就是山，你就算是用脑袋顶也不可能顶穿它。你怎么走还是那么回事儿，翻过一座山坡，那边还有一座山坡，往下走是山谷，往上走前面有山梁，有的连驿队也翻不过去。有的山梁上只有马才能走的路，有时石头会碰到马腿上，弄得马腿流出血来，有时两块石头还可能将马腿别在中间。就算他再勤劳，区区一个叶热依曼又能做什么呢？你就别下马了，叶热依曼，这还要你下马吗？你看，马儿不是自己将蹄子拽出来了吗？它甚至还将其中的一块石头踢松了。这样的山路就是靠马蹄和牛蹄踩出来的。只有真主知道，多少世纪以来，没有任何一个戴皮帽的男人看到过或者触碰过这条山路吧！我们的民族多么擅长起名字啊！因为是马走的路，所以给它取的名字就叫"马路"，而不是用一两个人的名字来命名，这都是老习惯了。不知道那一年霍尔勒哈的父亲怎么就突然想起怂恿自己唯一的儿子，而打扰了这个酣睡的孩子，那原来就是一个老实巴交的小伙子，他最引人注目的就是上嘴唇和鼻子之间长着一颗红痣。真奇怪，就是这颗红痣，让人总觉得他在生气。但是，他在小时候也不会经常生气，而且唯一的缺点就是爱睡觉。现在，他醒过来了，孩子的瞌睡没有了。在世界上所有的民族都在苏醒的时代，小伙子胡德坎的苏醒又算得了什么呢？

二

先辈总说：不要在矿区打转。那个时候，看来人们把成群的羊和马称作"矿区"。如果在成群的姑娘中打转，是不是也可以将她们说成是"矿区"呢？在这红红绿绿的"矿区"打转的人肯定会感到头晕目眩，心跳加速吧？哈萨克民族古代爱情达斯坦《少女姬别克》中巴扎尔拜的儿子，主人公托列甘不就是在一路迁徙的众多驿队中不辞劳苦地追寻，最后终于找到了自己的心上人吗？

那姑娘走得袅袅婷婷，身下骑着一匹黑走马，身上穿着一条黑绸裙。像这首长诗所说的姑娘们现在正在从他身边经过，络绎不绝。远处出现了三个人，那个乘坐绿色丰田车的就是这些人，他们来得很早。

"这里将举行婚礼，你可以看见所有的姑娘。"一个狡猾的家伙说，"你们是抚摸她们的后背呢，还是去弹弹她们额头呢？那就由你们自己了！"

这几个女人中最年长的是一位肤色灰暗、身材偏胖、下身穿着前后都开衩的短裙的鬈发女人。还有一个姑娘，她的身材挺丰满，个子很高，穿的是一条不及膝盖像腰带一样的东西，也算不上是短裙，色彩花里胡哨的。要是穿一条又长又飘的裙子还好说，她那个东西只及膝盖上面。人都有晃来晃去的两个胯骨，那女人的两个胯骨上是绷得很紧的黑色连裤袜，她将袜子使劲地拉上来勉强地挂在了腰上，这是显而易见的。我们说那是连裤袜，是给她面子，其实根本就不是什么袜子。如果毫无顾忌地说出它的真名，那就是一条连裆裤！那条连裆裤再怎么让人看了脸红心跳，可穿在年轻女人的身上还是很好看的。看来她的身体是靠舞蹈训练出来的，她长在后腿上的两条韧带和没有任何赘肉的体形给人这样的感觉。

曾经，男人留长发也是一件很丢人的事情。

"真丢人！男人还留长发吗？"

"他的后代会异化吧？"

文明就是这样从每扇门里挤进来的。不说从前，就说最近吧，如今哪个哈萨克族大姑娘小媳妇穿在身上的衣服不让人惊讶啊？和那些在姑娘追时，将一块窗帘布一般又长又宽红红绿绿的布匹披在身上骑着烈马奔跑的姑娘比起来，这位姑娘穿着紧身衣骑在马鞍上不知有多便捷轻松啊。

搬家或者参加婚礼的时候，从腋下搀扶主妇们上马不就是一件很麻烦的事情吗？先说说怎么收拾像毡房围毡一样长长的绣花袷袢的前襟吧，还有那带着层层叠叠流苏的长裙呢。主妇会坐在马鞍上前前后后掖个不停，左左右右地摆动着。在骑马这件事情上，后来的窄裙也没少给女人们找麻烦。平时走路的时候，裹住女人们的双腿使她们无法迈开脚步，而在双腿叉开准备骑上马背的时候，又能给你多少方便呢？两者选择其一，要么骑马，要么不骑马，步行随着驿队迁徙。还有那个该死的高鞋跟，真主保佑，不论是在阳间还是在阴间，什么时候都别让大姑娘小媳妇们步行，那就让她们骑马吧，可怎么让她们骑上马背呢？除非将裙摆卷起来，放在腰部才行，可那件像麻袋一般的短裙怎么会乖乖地听你的话？真正的丢人现眼这时才开始。还把它当成一件衣服！恨不得把它沿着前后两条线缝生生地拆开才好啊！我们也别为了这个而挑剔了，会有一个办法的。这个世界上有什么事情是不能解决的呢？人是聪明的动物，一种文明解决不了的问题另一种文明就可能会解决。在这个绿茵茵的草原上，第一次作为时尚而出现的前后都开衩的短裙，将来不会变成经常骑马的乡村妇女的日常衣服吧？短裙后摆不会和后鞒纠缠，前摆也不会挂在前鞒上，前后都开衩的短裙就像小孩子的秋千一样，挂在了马鞍的两侧，正好盖住两个膝盖。

你要是认为这些都是因为无聊才出现的轻浮的事情，那你就错了，他们这是在赶时髦啊。你瞧，这三位客人都不是外人，都是咱们自己的哈萨克人，最年长的是个中年妇女，第二个是一位超过二十岁的大姑娘，第三个是一个小伙子，他也是其中最年轻的。他的手脚是那么灵活，身上有种难得的机灵，他身上也没有层层加码的衣服。看来，这是一个姑娘们怎么穿，小伙子们也怎么穿的时代啊！他们都是那么精神，那么干练，那么漂亮。那些衣服则毫不遮掩地表现着几个人的身材，肩就像肩，裤腿就像裤腿。小伙子下身穿了一条裤缝滚了红色裤线的紧身针织裤，将他的整个腿部包裹得紧紧的，一直到大腿根部。姑娘穿着的紧身裤如果穿在小伙子身上有什么不可以的呢？小伙子身材匀称，肌肉结实。不知道是不是衣服的缘故，他的两个肩膀看上去平平的，看来衣服并没有放垫肩。

小伙子的一个肩头还挂着一个照相机，你还没有反应过来，他就已经拍完了。他一下车就将霍尔勒哈摄入了自己的镜头，而且一连拍了两张，一张是她的正面像，另一张则是侧面像，两张是连续拍摄的。好奇和害臊同时震慑住了这个憨厚单纯的乡村姑娘，不过，哪个姑娘会躲开这样便宜的拍照呢？尽管她有点害羞，但还是有点留恋，并没有离开。

"不要去管那些闲得无聊到处闲逛的人，还不如我们自己……"叶热依曼将哈尔莫斯拉到了一边，他心里自有打算。但他失误了，这是真主让他失误的。如果这几个人寻找的是亲家，那么就是相亲啊，一种有趣的相亲，他们也需要像霍尔勒哈这样的一个姑娘，他们最终像巴扎尔拜的托列甘那样找到了自己的"少女姬别克"。她的个头、长相和身材，还有性格和表情都再好不过了。

"我找到自己要找的人了！"导演说道，"她就是那个烫了头发、身材略胖的中年女人。"她继续说："你看看我！"说着将霍尔勒哈拉向了自己，姑娘害羞地看着她。女导演觉得这位姑娘既聪明又机灵，眼角和鬓角之间有相当宽阔的距离，这使她的头形看上去很美。而姑娘的机灵，是从她舒缓浑圆的双肩和胸部像小鸟一般迅速地晃动中被看出来的，她的身上还有一种莫名的忧郁。经验丰富的导演从她身上看到了自己剧本中那个忧郁的美人，如果将她的形象从现实生活中搬到大屏幕上的话该多好，她就从眼前的这个犹如羚羊一般美丽的乡村姑娘深邃的双眸中看到了那个形象。那是一双怎样的眼睛啊？乌黑的眼睛越往中间越显得深不见底，中间是一团闪烁的绿火。你设想一下，将那个深幽幽的黑色和闪烁的绿火结合在一起，你就会分不清哪是睫毛哪是眼睛。总之，她合乎全部条件。谁会挑出这个姑娘的毛病吗？现在只差"相亲"并给她戴上鹰羽了。

这时，霍尔勒哈身边只剩下了那个戴着"腰带"的长腿姑娘。对了，还忘了说了，那是个女演员，刚从戏剧学院毕业。而那个小伙子和导演朝着长辈们落座的白毡房走去了。霍尔勒哈的父亲名叫阔尔克，导演已经写了下来，她打算将老人叫出来，单独和他谈话。

"姑娘，我们是来给你提亲的。"导演刚才还和霍尔勒哈开了一句玩笑。幽默的导演在交谈的过程中暗示了这个意思，她把这个当成是说服乡村哈萨克人的一种方式。

"我们也懂乡村的规矩。"无论她怎么暗示，说到该说的主题时，她还是不知道该怎么表达，显得结结巴巴的。她又说了一句："时代已经变了。"从前是怎么样的呢？从前只有在为姑娘提亲的时候才会上门来，那可是要送可观的彩礼啊，那是以六十匹、一百匹马为标准讨要彩礼的时候呀。

"唉，孩子啊！"那个狡猾的老人并没有确切地表态，"那样的纷争民间还是有的，看来你也是知道乡下礼节的。有什么能比遵照父母的意见去做更好的啊！她是我们家最小的孩子。"

"您听过爱情长诗《少女姬别克》吗？"

"当然听过呀，以前我们家还有一本发黄的小册子呢！最近我还见到过。"

"在那部长诗中，巴扎尔拜家的托列甘追逐着一个又一个驿队，经历了千难万险终于找到了自己心爱的少女姬别克。"

"是的，从前人们不是经常会唱'少女姬别克的篷车呀，篷车上钉着华丽纽扣'吗？"

"您家那个最小的女儿啊，就是今天的少女姬别克，我们就需要这样的一个姑娘，我们在这一带转了很久，看了很多人，终于找到了她。"导演和阔尔克的想法简直就是南辕北辙，阔尔克怎么可能理解在交谈中所说的电影、剧本和角色之类的话题呢？他唯一听懂的话语就是自家姑娘的身价，好像会给点钱什么的。而导演也听不懂老人话语中的许多潜台词，其中之一就是八头大犍牛。她不明白这个将要担任女主角的姑娘和八头大犍牛之间有什么关系呢？姑娘是一个人，她将要成为一名演员，而犍牛就是犍牛，那是牲畜。而剧本则是写在纸上的文字，连在一起就是拍成戏以后的形象，就是电影。所以刚才所说的那些话都是一些互不相关的独立概念。有趣的是，阔尔克心里想，这个女人并没有直率地说出想与我家姑娘相亲这样的话，而是拐弯抹角地转着圈。他想也许上过学有教养的人就是这样的吧！而导演想的只是自己的电影和角色。在这两个完全不懂彼此的人各自想心事的时候，导演突然打开了自己的皮包，抽出了那个剧本。

"这是我的名字，这是剧本的名字。"阔尔克还是识字的，他用干瘦而残缺的手指，轻轻地从上到下地抚摸了一下剧本封面，终于结结巴巴地读出了那些文字。

"萨哈泰？……这是您的名字了……而这是剧本《大山之恋》，哦，我懂了，大山嘛，就是我们这座山啊，那这里的'恋'……哦，这我也知道。"萨哈泰打开剧本的第一页，指着第二页上排列整齐的人名，奉承地说，"您不是说已经知道了吗？这里所说的'恋'指的就是这个小伙子。"阔尔克的心总算落了下来，看来这个女亲家将自己的儿子也一起带来了。正像俗话说的那样："来看姑娘来看姑娘，我们也来看看想看姑娘的小伙子。那个小伙子呢？"老丈人环顾四周开始寻找起来了。

这样的光棍能坐得住吗？他的魂儿早就被霍尔勒哈勾走了，就算我们说得有点不恰当，他的心思应该早已扑在了"未婚妻"身上。现在这个"未婚妻"好像和那个"戴着腰带"的姑娘很投缘似的，正站在一起呢。她们靠在丰田车上，聊得很投机。那个长腿姑娘的一条腿踩在汽车的脚踏板上，形成了一个角，而且那是一个黑三角，汽车绿色的车身，将那个黑三角映衬得更加阴暗。她们俩能说什么呢？一个来自乡下，一个来自城市，简直就是两块毫不相干的布头。萨哈泰用眼睛好不容易才搜寻到了已经不在原地的小伙子，他沿着那些整齐的毡房外围，径直朝靠着丰田车的两个姑娘那边走去了。

"他是您自己的儿子吗？"阔尔克的目光也落到了小伙子身上，"俗话说：'熟悉千人的长相，不如知道一个人的姓名。'让我来问问，您的孩子叫什么名字？"

"哦，"萨哈泰又恢复了自己的声调，"您说他的名字吗？您问的是他的哪个名字？原来的名字还是我给他起的名字？"

"当然是您给他起的名字喽！"

"叫霍孜克西。"

"霍孜克西。"阔尔克丢掉了元音字母"e"，拼了一遍那个名字。

"他说起来就是我的儿子了，我还应该有女儿们、儿媳妇们和亲家亲家母们。伟大的作家巴尔扎克曾经说过：'我的作品都会有自己的地理、自己的族谱、自己的人物姓氏、自己的贵族、自己的手工业者、自己的产业，等等。'也就是说，我的影片也是这样的。"萨哈泰很快察觉自己所举的关于巴尔扎克的例子，对阔尔克来说简直就等于对牛弹琴。她就像个不小心说了谎话的人那样，很快收回了自己的话。她接着又说："哎呀，您姑娘的名字——霍尔勒哈也很美呀，霍孜克西和霍尔勒哈是两个多么相配又优雅的名字呀。"

"愿真主保佑她！"阔尔克嘟囔道，他心里还有些不忍，亲家母的膝盖肯定酸了吧！她怎么能坐得安稳呢？她那件白色衬裙和花短裙马上就会被这绿色草原的颜色弄脏的。去他的短裙，去他的坐姿，她那条穿在里边的衬裙长点也好啊，多少能起点作用，拉到膝盖，就盖不住小腿，夹在小腿处，又会露出大腿，紧紧地包裹在身上，显得又薄又柔，看起来是极为廉价的玩意儿，甚至都算不上是布。而且他发现亲家母更不能蹲着，后边怎么样了，阔尔克并不清楚，他只看到她的正面，的确很失态。老人想，后面也开衩的短裙这里也不少，而这种前后都开衩的玩意儿，现在也来到了他们的山区。除非是双腿交叉着坐在椅子上，否则，真主保佑，不要将这种玩意儿裹在女人的身上。这哪里是亲家母穿的衣服啊？在这样尊贵的地方，在需要面对亲家们席地而坐的时候，如果亲家公和亲家母的前面都这么敞开着的话，该有多难为情呀。想到这里，阔尔克"扑哧"地笑出了声，他想：那些狡猾的小伙子说不定还会将这些编写到诗歌里去吧！

谁说这种衣服适合我们这些马背民族的女人呢？无论阔尔克怎么想，还是没有完全搞懂。她长着有些发红而且粗壮的小腿，从脚踝处往上还有一些暗红色的小疙瘩。他不明白，她身在城市，为什么不治治呢？阔尔克本人也懂点医术，他想：如果把她带到家里，然后用蓝矾将那些疙瘩都烧掉才好。真该死！她穿着一条薄如蝉翼的袜子，那些疙瘩不是长在她腿上的疙瘩，而是袜子本身的颜色和款式，右腿弯曲的地方也布满了这样的疙瘩。爱穿什么就让她自己看着办吧，那是她的自由，她肯定不是没有衣服了才穿成这样的吧？现在一辆破三轮车才值多少钱啊？就比如那个崭新的轿车，肯定不会便宜，那是有钱的人才能买得起的车呀。阔尔克也够狡猾的，所以并不直接说："老天赐予你们的财富也不少吧？"而是拐弯抹角地嘀咕着：

　　"你们那辆轿车……我从来都没有见过这样的轿车，肯定不便宜吧?"不知道是不是萨哈泰察觉到了什么，她马上将自己的双膝并到了一起，身体转向了轿车的方向。

　　"您是说价钱吗?"她一心一意只想着自己的电影，根本没有反应过来，面前这个啰唆的家伙为什么突然把话题转到了轿车上面，女导演脸上出现了只有身有痛处的人才有的表情，极不情愿地回答了他的问题:

　　"这车呀，不知道现在值多少钱。我们是几年前便宜的时候买下来的，如果我没有说错的话，那个时候好像是 9 万块钱吧!"阔尔克在心里默算着，他嘴唇翕动着，连手指也抖动了起来。那是多么大的数目啊! 如果用数字来写的话，那可是一个"9"后面跟着四个"0"啊。

　　"用那些钱……"他有点怯生生地继续说道，"买羊的话，能买多少只呢?"萨哈泰这才看到他的双眼已经充血了，红红的，她差点问一句:"您的眼睛怎么了?"她在心里想，他眼睛里的血管肯定硬化了，血压肯定也很高吧! 她觉得没有必要再画蛇添足，管他呢，于是便说:

　　"如果用那些钱买羊的话，至少能买一整圈的羊，不是小羊羔，而是六百只大羊。"

　　"真主啊!"阔尔克一下揪住了自己的领口，"那人们饲养的都不是牲畜，而是老鼠喽! 一只羊还顶不上那辆车上的一颗螺丝钉啊!"

　　"这可是技术呀，老人家!"这种技术与阔尔克有什么关系呢? 这种与整个民族的命运、时代的脉搏、民族艺术相关的大话题，和他有什么关系呢? 他只知道生意，而生意就是骗人，这就是他所理解的一点点事情。这样的人在听到与自己无关的话题的时候，就会变得一窍不通。也许是他心里有什么秘密吧，而他很想揭开这个秘密。从前，他总是双唇紧闭，就像一只藏匿在丛林深处两眼发红而狡猾的老猫头鹰那样，坐在众人里一言不发，而今天的他，看上去很开朗，他原本不是一个啰唆的人，现在却变得啰唆起来了，也许他不得不说这么多的话吧。尽管当他听见那笔巨款的时候，表现得非常惊讶，但是，他的思想发生了一些变化："我的这个亲家能坐上价值相当于六百只羊的大铁块儿，看来，她不是一般人啊！就算你家有十圈羊又算得了什么？要说谁是牧主，那还得是城里人。"他的心踏实下来了，人也变得开心起来。他仿佛听到了那八头大犍牛的鼻息声和蹄声，甚至好像还看见了那八头大犍牛的十六只尖利的牛角从朦胧中显现出来。但他还是不好直接问，所以只是转过身去自言自语道：

"如果折合成大犍牛的话，是多少头牛呢？还不能是一般的三四岁的犍牛，而是那种高大肥硕的大犍牛才好！……"

"您说犍牛吗？"萨哈泰的态度比刚才好像好了一些，挺愉快地回答了这个问题。她听别人说过，乡下的哈萨克人也有不少人发家致富了。自己面前这个老头不会也是个有钱人吧，这双眼睛不会无缘无故变得通红吧？这其实并不是个很难回答的算术题：

"如果说一头大犍牛值一千元的话，那就是九十头大犍牛了。"她现在看上去很感兴趣似的，这种时候她怎么可能沉住气呢？秩序被打破了，那双并在一起的膝盖分开了，那个分衩短裙也向两边咧着嘴。"怎么？老人家也想买车啊？"她这是第一次看见红眼睛的人笑，他到底有没有睫毛呢？连笑也是那种极其微弱勉强的笑，这倒是个值得记住的形象。他的那个笑是从惊叹"九十头犍牛"的时候开始的，而现在变成了一副苦相，发红的双眼也变得湿润起来了：

"别说九十头犍牛了，九头犍牛对一个人来说也不容易啊！"导演将他这句话理解为对自己的牲畜恋恋不舍，真是个喀拉拜①，真正意义上

---

① 喀拉拜：这是爱情长诗《英俊的少年霍孜与美人巴彦》中的主人公巴彦父亲的名字。原意是吝啬鬼的意思。

的吝啬鬼！现在，在她的眼里，喀拉拜美丽的女儿不再是少女姬别克，而是变成了巴彦。

三

　　哈尔莫斯和叶热依曼躺在山坡上。这可是个意外，所丢失东西的一切特征都很相像，丢失的不是一匹马，或者是一峰骆驼，而是一个小伙子啊！

　　三个小媳妇中的两个正朝着阔尔克的方向走来，摆动的裙角比她们的身体更早朝这边飘了过来。

　　"那辆绿色的轿车把霍尔勒哈带走了！"她俩争先恐后地喘着粗气说道。

　　"带走就带走吧！"老阔尔克沉稳而冷静地回答。

　　"带走……您是说带走就带走吗？"吐热西双膝跪坐到了阔尔克的身边，起初他的皮帽还在手里，那是一顶黄色绸缎当面儿的崭新皮帽，他将帽子从中间一叠挤压在了自己右侧的膝盖下面。他这是干什么呢？这是在给自己打气？或者是他总会在生气的时候不管三七二十一将什么东西揉成一团，才会让自己心里好受些呢？他这不是尊重人的行为，双膝跪地是一种威胁，如果他不是一个人，而是一只野兽的话，那他现在就像是要扑上来将什么东西撕成片儿似的。

　　"拿来！马上把那四头大犍牛放在我的面前！"吐热西将皮帽从右边的膝盖下拽了出来，又塞进了左边的膝盖下，他这样做是对的，因为他左边的膝盖要低一些。他用右手的食指往面前的草丛里戳了好几下，这一点看上去非常不雅，草原上茂密的草丛能发出什么声响呢？又不是干枯的松木板可以发出响声。这时，和他一样的四个老头儿探出身来，他们的声音此起彼伏地传了过来。

"有我的一头犍牛！""还有我的一头犍牛！"

"你们说吧，不管是多少头犍牛！别说是八头犍牛，就是八十头犍牛、九十头犍牛也行！"

从前的那个阔尔克已经不复存在了，他高昂着头显示出一副傲慢的表情。他是不是喝醉了？刚才没少喝香醇甘美的柯莫孜呀。

晚上如果遇上什么人来，惊动了门外的狗，阔尔克会警觉地喊一声"谁？"，只要听到有人叫自己的名字，阔尔克的魂儿就吓飞了，那肯定又是来要账的人，那些人的嘴脸冷漠无比！而且他欠的还是像骆驼一样高大的犍牛，这三四年来他才还掉了五头犍牛，还差八头犍牛没有还。今天，那八头犍牛在阔尔克的眼里不过像八只老鼠。他真的喝醉了吗？你看他那通红的双眼简直要蹦出来了。他又重复了一遍刚才的话：

"八头犍牛？就算是九十头犍牛也行！"

"你们先等等，先让他还我的那四头犍牛！"当然，那四头犍牛是一头犍牛的四倍，吐热西就想拿这四倍重的大锤子将他打倒。"不是四头，是八头，不是八头，是九十头犍牛！"八的十倍是八十啊，这可恶的九十！你看他那么斜躺着的模样，目光投向了阿吾勒斜下方的那场游戏，他并不是对那个感兴趣，甚至还有点儿不以为然。他心里对姑娘们还感到非常不满：有什么值得那么高兴？袖子和裙摆都飘得那么高！你看，她们还喜欢骑快马！马是什么啊？不过是一块马皮，追上了又能怎么样呢？一匹马会追上另外一匹马，就这点乐趣吗？就算你追上了，一路还鞭打着它，如果你追不上又该怎么办？的确是这样的，如果去的时候让小伙子们得手，而回来的时候却被落在了后面，对姑娘来说是多么难为情的事情？如今哪有想得这么周全的小伙子啊？他需要的就是在大庭广众面前不要让姑娘追上自己，他想的就是在那些眼巴巴地打量着自己的人群面前显显威风。

　　阔尔克也曾经年轻过，那种轻浮的举止谁没有过啊？不知道是不是故意的，一个小伙子和一个姑娘被骏马带着跑到毫不相干的地方去了。还没有跑到那个游戏场边上的凹地时，他们的马头就交缠在了一起。起初，除了随风晃动的羽毛，什么都看不清楚，后来，好像那个小伙子在使劲，那个可怜姑娘的腰肢差点被弄折了。不光是那个跪在地上要账的吐热西，难道这个小伙子也想吃人吗？他这是在干什么啊？

　　这个下巴留着胡子的老人没有勇气继续看下去了，他知道，虽然那没什么好处，但也没什么损失。在姑娘追的活动中，俩人单独相处只这一次，因为小伙子用不着给姑娘丰厚的彩礼。那只是小伙子在与姑娘搭讪而已，这对小伙子来说已经很满足了。但是我想说，姑娘啊，你可一定要自重啊！以后过了很多年月之后，如果你们偶然相遇，最好不要"扑哧"地笑出声来就好！

　　今天有什么东西缠上了阔尔克，从他的脚尖到头顶都被一股热情控制着。吃完饭后，他独自一人来到这个山坡上斜躺着也是这个原因。阔尔克围着那个绿色的"马车"走了一圈。那不是随便转一转，而是将它的车灯、门把手统统用手摸了一遍，心里还想它的里面是什么样的呢？

　　之后的一切，阔尔克就不知道了，都是他那个能干的"女婿"在张罗，也许他还给导演他们一干人透露了八头犍牛的事儿吧？他还将阔尔克身边的人也打发走了。那扇带玻璃的车门开关起来是多么顺滑啊！就像在酥油里抽丝似的，狡猾的"女婿"连那车门怎么开都知道。先是胖亲家母钻进了轿车里，然后就轮到优雅的"亲家姑娘"扶着霍尔勒哈进入轿车里。这时，老父亲差点说出一句："祝你一路平安！"他觉得不只是霍尔勒哈，连自己身体的一部分也进入了暖暖的那辆轿车里似的。好在轿车没有马上开走，原来他们还要观看娱乐节目呢。

那连绵不尽、层层叠叠的山梁上，一对对的年轻人来来回回地奔跑，去的时候他们一边走一边聊着天，而回来的时候则快马飞奔。阔尔克对眼前的一切并不感到惊讶，也没有什么精力一直那么看着，他所有的注意力都在那辆绿色的"马车"身上。老汉的宝贝女儿霍尔勒哈也在那辆车里坐着呢！和女儿比起来，那些坐在马背上衣裙飞舞的姑娘又算什么呢？轿车一转停了下来，车里的人们纷纷抽身走了出来"亲家母""女婿"、霍尔勒哈，还有"亲家姑娘"。

你看看这前面的三个人就是这辆绿色轿车的主人，那个"女婿"让自己手里有着巨大镜头的照相机闪了又闪。就应该这样嘛，照相机被递到了"亲家母"的手里，这次轮到霍尔勒哈和霍孜克西两人合影了。看他们的个子是多么般配啊，这是老汉这辈子最最骄傲的时刻吧！他在心里想："像我，这个宝贝就像我自己，我年轻的时候也是个挺拔英俊的小伙子啊！然而……我们那个时候哪有这样照相的机会，没有留下任何印记啊！"他暗自"扑哧"地笑了一下，那是因为他很想去那边与"亲家母"照一张相，但马上又打消了这个念头，自己这副模样哪能和她站在一起照相呢？不过，他也不喜欢她那前后都开衩的丢人短裙，好在他很快就放弃了这种想法。她想穿什么就穿什么吧！他再次想起了那八头大犍牛，愿真主让她富有，让她拥有一切吧！

轿车开走了，而后面那个骑在灰走马背上追过去的是谁啊？阔尔克知道是那个靠租马为生的孤儿。管他们是谁呢！这些家伙今天都碰一鼻子灰！你骑在灰走马上再追也追不上那样的绿色"马车"吧！他轻轻地用手弹着带柄马鞭，就像弹奏冬不拉琴似的，还是那个曲子：

　　少女姬别克的马车，
　　缝在敞篷上的纽扣……

一个驿队在缓缓行进，他已经追上那个驿队，然后追及另一个驿队。她骑着一匹黑色走马，她穿着一件黑色衣服，我亲爱的女儿啊，就像少女姬别克很像自己的母亲一样，你也很像自己的母亲。老家伙真会比喻，他这是想起了爱情长诗《少女姬别克》里的男主人公托列甘。托列甘选择了一个又一个姑娘，越过了一个又一个驿队，最后当他见到少女姬别克的母亲时，发现她是最美的女人，那么她生育的少女姬别克能不美吗？俗话说：看看母亲再迎娶女儿。这就是霍尔勒哈，而阔尔克刚才表情傲慢就是因为这个。

那辆绿色的"马车"和跟在后面的骑秃尾灰走马的小伙子都消失了。让那个秃尾灰走马消失吧！让大地吞下它吧。他那只是一无所获地白忙活。想到这里，阔尔克总算出了一口气。因为这是连自己的亲生女儿都不能相信的时代啊，虽然霍尔勒哈很聪明，但是阔尔克有时也会担心，别让鬼迷了女儿的心窍，姑娘本来就是妖精啊。谁知道呢？也许父亲只央求女儿一个晚上吧，这世道谁家的女儿没有嫁出去啊？说不定一个骑着秃尾灰走马的小子会把她拐跑的。那个狡猾的"女婿"也曾经多次这样提醒过阔尔克，因为他亲眼看见、亲耳听见了女儿与那个骑着灰走马的小伙子之间的窃窃私语。前几年，霍尔勒哈卖酸奶疙瘩而小伙子租马的时候，即便还是少男少女，他们两个人还是好上了。常言道：你提防什么，危险就是什么。但是，"抢婚"之中还有"抢婚"呢，终归有一天她是要走的，与其跟着那个骑着秃尾灰走马的小伙子跑掉，还不如跟着那个坐在绿色"马车"里的小伙子跑掉呢。愿她一切顺利！

这就是他刚才面对那些大喊"还债"的讨债人而毫不畏惧的原因吧！那个"亲家母"身下坐着的是一辆价值九十头大犍牛的轿车呀，也不会让阔尔克空着两手呀！

阔尔克只有一儿一女两个孩子，女儿就是这个霍尔勒哈，儿子比女儿大七八岁，小的时候比较老实，后来随着年龄的增长，他却变成了这一带第一个对做生意感兴趣的人。刚开始，他还做得不错。哎呀，生意这种东西就是变数大，有时顺利，有时又不顺。后来，你知道他怎么样了吗？男子汉又不是马、牛或者是羊，如果他碰上一副马笼头的话，你能有什么办法挽救他呢？

有人说一切都会产生价值，从前人们常常认为男人的身价是二百匹五岁马，女人的身价是一百匹五岁马，对这一点阔尔克心里很清楚。而现在所说的价值是另外一回事儿，这就乱成一团糟了呀。如今，我们可以将它理解为债务、掠夺、彩礼、犍牛、爱情，甚至可以联想到"抢婚"时骑的马、所乘的轿车等排场。这一切很难跟阔尔克解释清楚，是呀，"亲家母"导演所要拍摄的电影与她要给每一个演员支付的片酬都是有价格的呀。

他那个做生意的儿子最后的身价是什么呢？这可是个有趣的故事，据说这个能干的小伙子做了些生意，很快赚了钱。和现在不一样，那个时候有了三四千块钱，就会被人们称作"富起来了"。其实也就那么多了，人们往往会说得比较夸张。也许就是受到了那种话的鼓吹，他不仅想当万元户，甚至想成为十万元户。小伙子准备豁出去赌一把，他自己拿出了五头大犍牛，又从亲戚朋友那里赊账凑了十五头大犍牛，然后，带着二十头大犍牛就上了路。也不知道他是从哪儿找到的，反正他身边有雇来的一个人，也许他就是那种将衣服搭在肩上，然后徒步走的人吧！（暗指维吾尔族人）当时，人们刚刚准备从夏牧场搬迁到山脚的时候，他们俩就在这样一个真主的吉日，用木棍驱赶着那二十头高大肥硕的大犍牛，向着平原的方向行进着。从那时算起，已经过了整整五年时间，这是多么悲惨的生意呀！他们连人带牛全部失踪了。五年可不是很短的时间，儿子自己失踪也就罢了，还有那二十头大犍牛呢。按照吐热西的估算，儿子还将那些犍牛身价的利息也给弄丢了。

这种人的价值该如何计算呢？能不能核算成那二十头大犍牛呢？然而，那些犍牛现在只存在于想象之中，它们早就消失无踪了，那它们的意义又何在呢？五头犍牛是自己的，得去掉，还有五头犍牛已经用畜皮羊毛之类的东西还清了，有两头犍牛亲戚说不要了，所以现在就剩下八头犍牛了，其中四头犍牛的主人吐热西常来逼债，让他偿还。这种逼债的结果是什么呢？阔尔克的手上现在除了人，什么都没有剩下，这一点那个逼债人也很清楚。债务现在就要变成抢劫了，无论那是债务还是抢劫，这些事情里都存在着一种无情的规律，即价值规律。说起来是经济事务，实际上这里要抢劫的是人。简而言之，就是让妹妹替哥哥去抵债。其实也没有什么可隐瞒的，吐热西已经把话都说开了："悬崖的根基是由草皮固定的，敌意是由姑娘消除的。"瞧吧，他的险恶用心已经显露无遗。

"你别为了债务而感到焦灼，如果真主恩赐，就让咱们成为亲家吧！"吐热西还说。

阔尔克吃惊地看着他，老伴听到这话的时候，也吓得够呛。"我想让霍尔勒哈做我的孩子，今天特地来跟你们结亲，这就是我想说的话。"

如果将这些话翻译成生意语言，那这些话语的意思就是用霍尔勒哈来交换四头犍牛。这里所说的交换是经济学上所讲的生产、分配、交换三个概念中的一个。总之，这里所说的就是在限定的时间里，用两样在市场上具有同等价值的东西进行交换。您说说看，萨哈泰导演费尽心机将整个天山一带都跑遍了才找到的这位美丽的女主角霍尔勒哈，现在却要以四头犍牛的价格交换了，那将是一场多么冤枉的生意啊！阔尔克的两个孩子，不管是儿子还是女儿，哪个孩子的事情是顺利的呢？好在吐热西还算有良心，激动起来的时候，就将自己的牲畜打了一半的折。

"将需要还给另外四个人的四头犍牛的债务也记在我的账上吧！我可以负担呀。"他不知道老伴怎么想的，这一天对阔尔克来说，是血压恢复正常、安然入睡的一夜。然而，第二天，叶热依曼却惹出了事端，他是女婿呀，又不是外人，他娶的媳妇是阔尔克哥哥的女儿，他们之间曾经非常和睦，交往甚密。这个糟老头有什么必要向明晓事理的叶热依曼隐瞒这件事情呢？哎，那些脍炙人口的箴言啊，总会不断翻新。瞧吧，俗话说：最好的父亲也不过像姐夫。当霍尔勒哈听到这个消息以后，跑到这位可敬的姐夫面前痛哭流涕地说道："那个呆头呆脑的傻瓜！"

呆头呆脑再加上那黄黄的皮肤，吐热西的儿子整个就是一个窝囊邋遢的家伙，别看他那个模样，还是一个酒鬼呢。算了，我们还是不要将所有的坏处全都堆到那个家伙头上，就算他呆头呆脑，他毕竟是有钱人家的儿子，而且还是他说了算。如果他想娶，肯定能找到合适的姑娘。从那以后，提亲的事情就稍稍推后了一些。但看来两个亲家在内心好像还相互达成了共识。阔尔克想尽快办了婚事，因为当时还存在着危险，那就是那个骑着秃尾灰走马的小伙子。

对这两宗亲事，叶热依曼都不赞同，第一宗亲事他觉得人不行，第二宗亲事他觉得家境太差。按照他的标准来说，能和霍尔勒哈画等号的小伙子，应该是"财"貌双全的人才行，这才是她的身价。

当吐热西忙于威逼阔尔克的时候，却出乎意外地出现了另一种"抢劫"。这种"抢劫"可太大了，相比起来，八头犍牛算什么呢？那可是比八十头犍牛都值钱的"抢劫"呀！你就别提叶热依曼有多威风了！这个时候，所有的事情他都好像掌握在手心，他的智慧来得多么快多么利索呀！

叶热依曼的耐心这个时候已经到了极点，因为，导演的轿车马上就要"嗖"的一声出发了。他将脑袋伸进了车窗，低着头神秘地对小姨子霍尔勒哈说道：

"从前，"他不紧不慢地说，"有个国王，他只有一个女儿，姑娘长得非常美丽，而且人也很聪明。她的全部精力都被一只有着美丽歌喉的百灵鸟所吸引，变得夜不能寐，日不思饭。于是，国王就昭告天下，说谁要是能将这只鸟儿抓来，他就把女儿嫁给那个人。如果你知道，"他的声音中加入了某种忧郁的色彩，"我告诉你，这几年以来，你的脑海中也有这样一只愿望的百灵鸟，一直都萦绕在你的心中。"

"百灵鸟？"霍尔勒哈以自己与生俱来的美丽模样呆在了那里，那是一副可爱的模样。

"是的，是一只百灵鸟！……我指的是你那个失踪的哥哥。"姑娘的舌头僵住了，想说点什么，刚刚出现在脸上的幼稚模样迅速地消失了，取而代之的是那两片美丽的红唇紧紧地闭在了一起，当它再次张开时，本来应该说出一句人能听懂的语言，但是，她什么都没有说出来。这个隐隐作痛的心病，渐渐地汇集起来变成了一股透明的液体，噙满了眼眶，她没有用语言，而是用这种透明的液体在诉说。对于那个失踪了五年之久的唯一的哥哥，她一直怀有一种神奇的情感。

"国王会信守诺言的，"叶热依曼从另外的角度继续着自己的故事，"一个秃顶的男孩儿逮住了那只百灵鸟，国王就把女儿嫁给了他……我想说的那个人，"他稍稍咽了一下唾沫继续说道，"不是一个秃顶的人，也不是一个孩子，而是一个成熟的帅小伙子，他既有钱，又善良。那只百灵鸟——你的哥哥，也就是我们丢失的东西，那个小伙子会负责帮我们找回来。"

"哥哥呀！原来我哥哥还活着啊，请您快点说吧！"

"不仅有他的线索，而且他还活着。"

霍尔勒哈泪水汹涌。

"看，我说的那个小伙子就是他。"那是早晨和自己一起坐在 130 型车车厢里的那个帅小伙子。清澈的泪水犹如一道帘子完全模糊了她的眼睛，那道帘子后面熟悉的身影显得既不傲慢也不卑微，只是平静地站在那里。

"尽管不是国王，我也以胜似国王的心情对他起了誓，我说，首先你要把那只百灵鸟给找回来，找回来就行了，你又不缺胳膊少腿的，那个'国王的女儿'不嫁给你嫁给谁呢？你瞧，他不是自己来了吗？"他拽住了那个小伙子的手，然后急忙将那只手拉进了车窗里。

"我说的就是这个呀！新郎官，过来，把手给我，起誓吧！"此时，霍尔勒哈还没有醒过神来呢，这是谁的手？这是什么样的手？反正，自己的右手和哈尔莫斯的右手被姐夫紧紧地扯在了一起。美人纤细柔软的小手被握在了哈尔莫斯宽大有力的手掌之中。她的手没有动，顺从地放在那里，这简直就是一场有趣的喜剧。

霍尔勒哈本来想下车，但是被叶热依曼从肩头压住让她重新坐了下来。

"我在说什么？不要着急，想想清楚，一切都会好起来的，不要回头，财富、幸福和失踪的哥哥都会出现在前面，而且前面还有艺术在等着你呢。等在你前面的可不是半块酸奶疙瘩的价值呀，就让我们留在这个大山寒冷的怀抱里吧！你不要回头，愿你前程似锦！愿你的技艺超群，出现在银屏上，出现在众人面前，成为一个明星！这里有什么可担心的？你去吧！我和哈尔莫斯也会跟在你们后面去的。"

这时，那个骑在秃尾灰走马背上的小伙子突然出现了，他将鞭子一折二抓在手中，站在了轿车前面。

"他在说什么？"导演一边打开轿车的门，一边转向了霍尔勒哈。

还没有等霍尔勒哈开口，叶热依曼先开了口：

"他喝醉了，别理他，你们最好不要再逗留了！"轿车缓缓启动了。

"别担心！"叶热依曼大声喊道，他这是故意说给那个骑着秃尾灰走马的小伙子听的。

"这个小伙子已经将你家那八头大犍牛的债务都还清了。"是呀，真主也不会派更多这样的美人来到人间吧！那八头大犍牛连她的一根手指一根肋骨都不如啊！

这是怎么回事儿啊？阔尔克怎么都想不通，那个胖"亲家母"还没有说要偿还自家的八头大犍牛呢，怎么那个狡猾的商人小伙子跑来拍着胸脯说要替自己偿还呢？个中是不是也有什么生意呢？

算起来这是四个亲事了，第一个是那个骑着灰走马的孤儿，第二个是吐热西，第三个是那个女导演，现在又出现了第四个人。坐在哈尔莫斯身下的尽管不是价值九十头大犍牛的轿车，但他扔下成捆纸钱的模样也的确厉害，而吐热西对阔尔克也是一副气势汹汹的模样。尽管阔尔克知道自己的"亲家母"很有钱，心里充满了自豪感，但是，自己又怎么好意思在八字没一撇的时候，开口让她帮忙解围呢？就在这个关键的时刻，叶热依曼突然站了出来，训斥了吐热西以及他身边的四个同伙，他身边站着哈尔莫斯。

"你们到底要几头犍牛啊？"

"全都写在我的账上了，总共是八头犍牛。"吐热西果断地说。

扔下成捆纸币的事就是在这个时候发生的，那是哈尔莫斯准备买羊的钱。

四

把霍尔勒哈从山里带进城里的时候，人们才搬到夏牧场，现在已经到了秋天。阔尔克最高兴的是自己摆脱了那八头大犍牛的纠缠，在这个世界上，哪有比欠别人的债显得唯唯诺诺更让人难受的事情呢？管他呢，已经都过去了，否则，他们就会像在墓穴里审判你那样折磨得你死去活来，这些无情的家伙！现在的问题在于霍尔勒哈，她走了以后，这个狡猾的女婿也表现得过于圆滑，不让自己了解女儿的真实行踪，而女婿自己也总是往城市里跑。阔尔克甚至想亲自去看看那个城市到底是个什么样子，可是，去了又到哪儿找女儿呢？到哪条大街哪条小巷去寻找呢？他曾经问过叶热依曼，但那家伙只会吓唬他：

"地狱！那儿简直就是地狱！那里热得没法待啊！你还是秋天再去吧，那个时候天气也变凉了，我会自己带你过去的，我们坐上哈尔莫斯的车，朝着下坡'嗖'地就溜过去了。"

老人将信将疑地想："他总是把那个哈尔莫斯掺和进来，哈尔莫斯那个破旧的货车有什么稀奇的？我们还不如坐上'亲家母'的绿色轿车，那样不是更加神气吗？"

这两个人一个说东，另一个却偏说西，说来说去还是霍尔勒哈的亲事。叶热依曼总是保守着秘密，而这个憨厚的阔尔克却还被蒙在鼓里。老人所理解的亲事，就是将来银幕上将要出现的亲事。而"女婿"和"亲家母"都将在银幕上出现。

阔尔克有一次问叶热依曼：

"你所说的那个哈尔莫斯到底是怎么回事儿？"

"没什么啊！"

"我想说的就是那八头大犍牛的钱啊，你应该把这件事告诉他们，让他们想个办法就好了。"而阔尔克所指的"他们"又是谁呢？叶热依曼根本就没有管这些，只是轻描淡写地避了过去。

"真主啊，你还在想那八头大犍牛吗？唉！老人家，那八头大犍牛算得了什么啊？别说是八头犍牛了，就算变成了八十头犍牛……"

这个时候，那位既神气又有钱的"亲家母"再次出现在了阔尔克的眼前，她那条短裙的一个褶皱里就有九十头犍牛啊！然而，这个狡猾的女婿至少少算了十头犍牛。如果只是犍牛倒也好说，反正不是人只是牲畜而已。然而，哈尔莫斯的手心里还掌握着一个活生生的人啊！那个人还不是一般的人，是一个年轻的小伙子，是阔尔克失踪的那个唯一的儿子。叶热依曼本来想将这些都说出来，但是，这个底牌却必须留到最后，一直到哈尔莫斯和霍尔勒哈举行婚礼之时才能说呀。而且，那个时候胡德坎可能还没有被找回来。

这中间又过了几个月，秋天到了，天色转凉了。如果要去相亲，现在去该多好啊！就在一个这样的日子里，那些家伙硬是气喘吁吁地挤了进来，差点塞在门框处进不来了。还会有谁啊？就是那两个小媳妇。

"贺礼！从门槛到正堂都是喜事呀！贺礼！"

"我们来讨要贺礼！"老头子和老太太马上就跳了起来，他们还不算太老，而且，这个突然传来的好消息，让他俩顿时变得像小鸟一样轻盈。"好好，我们给，我们给贺礼！""昨天霍尔勒哈举行婚礼了。""我的孩子们，你们是不是进了城啊？你们从哪儿看到的那场婚礼啊？"

这两个小媳妇是翻过了好几道山梁才到达这里的，所以她们说婚礼发生在"昨天晚上"，因为距离太远才没有能马上过来传达好消息。她们也没有进城，只是在家里的电视里看到的。敬业的萨哈泰导演夜以继日地工作，终于拍完了自己要拍的电影，而且还上了电视。她曾经讲过这部电影是以霍孜克西和霍尔勒哈的婚礼结束的。看来，这是真的，否则，这两个小媳妇也不会大清早就像两片鹰羽那样一路飘过来传达喜讯呀。她们俩大步流星地跑来，一路不停，一副兴高采烈的模样，还不停地嘲讽挤对别人，不知道她们这是羡慕还是嫉妒？春天，那个商人先生旁边的座位也曾经属于霍尔勒哈。

"让那个家伙白欢喜了一场!"她们说了这么一句,这不是在说霍尔勒哈,而是在取笑那个当时没有给她俩好脸色的哈尔莫斯。她们一眼就认出了霍尔勒哈,银幕上的人看上去是那么神秘和美丽。而她们中的一个认出了那个霍孜克西,另外一个却没有认出来,不光没有认出来,甚至不着边际地胡说一通。

"他根本就不是哈萨克人啊。"她这样说道。

"不是哈萨克人是什么啊?你的眼睛花了吗?他不就是那个让姑娘坐上蓝色轿车的小伙子吗?"

有什么办法呢?电视一直在播放着,否则,她们两个早就大谈特谈,将心里的话都吐个干净了。她们这一路上都在不停地说着,就像一个错过了晚祷告的毛拉一样。

"真丢人!"她们还会来上这么一句。

"有什么丢人的?"

"一个大姑娘家……大天白日就像一个想吃芒硝的骆驼那样,当着众人的面,就把嘴凑到自己丈夫的脸上。"

"没有人的地方,你自己不也……"

"那个……只是……"

"你看见她睡前那个恶心的举动了吗?"

"你说得对,真让人不好意思再看了。"

"好在银幕突然就黑了下来,好像变成了黑夜,不知道着了什么魔。"

"她可是在我们面前长大成人的老实姑娘啊,真主啊,这么快就变得如此不要脸啊,简直就是光着身子啊!……"

"也不是光着……你也太……她身上不是还有那么点遮羞的东西吗?"

"那也就像虱子皮那么薄啊,既没有领子也没有袖子,那也能叫衣服？除了肩膀上还有两条吊带还有什么啊？前后都敞开着，胳肢窝那儿也敞得大大的。"

"这倒也是，裙摆处的开衩又算什么呀？"

"也谈不上什么裙摆和领子，其他的地方不是也透出里面的肉了吗？我甚至看清了她那两个乳头，就像两个吃饱的牛虻一样鼓鼓的。"

她们所说的是那两个人结为夫妻、举行婚礼之后的初夜情景。新娘和新郎独处一室，开始了缠绵温馨的初夜。这毕竟是电影，是无辜的罪孽，只是过眼云烟，一个虚假的羞耻。当然，有理智有头脑的人们还是能理解的，当众说这是"大天白日就像一个想吃芒硝的骆驼那样，当着众人的面就把嘴凑到自己丈夫的脸上""她那两个乳头就像两个吃饱的牛虻一样鼓鼓的"都是很丢人的事情啊。因为，这里所说的渴望不是真的爱情渴望，而是电影人物的虚假渴望，那个牛虻什么的也是这样的。有谁知道呢？也许那是化妆师故意用颜料将它涂成那样的吧！

最好玩的就是这两个小媳妇不光自己糊涂了，也让霍尔勒哈的父母糊涂了。说实在的，她们与其说"你们的女儿结婚了"，而向老人们讨要"贺礼"，还不如说"你们女儿上电影了"呢，这样说还贴切一些。如果阔尔克一时兴起，真的给了她俩一匹马驹或者一头牛犊什么的，而到了明天这件事情就像水面上的泡沫那样很快消失的话，那这两个小媳妇不是很冤枉吗？

不能给那样的"贺礼"，那两个小媳妇讲得那么激动，当说到那个富有的"亲家母"为霍尔勒哈布置的豪华新房时，她们俩简直变得滔滔不绝，喜形于色。但是，有什么办法呢？她们并没有见过那个女导演，只见过她的丈夫。他好像是一个靠做生意发财的城市人或者是一个当官的，反正是一个无所不能的人物吧！她们说，导演的男人是一个留着浓密胡须、戴着一副墨镜的中年人。

"您的亲家。"她们还故意面向老太太强调了这么一句。当说到这里的时候，阔尔克说了句：

"太可惜了，我当时怎么不在场啊！太不巧了，否则就可以认识自己的亲家了。"

"你们到底看清楚我的宝贝霍尔勒哈没有啊？"老太太追问道。

"当然看见了，她变得非常美丽，简直可以羞花闭月。"说到最后的这个形容词时，她俩互相捅了捅对方的腰部。也许她们的眼前浮现出了一些什么，而且是赤裸裸的什么东西，然而，她们很快就恢复了原态，刚才路上的那些夸张的话语都跑到哪里去了？

"那几件衣服呀，只有天上有，人间找不到。她身穿一件特制的婚纱，头戴美丽的尖顶帽，简直就是一个身披天蓝色丝绸衣裙的仙女在天上飞啊！"一个小媳妇这么说道。第二个也不甘示弱：

"看到她的尖顶帽时，老太太们的眼里都噙满了泪水。"她的这句话并不是夸张，而是事实。

好像不光是老太太们眼里噙满了泪水，那间屋子里当时还有那个骑着秃尾灰走马的小伙子。据她俩说，那个小伙子看到新娘新郎走进洞房，开始行抚秀发礼和铺婚床礼的时候，激动得跑出屋子，而且忍不住哭出了声。

是呀，在欢乐的时刻，是不能说这种不愉快的事情的。当吐热西看到霍孜克西和霍尔勒哈在银幕上的这场戏时，忍不下去了便拿起了铁棍，这也是其中一个不愉快的插曲。房子是吐热西自己的房子，电视也是他自己的，像他这样的二半吊子可能真能把电视砸了。然而，那两个小媳妇没有照实说出当时的情景：

"天啊！"她们中的一个继续说着，"在举行婚礼时，那个疯子还拿起了铁棍跑向了霍尔勒哈！"

第二个小媳妇赶紧附和：

"她说的是吐热西那个呆头呆脑的儿子，他有什么脑子啊？他还想用那根铁棍去打头戴尖顶帽的霍尔勒哈呢！"

只有真主知道，历史上从来没有发生过银幕上的电影人物和观众之间如此可笑的争执吧？不仅是那个呆头呆脑的儿子，在场的所有人都以为真的打起来了呢，老太太和老头儿也被吓坏了。因为，这毕竟是吉祥的婚礼上不和谐的因素呀。即便打得不重，也有可能打偏要了人命啊！如果新娘或者新郎中的一个丢了性命，那该怎么办呀？一个姑娘能陪伴父母多久啊？老人们如今的愿望就是将她平平安安地嫁给一个好郎君罢了。

从前，人们在女儿出嫁的时候，不是会提前收取彩礼吗？没有彩礼娶走也罢，一辆轿车都值九十头大犍牛的富裕亲家，不会让我们两手空空吧？再说，那也是没完没了的数不完的彩礼啊！让那个骗人的商人见鬼去吧！那偿还给吐热西的八头大犍牛又算得了什么呢？叶热依曼女婿肯定已经偿还了那点东西吧？时代变了，规矩也变了，对于这种复杂的买卖婚姻，姑娘能有什么福气啊？现在又加上了电影这么个鬼东西。

当两位老人正为自家的姑娘被有绿色轿车的富人之子娶走而高兴的时候，叶热依曼女婿和哈尔莫斯却已经完全商量妥了：让霍尔勒哈先离开家门，进了城再说。然后，她不就成了哈尔莫斯自己的人了吗？只要哈尔莫斯请萨哈泰导演等人吃饱美味佳肴，喝足烈酒和柯莫孜，一切都会搞定。最好是让霍尔勒哈亲眼去看看哈尔莫斯在城郊的那座豪宅，看着看着，她自己就会经常来往的。

归根结底，还在于能耐啊！女婿就是女婿，先祖不同，血源也不同呀。亲家到底应该是谁啊？标准只有一个，那就是他的财富，财富就是他的筹码。在老人们看来，和那个萨哈泰"亲家母"比起来，那个只有八头大犍牛的哈尔莫斯能有多少财富呢？说起来，这八头大犍牛也不是一般的压力呀？那个混蛋吐热西曾经乘机将自己那个呆头呆脑的儿子硬塞给他们，来来回回地折腾这个可怜的孤老头啊。那个孤老头就是阔尔克，说他是孤老头，是因为他唯一的儿子已经失踪整整五年了。对一个老人来讲，还有比这更大的孤独吗？唉！可怜的傻老头，当他坐在自己家里面对银幕画面傻笑的时候，真正的绑架才刚刚出现。也就是说，他的左手掌控着阔尔克的女儿，右手则掌控着他的儿子。"我会把你的儿子给你带回来，但你必须把女儿嫁给我，我一手交人一手带人走。"然而，阔尔克却压根没有为此感到丁点惧怕。因为哈尔莫斯总有一天会对阔尔克说出这件事情的。

"贺礼！胡德坎还活着，还活着呢！"真主保佑，老头儿老太太听到这话的时候，不要昏死过去就好啊。不要说这两个老态龙钟的人了，连像嫩柳一般年轻的霍尔勒哈都差点背过气去。

"你的哥哥还活着，我会把他找来给你。"哈尔莫斯当时如此拍着胸脯信誓旦旦地说。

"大哥啊！"当时可怜善良的姑娘抱着哈尔莫斯的腿痛哭不已，"您要什么我都会给您，请快点说，我哥哥到底在哪儿啊？"姑娘放开了他那双膝盖，又马上紧紧地拽着他的领子和袖子，让他不得安宁。

那个狡猾的姐夫叶热依曼的一顿训斥，才让她停了下来。哈尔莫斯紧盯着她问道：

"你说想要什么都会给吗？"当话题转到交易的时候，话题就变得沉重起来了，霍尔勒哈的目的是哥哥，而商人的目的则是这个美丽的姑娘。这是非常有趣的彩礼，那不是一百头三岁母马，也不是八头大犍牛，而是一个活生生的人，是姑娘唯一的哥哥。你什么时候见过这样的交易啊？也就是说，让姑娘的哥哥变成彩礼来交换姑娘自己。

您这个父亲啊，当您的眼睛盯上那辆绿色的轿车，财迷心窍的时候，父亲呀，您将如何面对这些压力啊？您倒是说说看，您是要唯一的儿子呢，还是要那些丰厚的彩礼呢？

从那以后，夏天过去，秋天也来临了，霍尔勒哈也成功地扮演了自己的角色。总之，她在银幕上从一个娇美的新娘，变成了睡在丈夫怀中，第二天满脸堆笑地醒来的媳妇，一个法律意义上的妻子。

吐热西那个呆头呆脑的儿子能不拿起铁棍就打吗？打呀！痛打那两个从一床被子下面爬出来的狗男女！碎就碎了吧！让那个二十四寸彩色电视机的厚脸皮也碎成片儿吧！不是血流如注，就是满地碎片儿！你们都有儿有女，可千万不要面临这样的羞耻啊！"我的天哪！这个光着身子的人不就是咱们阔尔克的女儿吗？"——那些老娘小媳妇顿时嚷成了一片。有的小媳妇还假装正经地说："真丢人呀！"而那两个小媳妇，第二天一大早拔腿就往阔尔克家里赶。

五

要不是失踪了，那个胡德坎也是个不错的小伙子，他父亲从来没有阻拦过他，二十头大犍牛容易吗？可胡德坎却一点都不害怕，径直将它们驱赶着就离开了。他将那一群高大肥硕的大犍牛都弄到哪里去了呢？哪种牲畜在哪里值钱呢？他当时仿佛就像站在博格达三座高峰上看得一清二楚一般，选定了自己的目的地。就算他不知道"信息"这个名词，但他的这个举动本身就是一个信息。就是这个信息，让他一路直奔吐鲁番盆地。大犍牛的价值就在坎儿井的井口上呢。因为什么样的力气才能将装满泥巴的大筐子从数米深的井底拉上来呢？只有大犍牛可以做到。在坎儿井的井口，有三条腿的大木桩上安装着滑轮，滑轮上拴着一根粗麻绳，粗麻绳的一头拴在犍牛的脖子上，一头拴在了大筐子的耳朵上。当犍牛走到井口时，大筐子就依靠自身的重量转动滑轮落到井底。拉吧！从山上下来的愚笨畜生！使上你的牛劲儿用力拉吧！这种机械的劳作让它学会了自己走到井口再离开。一切都是有标准的，让我们说说看，它走到远处停住再回来的长度和井的深度是等长的。也就是说，那是粗麻绳的长度。

　　这话是从哪儿说起来的呢？就是从"信息"说起来的。谁想成为生意人，那就得首先掌握信息。而信息的背后是什么？它的背后就是价值，就是这个价值让人们在这炎热的夏天来到了吐鲁番盆地的一口坎儿井边，来丈量坎儿井的深度和泥土的重量。就算是力大无比的犍牛或者公牛，它要来的就是这么个地方。我们不是说嫁到好人家的姑娘就是找到了好归宿吗？胡德坎那二十头大犍牛就这样找到了自己的好去处。胡德坎卖了一个好价钱。大犍牛变成了钱，钱进了腰包，然后呢？然后就是流通，资本家多么会算账啊，他们和我们不一样，我们到了秋天让一圈羊交配，然后整个冬天都要跟着它们游牧，开春的时候就巴望着什么时候能有一只小羊羔露出头来。总之，这也算是流通吧，但是太缓慢了，这是让人感到厌烦的缓慢的速度。现在胡德坎是不是将这个犍牛的速度变成火车的速度呢？这也没什么好惊讶的，因为，不是还有宏观微观什么的吗？胡德坎要向左向右向东向西各个方面都试一试。火车的声音不是也能听得见，模样也能看得见吗？那个沿着大山呼啸着飞速行驶的家伙，会逐站停下来的，只要你在站台上等着，它不会挑人，只会装上人就走。然后，它还会回来，还会再走，它就叫火车。有两个拥有一些信息的小买卖人跟胡德坎说过这些事情，据那两个家伙说，内陆深处的某地，母马非常值钱。

　　在我们的理解中，马是一种高贵的动物，不光是它那飘逸的马鬃和马尾让它变得高贵，还有它甜美的肉令人垂涎欲滴，用马乳酿出的柯莫孜饮料甘甜解渴。骑上高头大马你能抵达任何地方，能摆脱任何追赶。哎呀！那些赫赫有名的骏马啊！这些高贵的动物，在这个蒸汽机和电力的时代，已经失去了威风和高贵啊！你是最纯洁的动物啊！在这个世界上，有哪种四条腿的动物可以像你这样分得清纯洁和肮脏，分得清远和近呢？你是可以分清每一匹后代的辈分，保持血统纯洁的动物啊！草原上最新鲜的绿草和最纯净的流水都属于你啊！啊，原野上自由自在的神骏啊！在这个晚上，不知你在哪一处金色盆地，在阿勒泰喀纳斯湖哪一处小岛上，在特克斯河、巩乃斯、喀斯河岸哪一处鲜花遍野、爽风习习的山梁，在萨吾尔山与玛依勒——贾伊尔山哪一处绿茵茵的草坪上无忧无虑地酣睡呢？

胡德坎终于爬上了一座山梁，这儿也是埋葬着无数先辈的故地。这儿可真是金色盆地呀！天山深处这一片绵延数里的绿洲，可真是马群游牧栖息的好地方呀，是一片真正的乐土！但是，胡德坎手心里只攥着二十头大犍牛的家底，这又能换回来什么呀？但是牲畜好便宜呀。这就像在打麦场上给别人施舍点麦子一样呀。买家和卖家也没有多说什么，就坐在这儿把两箱吐鲁番白酒喝了个底朝天。巴音郭楞蒙古自治州星星牧场豪爽的土尔扈特人对胡德坎言听计从，说一不二。他们将一群空怀母马和三岁母马交给了胡德坎让他吆赶回去了。没有生命的钱又翻了一个身，变成了有生命的牲畜。这些有生命的玩意儿可不一般，它们要是再翻一个身，就会变成一捆一捆的钱呀。马是非常敏感的生灵，要不然驴与马又有什么区别呢！是马可爱还是胡布大沙漠的野马可爱呀？真主保佑，你肯定会马上回答："野马！野马！那是原野骄子！也是大地上一道亮丽的风景呀！"如果在"野马"这个名词后边加上"驴"这个名词，称之为"野马驴"，你会怎么想呢？你肯定会感觉到情感受到了玷污，强行给纯洁无瑕的原野骄子加上了可恶的牲畜——驴的名字，让人心里好难受！

　　生物学会原谅这一切的。总的说来，这些牲畜都是驴科动物。那么，有什么必要为天山深处俊美的空怀母马和三岁母马离开自己的种马，将流落何处，与什么样的种畜交配而发愁呢？只要牲畜的鲜肉进入流通领域，变成钱就好呀，真是皇帝女儿不愁嫁呀！

　　而胡德坎那些身处遥远的买家所需要的既不是驴也不是马，而是驴与马交配之后繁衍出来的一种非常强壮的牲畜——骡子。那是力大无比的牲畜呀，咱也不要吹牛说它比得上什么直升机了，但最起码如果你有了一头骡子，就相当于有了一辆小货车呀。而且它还不喝汽油，也不需要每年大修一次，那可是真正属于穷人的交通工具呀。那就赶紧运过去呀，赶紧送到那个将使自己走鸿运的遥远地方吧。这就是信息啊！那还磨蹭什么呀？胡德坎先生！带路的助手们就在身边，让他们将骡子从夏甘萨特和贾尔克孜这些地方往下吆赶，直接将它们赶进一辆开往东方的火车车厢里。啊，金色盆地的牲畜呀，究竟是你们可爱还是一张张粉红色的纸钱可爱呀？

六

　　不知道在遥远山区的哪一个村庄，某一天，突然出现了一个大家都觉得奇怪的人物，是乞丐，还是白痴？看来兼而有之。在树林里拾柴火的姑娘们最先看到他，吓得跑了回来，村里有些胆大的小伙子还吓唬了一下他呢。村庄任何时候都会有这样的规矩：村里那些饱经风霜的长辈们则呵斥了这些小伙子，将这个人保护了起来。他也该得到保护呀，这个蓬头垢面、浑身脏污、衣服褴褛、除了哭泣，什么都不懂的可怜人儿能吓得住谁呢？奇怪的是，从来没有见过这种异类的山民们觉得他的长相非常有趣，特别是他的鼻子，那是个鹰钩大鼻子，别说人们没有见过，甚至都没有梦见过吧。他的瓦刀脸显得很宽阔，褐色的眼睛又大又圆，再看看那两道冷峻的眉毛，甚至颔下的喉结也突兀地隆起。他栗色的脸颊脏兮兮的，但如果把他的脸洗干净，刮刮胡须，再拾掇一下浓密的褐发，给他魁梧的身体穿上合体的衣服，不知会有多么好看呀。

他是个白痴，又是个乞丐，他吃起来没有个饱。可怜的人儿狼吞虎咽地吃着。村里的几个体面的姑娘都忍俊不禁地转过身去。怎么能不耻笑他呢？因为那个突兀的喉结一会儿向上，一会儿向下地滑动着。如果这个英俊的小伙子在这一刻能振作起来该多好啊！那么，那失去了光泽的褐眼，顷刻之间就会像洁白纯净的宝石一样散发光芒。再看看他身上那件已经褴褛不堪的粉红色格子西装吧，那可是用高级毛料缝制的呀。他出售的可不是二十头犍牛，而是二十头大象啊，换来的是成群的马匹，都是空怀三岁的母马，所产的也不是一般的马驹，而是品种优良的杂交母马所产的马驹，这种品种价格昂贵，求之不得。杂种马驹就是一滴鲜血，一滴变异的鲜血，这一滴鲜血是何时孕育出生，来到人间开始行走，是何时被架在两轮马车上的呀？也许从那天开始，不要说用一匹五岁马来换，就是用五匹五岁马来换，主人也不一定会换。也就是说，这匹三岁母马现在创造了这样的价值。这就是哲学上所谓的智慧创造价值之说。创造了这么一大笔财富的是一个栗色皮肤、英俊潇洒的小伙子，如果他依然保持以前的潇洒模样和以前的财富，就不会引起所有的人，尤其是异性们的耻笑。像那样大腹便便、腰缠万贯的先生，甚至不会用嘴唇碰一碰这样偏僻的小村庄的杂粮馕。如果他胖得发福，脖颈粗壮，尖下巴变成了双下巴，变得油头滑面，那么，你甚至无法用手来摆动他颔下可爱的喉结！可是，姑娘们笑起来可要注意啊！不幸对每一个人，对每一个民族都一样，所以伟大的作家列夫·托尔斯泰曾经说过："幸福的家庭大致相同，不幸的家庭却各有各的不幸。"

　　山区的人们都知道，千万不要滑倒，万一滑倒，下面的万丈悬崖会把你摔得粉身碎骨，一直会滚到谷底。在悬崖峭壁打猎更是这样，人在一生中的威望、权势、富贵，甚至赌博都是如此，用生意用语来说，就叫"冒险"。那么，让胡德坎摔了个粉身碎骨的又是哪一种"冒险"呢？这就是人们常说的要么输，要么赢吧。他将二十头犍牛赶下了山，做起了买卖空胎母马的大生意，就这样来回瞎折腾了几回之后，他会遭遇什么样的命运呢？像好马、大犍牛、大阉驼、怀胎母驼等一样，说不定连男子汉自己都会赔进去，不是吗？

　　五年的时光已经过去了，像银行那些没有生命的钱款总在周转一样，他小小的营生转来转去却落在了哈尔莫斯的掌心！真可笑啊，他的命价现在只值姑娘的一次聘礼，而且这个姑娘不是别人，而是自己唯一的亲妹妹——霍尔勒哈。他当年怎么从阿腾纳瓦吆赶过来一群马匹进行买卖，现在，他自己也在牲畜的范畴内被买卖着。这是一次可怕的买卖！是什么样的奸商把没有任何商业意识，也没有做过生意的忠厚民族这个老实憨厚的儿子推上了生意之路呀？

　　哪有哈尔莫斯没有漂泊过的地方呢？古尔邦节前夕，不知他是真心实意还是像日本商人突然信仰伊斯兰教一样，他在西南地区那些信仰佛教的少数民族和回族混居的地方突然问道这儿有没有清真寺。他混入戴白帽子的回民当中，在他们的餐厅吃饭，念经文，故意讨好地问起了此事。这儿有清真寺，而且是新的，真主的房子怎么会破败呀，都很豪华。回民虽然信仰伊斯兰教比较晚，但他们是虔诚的，为了真主他们会贡献自己的一切！领拜人带着他四处看了看，现在只缺个白帽子。

　　"要净身，这里就是净身间。"后天是古尔邦节，应该洗澡净身，换上干净衣服。净身间里面有一个人背着身子在一只大盆子里边洗刷白帽子，已经洗刷过了不少，一排排晒在了门前的铁丝上。我也弄个白帽子戴上多好啊……是啊，如果想在这里立足，就必须深入到他们中间，要与他们同吃同住，关系搞得亲密无间才对。别说是白帽子，即便是草帽子也得戴在头上！领拜人尊贵的手指好像已经意识到了什么，他看了看晾着的白帽子，便拿来一顶戴在了哈尔莫斯的头上。哈尔莫斯现在戴上了白帽子，成为了一个名副其实的回族穆斯林。

在哈尔莫斯成为了回族穆斯林的那一瞬间，刚才洗白帽子的人转过来看了他一眼，然后笑了起来。那是一个多么美丽的笑呀，显得那么亲切。哈尔莫斯见过的回民多了，但是还没有在这一带见过像他那样很像哈萨克人的回民。那人也戴着白帽子，他看了一眼哈尔莫斯就转过身去了。而那个长着稀疏胡须的粗壮的领拜人这时却显得焦灼不安，他油嘴滑舌地说着什么，马上就把哈尔莫斯带到了清真寺院落的另一边。但是不久这一切都真相大白了，那个长着稀疏胡须的领拜人之所以这么做是另有打算的。祷告完毕之后，这两个半拉子回民才照了面，相互有了了解。原来这里的规矩是这样的：进入清真寺参加祷告的每一个回族男人都必须戴白帽子，要说是义务有点过分，但是这已经成了约定俗成的规矩。谁没有白帽子或者白帽子脏了，那个背着身子正在洗白帽子的人，也就是那个清真寺的用人马上就会给他一顶已经洗干净的白帽子，但这是临时的做法，做完祷告出门时还要收回去的。

不管长着稀疏胡须的领拜人如何想掩饰，收集白帽子的时候，哈尔莫斯还是起了疑心。那个可怜的用人在收回白帽子的时候原本一直说着回族方言，可是，不知怎么的，那个用人喉咙好像被什么东西堵住了似的结巴起来，而他结结巴巴地说出的不是回族话，竟然是哈萨克话！他说得非常清楚——"克匹西"，这是哈萨克语"白帽子"的意思。他就这样没头没尾地说了这么一句话！人想造孽实在太容易了，大概是妖魔鬼怪钻进了他的脑子里，让他喊出"克匹西"这句话吧。这时，哈尔莫斯面前的这个人突然变得像自己熟悉的亲朋好友、舅舅外甥一样了。但是这种回忆是多么可怕呀！真主保佑不要碰上那样的舅舅外甥吧！那些都是已经被哈尔莫斯遗忘了的人，现在想起他们还会吓得魂不附体，那些都是受到千百次诅咒的妖魔鬼怪呀。可怜的胡德坎，他也不知道自己是在哪一年哪一月发疯的，更不知道自己疯了多长时间。他所知道的只是回族毛拉把他带到了清真寺，治好了他的病。神圣的清真寺啊！如果没有这座清真寺，也许他早就衣衫褴褛、虮虱满身地死在了荒山野岭，所以他对清真寺、对真主的恩典感激涕零，觉得一生无法报答，他渴望真主在这里接纳自己的生命。让他们的语言、他们的白帽子、他们的祷告、他们的习俗、他们的脾性同样属于胡德坎吧。

他认为自己在信仰伊斯兰教方面，在拜垫面前，在清真寺里，是真主的奴仆，是与这些教民平等的穆斯林。但是在清真寺的门口收集和发放白帽子、烧水斟茶时，他就是一个低人一等的用人。他在门口收集白帽子的时候，担心哈尔莫斯听不懂回族方言。因为当时哈尔莫斯没有一下就把头上的白帽子还给他，而是惊诧地呆在了那里。他怎么能不发呆呢？因为白帽子是穆斯林的标志，是他进入此地与人交往做生意的钥匙，哈尔莫斯怎么可能放弃回族穆斯林的标志呢？因为将这个标志赐予他的并不是清真寺门前的用人，而是坐在清真寺正堂上的毛拉呀。就在这一刻，那个令人恐惧的话语突然挂在了可怜的胡德坎的嘴边，也可以说这是一种异化吧。没有什么可以指责的，使他如此异化的是一种信仰吧，信仰使他成为了一个人，使他找回了神志理性，使他重新走上了一条充满希望的生活道路。他以前是一个白痴，现在成为了一个宗教徒，他不会再是白痴了。他现在过得很快乐，干干净净，睡得安宁，吃得又好，养得白白胖胖。他为自己生活在这样一种没有嘈杂、寂静无声的角落而感到惬意，他忘掉了过去的一切——他的夏牧场、阿吾勒、小伙子们、姑娘们、马匹、犍牛、绵羊、皓月下的情歌，甚至忘掉了过去的一切声音，一切意义，一切逻辑，一切韵律。

七

　　哈尔莫斯来回三次都没有把胡德坎带走，他来回折腾也是出于生计和利益。如果不将胡德坎捆绑着带走，他是绝对不会回去的。因为他欠着一身的债，欠债还钱，天经地义呀。那可是缠在他脖子上的一条麻酥酥的蛇啊，正冰冷地盘在他的后脊梁上。最后，哈尔莫斯还是想出了办法：他告诉胡德坎以前欠的二十头犍牛的债务都是自己在替他归还，最后八头的债务也已经还清了。可胡德坎还是不大相信他，但是胡德坎看到自己的亲妹妹霍尔勒哈的亲笔信之后，就不得不相信了。

　　"这家伙说不定就是女婿吧，开口闭口总提到霍尔勒哈……"八头犍牛可不是个小数目，这可不是随便什么人就可以掺和的事情呀。犍牛就是犍牛，不是绵羊羔山羊羔，不是那么简单的事，可这位"妹夫"还是说服了他。

　　"怎么说呢，总归有一种亲近感吧，他还经常提起叶热依曼。"好吧，就来个破釜沉舟吧！胡德坎不从这里领取报酬，没什么账目要算，也没有什么牵挂，孤零零一个人，只有一顶白帽子，很容易抽身。他不要求人们给自己薪酬，他们也不会计算食宿费用。知道了情况之后，相互打了招呼就走人了。

　　胡德坎现在一点都不后悔，而且很高兴，他向家乡、父母和妹妹飞奔而去。

真主保佑他不要再想起往事吧！二十头犍牛打了个滚儿，变成了多少匹马呀？而那些马呢？是那些鬃尾飘逸的骏马可爱呢，还是那些花花绿绿的钞票可爱？有什么用？再也不要去想了，否则他还会发疯的。算了，不要再想了，也可能在赌博中输了，也可能被盗了，都是支出，让它去吧，只要他自己平安就行了。

就像优秀文学作品的情节在发展过程中，会突然急转直下一样，在这个故事中，霍尔勒哈、她的父母亲、姐夫和刚找回来的哥哥，还有哈尔莫斯，甚至霍孜克西和导演都应该各得其所，皆大欢喜。遗憾的是，故事的情节没有顺着这个茬儿发展下去，而是随意发展，那我们该怎么办？实际情况就是如此：首先我们失去了绿色的高级轿车，更难的事情还在后头呢，我们该怎么让阔尔克和他的老伴儿相信电视里面霍尔勒哈的那个婚礼庆典是假的呀。让银屏上的那个婚礼见鬼去吧，让那个女婿霍孜克西见鬼去吧！霍尔勒哈当时也是被迫同意的。导演他们教唆哄骗霍尔勒哈说："吻吧，假装吻吧，假装拥抱吧。"后来呢？导演又说："你为什么不全身心地去吻呢？你应当真心去吻他，真心去拥抱他，别发僵，放松一点吧，要忘记自己的存在，甚至应该让自己全身的神经都动起来，感动得自己眼里噙满泪水，脸上浮出笑容。"之后，那个情感激越的小伙子就会扑过来拥抱她，与她亲热一番。就这样，在整个夏天，这个小伙子一直在抚摸宠爱着这个天真的姑娘。

霍尔勒哈是一只老鼠，而霍孜克西则是一只猫，猫啊，总是会将老鼠拨过来拨过去嘲弄一阵子，玩够了才会把它吃掉。归根结底，这些都是导演的诡计。所谓的"摸发礼""握手礼"也都是玩弄人的鬼把戏。

最可恨的就是那个大脑门儿的黑丫头！几乎每个礼拜六都会来找霍孜克西，礼拜六把人领走，次日傍晚才让他返回。她总是穿很窄的裤子，人们总是在讥讽：这丫头锻炼得好呀……其实指的是她两条大腿，那两条大腿像公驼的大腿一样粗壮，比她的腰还要粗壮。这种身材有什么好看的，每当看到她来，霍尔勒哈马上就会转过身去。

八

现在的希望在哈尔莫斯身上，是他亲自赔偿了八头犍牛，也是他把胡德坎救出来让进自家的正堂，整整调养了一个礼拜，然后让他穿上一套崭新的衣裳，送他回家。给哈尔莫斯起了"抵债人"这个冠冕堂皇名字的就是这个大舅子呀。债务偿还了，儿子回到了阔尔克身边，现在令人头疼的就是霍尔勒哈了。现如今，哪个姑娘会像一个没有生命的物体，会随随便便地被拴在别人的后面呀。对那些见过世面、抛头露面的姑娘来说，一个哈尔莫斯算什么呀！这是多么可怕的事情，万一事情真的变得如此，那哈尔莫斯该怎么办呀？他为了这个漂亮的姑娘，付出了一切呀。比起霍尔勒哈的回眸一瞥，他的豪宅、他的财富、他的金钱、他的存折、他的营生算什么呢？

也可能是因为失踪的哥哥被找回来了吧，霍尔勒哈这些日子对哈尔莫斯颇有好感。以前萨哈泰导演总是牢牢地控制着霍尔勒哈，并任意摆布。而现在，她总算摆脱了导演的摆布。说真的，难道现在她需要一个丈夫吗？啊，多么神奇呀！以前，霍尔勒哈冷漠，哈尔莫斯热情，而现在却翻了个个儿，她刚准备表现出一种热情，但是那个哈尔莫斯绅士却显得漫不经心，对她不理不睬。有一次他俩在门口碰上了，哈尔莫斯竟然说了这么一句话：

"我说给，就会给的，对我这样的富翁来说，八头犍牛算什么呀？别让你父亲担心呀，他不欠我什么！"生意、交换、利润、收入，这些都是一些有趣的游戏，就像象棋一样，玩象棋的时候，你总会慷慨地让对家吃掉自己的一两个棋子儿，然后你会通过欺骗、迂回等方法吃掉他的三个棋子儿，长驱直入。

那次，哈尔莫斯以为一举两得了，因为他不仅会在洞房满是绸缎的婚床上见到自己可爱的伴侣，而且还会在享誉世界的电视屏幕上见到她呀。那些从电视上见到她的人们一定会惊呼："这是谁呀？这是谁的未婚妻呀！"

瞧他有多天真啊，让世人皆知的电视屏幕见鬼去吧。哈尔莫斯你自己看看吧，在没有遮蔽、没有幕布、众目睽睽的电视屏幕上，你引以为豪的爱人被一个像饿狼一样的陌生男人搂在怀里，尽情抚摸着。哎，不幸的女婿呀，让你再骄傲！为自己的演员媳妇儿自豪吧！瞧这张臭嘴！我们竟然将这样一位还没有尝到爱情之甘露、纯洁晶莹的姑娘称作"媳妇"！有一天，哈尔莫斯的一位好友冷不丁说出了这样的话：

"俗话说：蠢货的第一个特征就是爱吹嘘自己的老婆。你翻来倒去总是在吹嘘自己的老婆……"而另一个机灵鬼则说：

"不要说什么老婆，最起码也得叫未婚妻吧。"

"是的，是未婚妻。"让你们的酒见鬼去吧，你这是怎么了？哈尔莫斯，你以前滴酒不沾，甚至闻到酒味儿都会感到厌恶，现在这是怎么了？你的算盘呢？哎，那些好日子呀，你以前算账算得多细呀，连一文钱的利都不会放过，现在你这是怎么了？以前，你对那些小媳妇大姑娘理都不理呀，你可是在遥远的路途上，狠心地让飞扬的尘土淹没那些眼巴巴地想把自己奉献的美人们的冷酷无情的司机呀。

你说说看，哈尔莫斯绅士，在这个世界上，你最珍贵的东西是什么呢？既然不是爱情，不是信仰，那又是什么呢？你总是低声算计着什么货物、款项……比起这些，路边站着的那些小媳妇大姑娘算得了什么呀？让那些妖精们见鬼去吧。

　　说到爱情，哈尔莫斯就是这样的。他的爱情就是他的生意，他的交换，是的，这个世界上除了买卖交易，还有什么呢？蜜蜂在采集花粉之后酿出蜂蜜，人在享用蜂蜜，而蜜蜂则将自己的蜂蜜奉献给人们之后就会死去。这就是所谓的生意交易，那爱情呢？

　　是呀，在你飞黄腾达、腰缠万贯的时候，向一位演员姑娘伸出手是多么美好的事情呀。是啊，电影电视里那些美丽的姑娘，是谁的恋人呀？

　　那些知道如何掌握淬火技艺的好铁匠，是怎样给自己打造宝剑的呢？他才不会一下子将打制的宝剑扎进水里，而是将它直直地提起来，先将剑尖沾一点水，然后再慢慢地浸入水中。

　　那天晚上看电视的时候，哈尔莫斯也像给宝剑淬火一样，心儿慢慢地凉了，以前那种对爱情的忠贞不渝，或者对名望声誉的渴望，都慢慢地凉下来了，并变得像冰块一样寒冷。更像一块灰色的铁块，变得灰蒙蒙的。

　　以前他以为这个姑娘腼腆害羞，可看来她这纯粹就是忸怩作态，她已经变了。大家都知道，任何爱情片里都会有这样的一对男女主人公，他们刚开始是怎么相识的？渐渐地又会有什么样的交往？慢慢地他们就会发生肉体接触，相互温暖依偎，最后又会带来什么？

　　哈尔莫斯，你不是爱吹嘘自己的演员未婚妻吗？那两个小媳妇说得没错——"瞧那美人，就像一峰舔舐芒硝的两岁母驼一样，一次又一次地将自己滚烫的嘴唇贴过去！"那个女人干巴巴的肩头究竟有什么呀？还用得着那么醉心地抚摸。别着急呀，翻过一个镜头之后，你就会看到霍尔勒哈已经光着膀子坐在那里了。

　　哈尔莫斯还没有看到举办婚礼、进入洞房的镜头呢。有什么办法呢？喝吧！继续喝吧！只能借酒浇愁。那些坐在身边的朋友中间，也有人暗暗露出了耻笑的神情。请你喝完最后一杯酒，就把酒瓶狠狠地摔到门槛上吧。摔得真不错！应该摔它个粉碎才好！这个无情无义的害人精！就让它碎了吧，瞧你的脸，已经颤抖起来了，只因为是一张皮才躲过了一劫，如果是一块玻璃，早就碎成了一片一片！

在电影中，不知有多少仿佛一见面就会马上吞下对方的小伙子呀，还有那些姑娘和小媳妇。那些小媳妇呀，更有着姑娘们没有的韵味儿。不管怎么样，都随他们去吧！他们接吻的时候，长久地贴在一起，缠绵悱恻，脖颈交叉，肩膀紧贴，像蛇一样互相缠绕在一起。从他们的后背和脖颈就可以看出他们是那么地投入。

霍孜克西和霍尔勒哈也不比他们逊色，镜头一个接一个地滑动，场面一个比一个精彩。不知道其他演员的表现如何，可他俩的表演活灵活现，也可能是动了真情吧。所以，人们都非常同情看着这一切场景的哈尔莫斯。霍尔勒哈的所作所为与离过一次婚的婆娘有什么区别呀？看着他俩在白晃晃的灯光之下，裸露着上身，钻进一条被子里，本身就是一种耻辱！无论是小伙子，还是姑娘，仿佛都按捺不住心中的欲火了。

大亮了，他俩哼哼唧唧地醒来，马上又紧紧地贴在一起，亲吻着拥抱着。让那样的胳膊、那样的脖颈见鬼去吧，那样的乳房又是多么地肮脏啊！坐在一起看电视的朋友们谁都没有这样劝说：哈尔莫斯不要难过，这不过是一场游戏而已。除了挥挥手，富裕的绅士又能做什么呀？难道哈尔莫斯找不到姑娘？他那犹如火焰一般的热情顿时降到了冰点。

又过了几天，他的心依然冷冰冰的，熄灭了的火焰没有重新燃起。对霍尔勒哈来说，这场游戏还剩多少趣味？这就是他们来到城市，见到的文明吗？哈尔莫斯曾经有过的要死要活的爱情丢失在了哪儿啊？

萨哈泰导演也不过如此，将她拖累了整整一个夏天，然后让她身败名裂！导演拍完了电影，一走了之，姑娘却被甩回了这里。姑娘甚至不敢想霍孜克西，但是她的眼里噙满了泪水，不管怎么说，他俩也是欢闹了整个夏天的伙伴呀。

这个夏天！霍尔勒哈姑娘时期能达到的顶峰难道就在这一个夏天吗？现在，难道她已经不再光鲜，已经枯萎了吗？这里的地质面貌依然如旧，你顺着一条山谷往上走，爬上山冈，然后走向那一边的谷底。那就这么走吧，这可不是一般的退却呀，也可以说这是褪色。啊！那些鲜亮耀眼的色彩在哪里呀？那眉毛上的、眼睫上的、眼里的、脸颊上的色彩都在哪里呀？你究竟将这些鲜亮的色彩丢弃在了哪个市场哪个商店里了呀？在一部电影拍摄完毕，开始播出，播放多年以后撤下银幕之前，那种鲜亮的色彩会一直追随着你。而这种追随不知会给制片人创造多少利润？按照这些利润的价格，再分到每一个角色，以及他的每一个动作，会是多少呢？别的不说，仅仅拉着像霍尔勒哈这样一个幼稚憨厚的山村姑娘的手，说服她拍摄一场床上戏不知就能创造多少利润呀？

也就是说，导演将薄薄的一沓钞票送到霍尔勒哈的手中，说这是你这几个月的薪酬，可这只抵这场戏所创造利润的一个零头呀。哎，只可惜了姑娘裸露的长腿、胳膊、肩头、嘴唇、酥胸、肌肤、眼神啊！那些仿佛已经奄奄一息，最后一次显得神志不清地闭上眼睛！

别提了，一切都过去了，你就像一个普通的商品一样得到了展示，之后盛大的宴会就收场了，再见吧，萨哈泰导演！再见吧，霍孜克西！哈尔莫斯先生，是不是也该与你说声再见？那么，还剩下什么呀？

那个骑着灰色走马的小伙子难道最终没有追赶上你吗？你还在吗？他还是找到了你呀。如果我没有说错，你就是那只在软绵绵的沼泽地上飞翔着的白色蝴蝶吧？

瞧啊，哈尔莫斯的脸色已经变得多么黯淡苍白呀，霍尔勒哈还不至于杀了人要抵命吧？说重一点，不就是八头犍牛吗？作为一个堂堂的小伙子，不是亲口说过不是债务吗？而且他还亲手给叶热依曼立下了字据。可怜的姑娘啊，除了频频眺望着家乡的山峦之外，你还剩下什么呀？但是，显得憔悴的不只是霍尔勒哈一个人，叶热依曼也并不惬意。他还能去哪儿呢？难道只能领着霍尔勒哈心灰意冷地回到家乡吗？

这可是霍尔勒哈呀，曾经有那么一段时期，她甚至被人们称为——少女姬别克。霍尔勒哈的父亲阔尔克当时就是这么理解的，那时他的梦想就是那顶绿色的轿车。曾经趾高气扬的人儿，现在连哈尔莫斯的那辆破车都坐不上了。滚到一边去吧，现在也没有这个必要了。对哈萨克人来说，不论多少，还是拥有一群牲畜最为保险。

"不。"叶热依曼重新考虑之后想道，"说不定是那个蠢丫头气恼了哈尔莫斯，使他心灰意懒了。我还是细细地了解一下为好呀，说不定真主会加以辅佐，让他回心转意的。"

畜圈外边是一座相当高的石岗，上面有一些用片石做成的石凳，叶热依曼一边想着，一边来到石凳上坐了下来。太阳已经西下，树木的叶子已经飘零，影子拉得很长很长。

啊，瞧瞧，那是我的霍尔勒哈吗？她手中怎么会有一个包袱？叶热依曼并没有认错，霍尔勒哈正穿过有一群群牛羊漫步游牧的沼泽地的那一侧，向树林走去了。他马上就意识到了什么，那个骑着灰色走马的小伙子也在那边等着，而且扯着缰绳靠近了霍尔勒哈。

手中拿着小口径步枪的哈尔莫斯这时也在屋外，正用枪瞄准落在屋后白杨树上的两只寒鸦。

"抢走了！"叶热依曼惊呼了一声。听到这个声音，哈尔莫斯没有按下枪的扳机，两只寒鸦也飞走了。当哈尔莫斯跑到叶热依曼身边时，他只看见灰色走马的尾鬃在树林间闪了一下，然后便永远地消失了。

"真可惜呀！"他好像喊叫了一声，也可能是叶热依曼自己对自己叫了一声，反正叶热依曼感觉到有一种疼痛撕裂了哈尔莫斯的心胸。当珍宝在自己手中的时候是掂不出分量的，不管它有多么珍贵，只有当失去的时候，它的珍贵与价值才能显示出来。这是什么样的阴差阳错呀？

哈尔莫斯与叶热依曼回到了家中，默默不语地坐了一会儿，不一会儿气喘吁吁的霍孜克西冷不丁闯了进来。

"霍尔勒哈在哪里？"

哈尔莫斯惊愕地打量着他。

"走了。"叶热依曼这样回答。

"到哪儿去了？"

"跟着那个骑着灰色走马的小伙子走了。"叶热依曼没有说"小子"，而用了"小伙子"这样的字眼儿，"他等候在沼泽地那一侧的树林里，是他把霍尔勒哈抢走了。"

"他怎么抢走的？"

"还能怎么抢呀？将霍尔勒哈驮在马鞍前边就跑了呀！"不仅是哈尔莫斯，而是两个"女婿"并排坐在一起，一同沮丧起来。

两只雄羊何时开战

他从来人的脚步声中认出了姐姐玛格拉什来了，心中不觉生出几分欣慰。可怜他天生是个盲人，而姐姐的脚步声总是给他莫大的慰藉。他们的族谱系贾狄克部落，父母只生育了他们姐弟二人。据说，他们的曾祖父曾是这一带数得上的有钱人，但到了他们这一辈，家境已不再兴旺，单说姓的影响都弱了许多。玛格拉什是女流之辈，姓终究是要跟着外姓走的。平常只要有人问起她姓什么，她便毫不犹豫地回答说她是黄家的人。所谓"黄家"是她对夫家祖姓的忌称。通常，哈萨克的女人们是不会缺了教养对夫家人呼名道姓的。所以，玛格拉什的夫家姓"萨勒"，就成了"黄"了。而"萨勒"一词的本意就是黄颜色的意思，是贾狄克部落中的一个小小的支部。用"黄"来代替"萨勒"，无疑是聪明之举。

从这件小事可以看出，玛格拉什是一个多么守规矩的女人。即便你存心诱她口误，也只能是枉费心机。你甚至不能让她说出"贾狄克"这个主氏的名称来，"黄"是不能改变的。有这样的女人做媳妇，都是夫家的列祖列宗前世修下了好德行。难怪，早在阿赉莱可汗时代，此部落就出了个了不起的好汉贾尼别克。

做这样大部落人家的女人，维护家姓的尊严，实际上就是一种信仰。只是这信仰起源于哪朝哪代，无人知道。更无法考证是哪家品行出众的女人，是第一个出此高招说自己是"黄家"的人。我们倒是可以学习想象，从这个不知名的女人开始到玛格拉什这一代，肯定是有无数个像玛格拉什这样的良家女人，佳丽美人，被岁月的长河先后带入萨勒家的帐下。她们贤良淑惠，循规蹈矩，活是萨勒家的人，死是萨勒家的鬼。

女人们的这种顺从，原本是数万年父系社会制度演绎的结果，但是，随着岁月的推移，这种顺从意识似乎越来越淡薄了。远的不说，就是在六十年代，好像已经很少有人能说得清姑娘们是怎么出嫁的，小媳妇儿是怎样取悦公婆的，公婆们又是如何善待儿媳妇们的，民间是否还存在忌称，等等。对于这一切，别说孤陋寡闻的盲人，就是耳聪目明的健康人恐怕也难以道出一二三来。不过可以肯定的是，好像现在鲁莽的女人比过去多了。也许因为有些人的家姓原本就叫作"鲁莽"。好在传统的女性亦大有人在。玛格拉什就是这样的女性。她人虽然已经五十多岁了，又经历了很多坎坷，但她依然恪守信仰。就是在乱棍乱鞭之下，她也不曾改变初衷。

她曾听人这样质问她："说！说你是萨勒家的人！"她神情漠然。质问者又说："难道你就是那么害怕死了几百年的僵尸？今天，我们倒是要看看这些老朽长着何等嘴脸！"然后，质问她的人就打她的耳光，揪她的头发："说！大声说你是萨勒家的人！"

"不，是黄家！我是黄家的人。"

"萨勒家的人！"

"黄家的人……"

"萨……"

"黄……"

这是一段痛苦的记忆，那时，棍棒下经受皮肉之苦的虽然是姐姐，但备受心理磨难的却是盲人别克拜斯。他痛苦地抠着泥土，诅咒自己，好像他只要有了一双明亮的眼睛，就能救姐姐于水深火热一样。每当这种时刻，玛格拉什的公公——一个瘦骨嶙峋的老人便告诫他说："何必费心祈求一双本来就不该属于你的眼睛，看不见眼前发生的事，是你的运气。"

玛格拉什的公公——奥哈迪，人们都习惯地称他为老奥哈迪。他的儿媳妇每天都要在家门前的阳光地上给他铺一块毡子，安抚他坐在上面，随后就去上班了。有这样的好媳妇，是老人的福气。然而，老人不明白，这样本分的女人，为何要遭到那样不公平的待遇。

他看着内心被压抑着的儿媳妇离去的背影，两行老泪潸然而下。他自言自语地说："真是多余了我这双老眼啊！老天为什么没有把那双瞎眼恩赐给我！"

别克拜斯可以感觉到老人把脸转向墙角抹泪，老人继续说："我活了九十多年啦，路到尽头啦！但这双该瞎的老眼还要看到可悲的事情。我无言以对他们哪……将来，我该给他们说些什么呢……？"

别克拜斯不明白老人说的"他们"是指什么人，老人就说："我们曾经是一个乌库尔泰的大家族，但现在就剩下我一个人了。我图了什么哟！哦！"他长长叹了口气又说道，"女儿出嫁小媳妇儿过门……还有那些个壮男秀女……还有叼羊、摔跤、出征、远行……一切都过去了……"别克拜斯被老人梦呓般的言语搞得如坠五里云雾。但他明白，他和姐姐，还有老人的心里都不好过。这都是十多年的旧话了。

别克拜斯听到了玛格拉什的脚步声，心情愉快地说：

"是您来了吗？"按瞎子的逻辑，他本应该问："是玛格拉什吗？"但这对他来说是多余的。他完全能够凭借玛格拉什的两脚落在地面的节奏捕捉到她的信息。这可能是因为他有第六感觉，或者电磁感应，或者他们心有灵犀，或干脆就是别的什么特异功能。反正，这个盲人可以做出最准确的判断——是姐姐来了。

这一次，姐姐的脚步声中好像多了些异样的焦虑和犹豫。她走到他面前踌躇了一下，但别克拜斯还是激动地放下了磨石，拿着镰刀，将身子挪到绿茵地旁的草垛下，等待着她的问话。玛格拉什说：

"瞧你姐夫阿勒达凯也没来帮帮你。"她说着，从兄弟手中接过了镰刀，并用指头试了试刀刃，"好锋利呀！磨它的人一定不是等闲之辈。"她满意地看了看弟弟，然后挥起镰刀，在草地上唰唰地割起草来。她可是五十年代的青年呢。那年代，谁没有学会这样一手好本事？一双该穿针引线的巧手，硬是舞镰挥斧，铮铮有声地度过了那些年月。眼下，又一片片青草在她的镰刀下齐刷刷地倒下，四周很快就充满了青草和泥土的芳香。

别克拜斯可以真切地感觉到那锋利的刀刃划过青草根儿时的那种感觉。他还能感觉到姐姐热乎乎的喘息声。仿佛这喘息声是从他自己的胸膛发出的一样。他静静地享受着，并让自己的身心伴随着镰刀，伴随着她的喘息和脚步，在草地上向前推进。

刚才，玛格拉什埋怨丈夫阿勒达凯没有来，看来真是大可不必！难道他能不用镰刀，不费吹灰之力，轻而易举地割完这片草地？别克拜斯只恨自己的脑袋上缺了两只眼睛，对一个大活人来说，有什么样的惩罚比这更为残酷呢？没有眼，满目青山又有何意！在姐姐没有来之前，他一直是凭借感觉摸索着割草的。实际上，对此他是知足的。一个人有眼，但没有勤奋的手，无异于行尸走肉。他脚下踩着一块硕大的草甸，草甸绿茵如织，葱翠欲滴。应该说这是他的福气才对，多少人为这块地

垂涎三尺,这是他四年前分草地抓阄时得来的运气。据说,这块名叫
向阳地的草场,曾是一户有钱人家爱不释手的宝地。茸茸绿地,草浪连
天,坡地也长满了黛绿的灌木丛。它从来也没有贫瘠过。这样的风水宝
地,没有落到那些垂青于它的人手中,反倒进了他这样一个残疾人的生
活中,无疑是老天有眼。

去年,这草甸子的草卖了很好的价钱,这使他感到欣慰。每每想起
此事,他的眼角就爬满了笑意。今年,他也早已盘算好了。等这草甸子
上的草全部割下来上了垛之后,只要有买主,他就出手卖掉。如果没有
买主,就自己留下,等来年再用。反正自家牲畜的饲料绰绰有余了。去
年,他的饲料非常抢手,百姓前来购买,就是公家也曾花了一千元,从
这儿买走了三大卡车草,只可惜,那几个吃官饭的干部吃惯了皇粮,干
起活来却毫无责任心,他凭着盲人的直觉判断,他们实际上只挥了几下
草叉,而那三卡车根本没有装满,他们就交了公差,草草收兵回府了,
真可惜那公账上的一千元,并没有花在实处。

虽然三卡车草常使他觉得自己对不起公家,但不知怎么的,他又常
因为那几个干部的草率使自己占了便宜感到得意。他高高地昂起头,仿
佛寻找什么似的,将目光投向天际。但是,他什么也看不到,他眼前仅
仅是一片黑暗,这黑暗像宇宙的黑洞一样。人类的想象力永远鞭长莫
及。是的,人类的欲望就像这黑洞一样,是没有穷尽的。而他一个凡夫
俗子,有点贪心和私欲,有什么可以厚非的呢?健全的人们尚且还像那
撞在一起的铜盘,叮叮当当,为争得功利闹得人心相悖,他这样一个目
无寸光的残疾人,又能获得多少"外财"!他不过是一个小人物而已。

不论怎么说,去年买草获得的收入,唤起了他的生活热情。每每
感到其中的诱惑的时候,他就情不自禁地来到草垛旁,用他的手感受自
己的劳动果实。今年的草垛比去年的长了,也宽了,也可能比去年的高

了。他很想知道它有多么高，但草垛架在木架上，他感触不到，于是就踮起了脚尖，使劲往上够，还是够不着。他感到很高兴，这都是他含辛茹苦，一根草一根草积攒起来的呀。他曾多次向女儿夏梅黛依说："我们要好好干，我们做任何事都是为了图个好的希望和结果。但愿真主不要怪罪我们的贪心。今年的草势很旺，如果我们全力以赴，今冬的日子也许会比去年还好。"

别克拜斯的女儿夏梅黛依是个懂事又勤奋的姑娘，善解人意。每天早晨，挤完了奶，喝过早茶，她又准备好了午饭，待一切收拾停当之后，就牵着父亲来到了草地上。这个大草甸子中间流淌着一条蜿蜒的小河，九曲十八弯，每弯一处，就平地造出个大草滩子来，像个诱人的草岛。阿勒泰的牧场也就因此而风光旖旎。草岛！是个多么准确而迷人的名字。布尔津河与苏穆达依尔河在这里交汇形成绿色的金三角，使这里变成了一个美轮美奂的天地。把父亲带到大草甸后，夏梅黛依就忙自己的活儿去了。留下老头被翻滚的绿浪摇曳着。盲老头虽然全然不知这草甸子有多么宽大的气势，但是他是聪明人，知道怎样才能把草全部割干净。他以自己为中心开镰割起，然后水波一样一圈又一圈荡开去，便不会迷失方向。这使人不由得为他而感到骄傲。他先在脚下割下一小片草地，让土地的"肌肤"平展展地露出来，然后以此为起点，摸索着，一圈一圈地割，那圆的半径也就越来越大。他简直是一个活圆规，这样形容他，也许是最准确的。圆外有圆，圈外有圈，就是他的世界。他就这样，像刷锅底一样，一圈一圈地割，日复一日，坚韧不拔。只可恨普天下的光辉没有一束一缕属于他。他在黑暗中劳作，为的是像健康人一样追求财富——把草买个好价。古往今来，勤奋人家的财富，哪个不是靠一点点积攒而成的？只要别克拜斯不遗余力，天长日久，他家今年的收获一定会好于去年。唉，眼睛呀眼睛，这双可恨的瞎眼睛！造物主为什么对别人都慷慨大度，唯独对他如此吝啬！如果，他有一双眼睛，一定会为日趋庞大的草垛而感到沾沾自喜，不过，也有可能为此生出许多新的烦恼来。因为，人的眼睛实际上是贪欲的象征。

别克拜斯的姐姐劳动起来，比起男人的确绰绰有余。没有丈夫阿勒达凯帮忙，她也割完了一大片草地。别克拜斯意识到自己该去替换她了，而他姐姐也知道他做事从来都是不达目的不罢休，就把镰刀递给了他。他接过镰刀，动作很有步骤地割起草来。那小镰刀在他手里，就像大草镰一样明晃晃地在草丛中一送，"嚓"的一声，密集的青草被抓进他的左手心中。玛格拉什听着弟弟节奏分明的割草声，心想，看他劳动，简直是一种享受。他就像一把剃须刀，很快就把脚下的草地收拾得干干净净，利利落落。只是他刚才割草的时候，有那么一两次乱了阵脚，但很快又找到感觉继续割下去。再好的马也有失蹄的时候，何况他是一个失明的人。实际上，这两次小的麻烦，都是刚才玛格拉什割草的时候埋下的伏笔。别克拜斯割草，原本做的是有规律的运动，就像一匹被拴在草地上的马一样，沿着一个支点，一圈一圈地前进。但姐姐有一双眼睛，不肯安于一隅。哪里的草密，就先割哪里，结果害得别克拜斯也乱了方寸。他几次动作，都扑了空，摸索了半天，才好不容易又找到目标。唉，眼睛呀！完善这个世界的是它，破坏这个世界的也是它。

红日中天，天空万里无云。姐弟俩终于停下活来，在草甸上坐下休息。他们呼吸着草甸上的空气，享受着温暖的阳光，但是，不知怎么了，今天别克拜斯总是感到姐姐有些异样，而玛格拉什的心情也确实有些不同寻常，总觉得今天会发生什么。果然，她就看见让她不安的一幕：

"天哪！那不是夏梅黛依吧！她站在大石头上干什么？"

"她可能看见什么了，她在哪儿？"

"她在屋子北面的大岩石上。"

"天哪！她真的……"她刚想说什么，但很快又收住了话头。因为，她看见了那个令她不安的人正穿过羊群，向夏梅黛依走去。她紧张地看了别克拜斯一眼，酸甜苦辣顿时涌上心头。但她是细心的人，没有向他流露一丁点不安的情绪。她知道弟弟非常爱他的女儿。只可惜他戴了个"蒙眼罩"来到了这个世界，对身边发生的危险，毫无察觉。

夏梅黛依登上岩石，自然不是为了望月。她踩着的那块岩石，与毡房一般大小，有棱有角。几个平面光滑透亮，仿佛是超自然的力量赋予了它通体的黑色和通体的光亮。

亲爱的读者，如果你去山间漫步，或者骑马走过深谷，看见山坡上有这样的岩石，请你千万别与它擦肩而过。麻烦你下马辛苦一趟，上山去看看它吧。它就是书上常提到的那种岩画呀！看见了吗？夏梅黛依脚下的这一块岩石上的岩画多么神奇，多么不可思议，厚重的石体上镂刻着一对行将开战的雄羊。它们硕大的犄角弯曲着，前身腾空而起，将雄性的威武凝固在一瞬之间。然而，这一瞬间，竟在这座石体上凝固了数千年，没有人能说得清楚这是什么人的杰作。也许是乌孙人，也许是塞族人，抑或是乃蛮人，蔑尔克提的人，总之，无论是谁，镂刻它的必然是有心人，用一把宝刀，千刻万镂，将这一对愤怒的雄性动物腾跃的一瞬，永远铭刻在这个石头上。多精彩呀！那么，眼前这个名叫夏梅黛依的少女，又为什么拿着两块石头，也摆出了一副格斗的架势呢？莫非她想把这两只羊永远赶出这岩画的记忆，抹平它们的痕迹？是什么，在这一瞬之间唤起了她如此强烈的愤怒，以至于她非要用石头来说话不可？

是的，两头雄羊何时开战，我们无从回答，但有一点可以肯定：历史上，人们一直把这两头野山羊，当作了两只来自不同山头的雄鹿，至于它们来自哪两座山，仍然是个谜。也许是阿勒泰山，也许是叶连山、哈普山；也许是巴格达，或蒙古国的大雪山。总之，这两个蹄踏青烟、怒目圆睁的家伙，必然是不同凡响的。只是我们要说的话题并不是它们，而是这个少女。她的愤怒，真令人不安。也许，她是准备教训那只离群的芦花山羊吧。这家伙散漫成性，它要是挨揍，一定会鼻青脸肿，谁让它那么不懂得规矩。不过，这个姑娘是牧人家的女子，懂得怎样与动物保持平等的关系。牧人知道动物也有尊严，它们的头颅与人的脑袋一样，也是一种尊严的象征。即便有必要教训它们，牧人们也不过是把几块石头打到它们前边去，提醒这些鲁钝的家伙迷途知返便足矣。牲畜从不与人较劲儿，即便你骂得它狗血喷头，它也不会对你有任何不满。但是，一旦你不留神惹怒了什么人，什么叫狗血喷头，什么叫体无完肤，自然也就不言而喻。因为，人是不甘心受屈辱的，所谓"两虎相争，必有一死"的道理正在于此。所以，在这个世界上，任何时候，都是盲人多，而盲畜少。人不会为了征服一只牲畜，对它大打出手，或打瞎它的眼睛，或打折它的肢体。人与人之间却很可能斗得你死我活。所以牲畜间是平等的，只是造物主没有赐给它们人一样直立行走的权利，而是让它们永远"低头做人"。所以，人真正的对手，依然是站在前面，对他横眉冷对，怒目而视的人。只有打瞎了这家伙的眼睛，哪怕是一只眼睛，恐怕他也没算白白地长了一个人的躯壳。他可以用手，或者棍棒，甚至石器来教训对手。

　　果然，夏梅黛依手中的石头，飞向了那个正朝她这边走来的人。只是第一块石头因用力过猛，越过那个人的头顶，"啪"的一声击中了一个傻站在坡上的山羊的犄角，疼得这倒霉的家伙无可奈何地摇了摇头，仿佛这样就可以把疼痛甩掉似的。它的眼里流露出了痛苦的神情，一汪晶莹的泪涌进了眼眶。它又摇了摇两个硕大犄角，转过头来，极度不满地朝打它的人看了一眼。夏梅黛依的心中顿时掠过一丝歉意，一定是打疼了它，可怜的家伙！都怪那个不长眼的石头，不揍恶人，偏打无辜。于是，她又狠狠地摔出去了第二块石头，可这个石头也没有击中目标，落在不远处的空地上。不过，这两次愤怒的出击，毕竟起了些作用。只见那个人狼狈地躲闪了几个，就蹿上了一座小冈，又转身向夏梅黛依嘟嘟囔囔地说了几句什么，这更加激怒了夏梅黛依，她痛苦地喊道：

"滚！你这条老狗！滚！不要再让我看见你！"她歇斯底里地喊着，又捡起了两块石头。但这一次没有扔出去，她愤怒地战栗着。山羊们向她投来了惊异的目光，绵羊们也都难过地垂下了耳朵。主人今天是怎么了？这些迷惑不解的家伙，虽然天生鲁钝，缺乏灵气，但它们都感觉到了今天气氛的不同寻常，大家面面相觑，大眼瞪小眼儿，忘了低头吃草，仿佛集体绝食了一般。主人的异常举动，使它们都为她捏了一把汗。

方才，这一切全部被玛格拉什看在了眼里，她的心被折磨着。那个在夏梅黛依身边的人叫托合塔穆斯，他的出现，凶多吉少。怎么得了啊！其实今天她是事先听到了些什么，才专程来弟弟家的。此时，那满肚子的话，正憋得她难受。可是善良的她，无论如何不忍心把这个光天化日下滋生出来的坏消息告诉弟弟，搅乱了他的心境。但是病可以瞒着不对人讲，但死亡能瞒得了谁呢？纵使她对别克拜斯守口如瓶，又怎么能保证托合塔穆斯这个恶棍有朝一日不会来伤害他？好在，他的女儿夏梅黛依刚才那两击石头，好像使那个家伙意识到自己遇到了强敌，竟没有做任何反抗就走了，这多少给玛格拉什带来了些许安慰。

夏梅黛依在岩石上站了一会儿，然后把脸转向了这边的方向，泪眼中，她认出了坐在父亲身边的是姑姑玛格拉什，心中不禁涌起了一阵委屈，恨不能跑去投入她的怀抱。都怪那骑着花斑母马来的托合塔穆斯纠缠，不然，这会儿她早该与姑姑在一起了。

夏梅黛依伤心地闭上了眼睛，又回想起了刚才那一幕：

托合塔穆斯是骑着一匹花斑母马来的。他走到羊群那一边，把马放在坡底，然后徒步上了坡。他像一个不懂牧道的人，见了漫山遍野的牲畜，大惊小怪，以致一些上了膘的绵羊误以为遭遇了屠夫，乱糟糟地挤作一团，以保全自己的小命。是呀，有谁愿意去送死呢？这膘肥体壮的绵羊们平时是多么警觉啊，这些可笑的家伙甚至会被自己的粪便所惊吓。相比之下，有点资历的老母羊们却显得从容不迫，对他熟视无睹，继续吃它们的草。托合塔穆斯走进羊群，推起了一只正在地上反刍的黄头母羊，像个老练的屠夫一样摸了摸它的脖子和脊梁。牧人把这种举止视为无礼，因为，他没有得到主人的许可。所以，托合塔穆斯的行为简直有些放肆，他竟鲁莽地在母羊身上乱抓一气。这使夏梅黛依看在眼里，恨在心上。但他是个上了年纪的人，而她是晚辈，良好的教养迫使她保持沉默。这里必须说明的是，哈萨克人通常是不骚扰草地上的畜群的，即便有十万火急，也要从它们身边绕过去。无论是谁，都会恪守这一成规的。因为他们懂得，人并不比牲畜更高贵。

但是，这个托合塔穆斯居然可以无视传统。他衣冠不整，胡子拉碴，连那些做牲畜的羊们都看不过去，特别是他刚才抚摸黄头母羊的那番动作，更增添了它们的反感。为了避开他，羊群以他为界，一分两半儿。而这会儿，它们听到了主人的呼唤声，又合了群。对它们来说，女主人的声音亲切可爱，她正提醒它们前方有危险，快迷途知返。谁知道，也许真的要有什么可怕的事情发生了。按说，在某些方面，牲畜比人更有预感。那个人的气味的确有些怪异，不说别的，单说他刚才抓黄头母羊时，嘴上叼着香烟所散发的味道，就足以使它们作呕。好在，此刻它们已经合群了，似乎集体躲过一个暗礁。托合塔穆斯走向夏梅黛依说道：

"这些羊都是你们家的？二百多……快近三百只了吧！"夏梅黛依无言，反感地向问话人瞟了一眼。父亲曾说："如果有人当着你的面问你的财产，那是极其失礼的，随便敷衍几句，是对付这种人最好的办法。"在这一方面父亲是个典范。他的枕头下压着一个小袋子，袋子里装着一些豆子。这些豆子是他家财产的化身。每当羊群少了几只，他就拿出几只豆子来。而母羊产羔的时候，他又如数添进去。

托合塔穆斯方才的话，有点自问自答的意思，夏梅黛依也就默认了。谁知托合塔穆斯并不知趣儿，又道：

"真是牛羊成群，财源滚滚呀！"财源滚滚？区区三百只羊，何谈滚滚财源！夏梅黛依有些不能容忍他这言过其实，还有点贪得无厌的评价。她想起来父亲总是乐天知命，对真主赐给他的财富知恩图报。相比之下，这人……她一时口中无词，却习惯性地说道：

"托真主的福！"

托合塔穆斯的一张老脸顿时生动起来。松弛的额肌下，一双昏花的眼睛透出了熊眼一般的光芒，他声音嘶哑着说道："真主？孩子，不是真主，你应该说是托政府的福。"

尽管托合塔穆斯说话的时候面带微笑，但夏梅黛依却还是感到了几分威慑。难道这个人是公家人吗？如果是这样，那他也太不知深浅了，明摆着，是自讨没趣儿。她这么想着，很快又否定了自己的感觉。因为，她突然感到这张脸有点似曾相识。如果没有记错的话，她十二岁的那一年，这一带的两社一村修路，一家出一个劳力，她代表他们家来到了工地，就是这个人辞退了她，理由是她年纪太小，根本干不了强体力活儿。不过，那时他肯定不是主要领导。因为辞退她的事，是他游说了好几个领导后决定的。由此说来，那时候的他，充其量也不过是个小组

长而已。那么，今天他怎么又与过去的他判若两人了呢？他是来串门儿
的？这荒郊旷野的，串的是哪家的门子！也许是过客，抑或是贼！夏梅
黛依的心顿时防备起来。她想起了那个二贼窃羊的故事。故事说的是：
从前有个牧羊人看见一个人坐在井台上垂钓，便好奇地问："能钓着鱼
吗？"结果那个人说："这里钓不着，总是有别的地方钓得着。"这个时
候，这个人的同伙正在牧人的羊群里大肆行窃，牧人竟全然不知。想到
这里，夏梅黛依毛骨悚然，她下意识地朝自家的羊群望了一眼，一切安
然无恙，看不出羊群有任何骚动，只有托合塔穆斯的花斑母马十分显眼
地在一边傻站着，她的心才放了下来。花斑母马？夏梅黛依又想到了什
么。奇怪！今天的一切怎么都这么巧？这匹陌生的花斑母马，该不是姑
妈玛格拉什说过的那匹花斑母马吧！没有鬃，没有尾巴，非马非驴的。
瞧！即便说它像驴，这天底下恐怕也没有人见过这般"花哨"的驴。夏
梅黛依又仔细辨认了一下，不觉心中一阵好笑。一匹好端端的马，怎么
会被主人打扮成这副模样，真晦气。这匹老母马的主人，割去了它的颈
鬃和尾鬃，大概是希望它看上去年轻一些，真可惜了他这份苦心！谁知
结果依然是得不偿失，看着它老气横秋、骨瘦如柴的模样，夏梅黛依明
白了它的主人为什么把它放在坡下了——穷途末路，它已经不再年轻
了，已经没有力气了。想想哈萨克人家那些被精心驯养的母马，个个风
姿秀逸，风流倜傥，它们的颈鬃和尾鬃总是像瀑布一样倾泻而下，厚实
的脊梁、胸肌和腹肌，让人联想到南极的企鹅。再看看这一匹马的主人
把它变成这样子，简直是亵渎"母性"的魅力。而这样的亵渎，据姑姑
讲，在六七十年代曾是一种时尚。夏梅黛依甚至听姑姑说，一些七八十
岁高龄的老妇人，也曾被人强迫剪去了长发。

照此说来，花斑马的主人托合塔穆斯必定是想让它承袭昔日的时
尚了，事实上，生活中砸锅卖铁的事多的是。冬末的时候，总会有一些

饥肠辘辘的骆驼伸长了脖子，艰苦卓绝地从房顶够下最后一根麦草来充饥。姑姑说过，托合塔穆斯为了换一包香烟，竟割下并卖掉了花斑母马的颈鬃和尾鬃，这真是令人难以置信。怎么可能呢？也许这一切都是姑姑编造出来，让她开心的话吧。不过，前几天，夏梅黛依千真万确地听到姑姑与什么人说起过有关托合塔穆斯的另一件事。

姑姑说，五年前，队里分产包干，托合塔穆斯分到了几十头小畜，十几头大畜。对于一个没有任何拖累的单身汉来说，这已经是一笔不小的家产了。但是，没有用！托合塔穆斯不是个善于操持家产的人，他转手又把牲畜包给了亲戚朋友。再加上宰杀出卖，那好大一群牲畜，便化整为零了。最可笑的是他转包的牲畜有一半是山羊，人家的山羊都一胎两羔，而他的山羊则一律单产。因此，民间就有了这样的笑话，说是有一次开计划生育表彰大会，待主席台那边宣读完了先进个人的名单，台下就有人高喊此名单不公平。当主席台上的人严肃地问漏了什么人时，台下又有人高喊：

"托合塔穆斯。"

"开什么玩笑！计划生育政策不针对单身汉。"

台下人便一本正经地答道："我们说的不是他本人，而是他家的山羊，个个都是计生模范，女人们都应该向它们学习。"于是，台下哗然。后来，"托合塔穆斯的山羊"就成了一个新典故，以至于家喻户晓。

姑姑之所以讲这个尖刻的故事，无非是要说明托合塔穆斯是个什么样的败家子，那一群牲畜，现在就剩下了一匹花斑母马。去年冬天气候恶劣，他包给别人的羊都死得差不多了。曾经有一个包了他的羊的亲戚指着一堆白骨说：

"一个冬天下来，他的羊就剩下这些了。"如今的托合塔穆斯已是天涯沦落，孤马瘦人，但是，有言道："好死不如赖活着。"对他来说这样也不错了。

是呀，金匠、铁匠有自己的活法；做官的人有桌子，高档自来水笔，办公桌下还有地毯，以证明他们不同于常人的身份。托合塔穆斯自然也有自己的风格。他脚上的一双旧靴子，还有坐骑身上的"佩戴"，这一形象与穿着无不显示出他的穷极无聊。花斑马也因此而成了穷池之鱼。除了一张"花皮"，它一无所有。它的体力也不比以前了，食草的时候，它尽量不往低处走，以便保持平衡，它就剩下这么一点点小聪明了。去年冬天，天气十分寒冷，这个老魔鬼施展了浑身解数，又踢又咬，硬是从别的马嘴边抢出些饲草来，总算保全了自己的一条老命。秋天，大地又是遍地黄金，拔起一根草，泥里就能冒出一股油来。而这匹老马竟像遭了符咒一般，弱不禁风，一个夏天也没有离开过背上的棉披挂。它背上的鞍子，像老牛背上的鞍桥，而它自己又是如此这般形如枯槁，竟与鞍桥自成一体了。它伸长了脖子吃草，尽量用骨架去撑着躯体，看上去，活像一条趴在草丛中的大鳄鱼，只是夏梅黛依没有见过鳄鱼罢了。只听她感慨地低语道："天哪！可怜的马，哪有一点马的样子呀！"是呀，人如其马，马如其人，若说主人是沦落之人，那匹马便是沦落之马。所以，它的形象跃入夏梅黛依的那匹棕色儿马眼里的时候，这匹马也被惊得目瞪口呆。它竖起了耳朵，打起了响鼻——这老兄何以这般尊容？哦！不！也许它是一头驴！

一匹体格高大、膘肥体壮的马，恐惧一匹骨瘦如柴、形若怪兽的马，就如同一个无忧无虑的人，忽然看见一具嘎嘎作响的骷髅走向自己，感觉肯定是不寒而栗的。传说古埃及法老曾梦见七头瘦牛吃掉了七头肥牛，以致他被这怪梦惊醒，后经玉素甫圣人为他解梦，才消除了他心中挥之不去的恐惧。此刻，棕儿马肯定也像那法老一样受到了惊吓吧。所不同的是，这不过是一匹凡马而已，即使没有圣人的庇护，也能很快恢复常态。它大胆地走向了花斑母马，嗅了嗅它身上发出的气息。尽管花斑母马已是老得走了形，但在棕儿马眼里却依然是可爱亲切的，所谓物以类聚嘛！瞧它的耳朵，显然与棕儿马同一个血缘。这双耳朵虽然看上去有几分疲惫，但依然美丽。棕儿马知道，一匹马的精神状态好坏，全靠耳朵来体现。一匹精疲力竭的马，必然有一对无精打采的耳朵。如果花斑马能够好好养两天，那双耳朵一定会像诗人阿拜的诗中所说的那样：像一对强劲的苇叶，再现骏马的风采。试想，一对漂亮的耳朵，加上一双传神的大眼睛和浓密的睫毛，这匹骏马会多么出类拔萃。花斑母马年轻的时候，的确风流过。在那飘逝的难忘岁月，在母马群中，它也曾是一个佼佼者。它的骄傲常使它在马群中兴风作浪。今天的它，虽然已穷途末路，但当乳臭未干的棕儿马前来嗅它的时候，它竟忘乎所以地甩了一下尾巴，险些踢棕儿马一脚。它像一头鲁莽的老牛瞪着棕儿马，好像棕儿马是来与它争草场的。但是天哪！这个草场是如此丰茂，夏梅黛依一家为了把草全部割下来，提前了那么多天搬到这里还没割完。它经过雨水的滋养，异常地繁茂，绿茵如织，两匹马在其中，几乎被连天的草浪所吞没。大自然如此慷慨，难道还填不饱一匹老马的胃口？它只需把嘴在草上随便一蹭，就能满嘴流油了。然而，仆随其主。叫花子的马，也会有其主人的风格。看到它饥不择食的样子，谁都饥肠辘辘，好像肚子里有一条活蛇在蠕动，令人心慌气短。不过，你大可不必把此看作笑料！对于某些生灵，命运有时的确残酷无情。而另一些生灵，却纯粹是自寻烦恼，花斑马属于后一种。

　　自寻烦恼的结果，只有乞讨为上策了。托合塔穆斯是否已沦落到这个份上，暂且不说。但如果说，如今他只有一匹老马可以依托了，那这匹老马又能支撑他多久呢？也许，在不远的将来他会去挨户乞怜，闹得人家鸡犬不宁。但是常人家的狗一般来说，都喜欢咬徒步的乞丐。因为它们知道，徒步的乞丐伸手乞怜的同时，顺手牵羊是他们惯用的伎俩。所以朋友，你无论如何也不能落魄到靠两条腿去乞讨的地步，否则，连狗都会小看你的。是呀，老花斑母马百年之后，托合塔穆斯也是日暮西山了，他的境遇将不言而喻。靠一双老腿，他能走多远呢？不过，乞丐的名义，也许能支撑他十年八载不被人忘却。因为，对一个视行乞为耻的民族来讲，这样的名气就像圣徒的名字一样刻骨铭心令人难忘。人们将送给托合塔穆斯这样一个绰号——骑花斑母马的叫花子。有关这一切，前几天，夏梅黛依从姑姑同人的谈话中听得真真切切。姑姑说到他的绰号时，还引用了"贪得无厌""死乞白赖"这样的修饰语。

没想到，今天夏梅黛依竟和这么个货色邂逅。想到这些，夏梅黛依的心中荡过一股怜悯之情。倘若一个做父亲的已经落下了这样的名声，人们又该怎样称呼他的妻子儿女？也许，他们也不再会拥有自己的名字，而被别人冠以某某叫花子之子，或某某叫花子之女。也许，他们还会重蹈覆辙去扮演父亲的角色。

可悲的是，夏梅黛依万万没有料到这个托合塔穆斯一出现，就张口闭口把她叫作"我的孩子"，这着实令她心中不悦。一般上了年纪的人，都习惯这样叫，她起先也没有在乎。可是，叫得太频繁了，夏梅黛依的心中就不免产生反感。最终，忽然一个晴天霹雳，竟把夏梅黛依惊得呆如木鸡。

"夏梅黛依，我的孩子！你曾是我和你的母亲那个以后生下的孩子，你懂吗？"

这个叫花子简直是信口雌黄。谁是她的母亲？"那个"是什么意思？夏梅黛依瞠目结舌，好半天也缓不过气来。母亲！夏梅黛依自有生以来，何曾记得自己有过母亲。如果说她有过母亲，在这个世界上，只有非姑姑玛格拉什莫属了。"那个"，天哪，这个卑鄙的人都说了些什么？

夏梅黛依永远也不会忘记，她三四岁的时候，母亲的概念才在她幼小的心灵确立。因为，她发现别的孩子，人人都有一个母亲。母亲们为孩子们穿衣，为女孩们洗脸梳头，偶尔还会打他们的耳光。这一切，使她心驰神往，甚至于那些耳光也是那样地亲切……于是这个可怜的孩子，便常常倚门而立，形影相吊地看着别人家的母子。每当这种时候，敏感的父亲就准确地捕捉到了女儿孤独的心。

"你站在那里干什么？"他说。

"抠鼻子呗！"

"过来。"他又说。她顺从地走过去，父亲的大手就揪住了她的鼻子。这是一个多么小巧的鼻子，像个小小的炸油果子。

"什么也没有嘛！那么干净，是这些吗？"他这样说着，佯装抠出了什么，并用指头弹掉了。有些问题，水到渠成才容易提出来的。当父亲"弹掉了什么"的那一刻，小夏梅黛依说：

"爸爸！为什么别的孩子都有妈妈……"

盲人别克拜斯明确地告诉女儿，她没有母亲，她是从他嘴里掉下来的。尽管夏梅黛依那时已经到了懂事的年龄，但是他还是如法炮制。这个善良的人，此生是断不可能像托合塔穆斯那样用"那个"之类词来说明她的出生和她的母亲，对他来说，那无疑等于作孽。但是，要为女儿找个母亲，并不是一件容易的事。不说他如今已进入不惑之年，力不从心，就是他当年风华正茂的年月，他心里也不曾有过对异性的向往。他知道自己是黑暗里的天使，因此，他一直恪守心愿，宁愿不硬为女儿找个母亲，也不容许自己对女儿说半句谎言。伟大的造物主，给每个人都设定了有限的生活空间，并让他们在其中完成生命的旅程。伊甸园里的亚当，五官完整，体格健壮，他和夏娃是最早一丝不挂来到这个生命世界的罪恶之躯。但他俩的结合，是光的恩惠，神也没有赏赐过什么。所以，他也认定了：既然自己孤独地来到了这个世界，就应该孤独地离去。造物主对他如此吝啬，他又何必委曲求全呢？

是的，别克拜斯这个老单身汉，就是这样恪守贞操的。他这一生经历过割礼的痛苦，却不曾享受与异性在一起的欢乐。他是纯洁的，他的纯洁，让他远离罪恶。其实，他完全可以对女儿说："我曾有过一个女人——这就是你母亲。可惜的是，她英年早逝了。"或者，"我跟她分道扬镳了"，等等。但是！但是！一个盲人的良知，却怎么也不允许他将自己白璧无瑕的过去，顺手扔进泥淖里去。

别克拜斯抚摸着女儿的小肩膀，毅然决然地想到该向她"澄清"一个"事实"。

"这有什么要紧的？"他又憋了一会儿说，"你的母亲就是玛格拉什姑姑呀！你是她生的，而我和她情同手足，有同一个父亲，你我都有母亲。"

从此，父女俩之间不再谈及此事。小夏梅黛依也不再倚门而立了，她的心踏实了。她确实看到了一个爱她、关心她的妈妈。因为姑姑隔三差五地总是在他们家照料他们父女俩。一切都显得那么祥和自然，她似乎没有必要搞清楚自己的出生了。久而久之，她便见怪不怪，有时甚至会相信自己真是从父亲嘴里掉出来的。

别克拜斯除了女儿一无所有。在他心目中，大千世界，天地日月，生命百态，全无意义。眼见为实，不见又何以为实呢？只有夏梅黛依的呼吸和心跳对他来讲是真实存在。这一切，还得托姐姐玛格拉什的福呀。

那一年，玛格拉什说她腹中有了孩子，不久生下了一双儿女。于是，人们纷纷前来她家道喜。两年后，玛格拉什就将大女儿拱手送进了别克拜斯的怀抱，说："看在真主的分上，这个孩子已经归你了。"

这个孩子就是夏梅黛依，大名叫夏梅努尔。

这孩子是姐姐的亲骨肉，是他的亲侄女儿。她就像黑暗中的一盏明灯，照亮了他的心，使他的生活豁然通明。从此，他的生活有了奔头，生命也有了新的意义。他的身心温暖了，呼吸通畅了，心胸开阔了。一老一小，两个生命，就像春天一样，生机盎然。女儿向他走来的时候，他说：

"我的宝贝来了。"女儿离他走去的时候，他说：

"我的宝贝走了。"他的嗅觉和听觉，从此变得更加敏锐。

按通常的生命法则，一个人是不可能避开山川树木、空气和泥土而独立生存，否则，他只有葬身冰冷潮湿的黄土。然而我们似乎不能用这个法则来要求一个天生失明的人。因为，造物者没有赐给他享受色彩的权利，但是他会用自己的方式来享受生活。这个方式，就深藏在他根根肋条后边，那如公牛的胸怀一样宽广的内心世界。因为，他也是血肉之躯，有一腔热血和七情六欲。夏梅黛依虽是女流之辈，但她的聪明、贤惠、善良，占据了他柔情似水的心田，令他感到了知足和欣慰。然而，是怎样一张邪恶之口，竟能说出这孩子是"那个"的结果哟！

夏梅黛依的羊群里有一头神奇的黑山羊。平常，她把它当作保护神一样看待。这头山羊，身上的毛又黑又亮，还有一双火红的眼睛，这双眼睛，每天清晨和黄昏都发出幽蓝的光芒。这是一头出色的领头羊，懂得主人的指示，招之即来，挥之即去。但今天，这只羊，竟步步跟在托合塔穆斯身后，嗅他的靴子，嗅他的裤腿。得意的托合塔穆斯咧嘴笑道：

"哦！你这神圣的主宰，它肯定是得到了什么启示。"他说着，像占卜似的嘟囔着轻声祷告了些什么，然后从山羊嘴上抹了些口水，虔诚地涂到自己身上。而这头混账的山羊，竟也毫无眼色地把嘴角剩下的口水，涂到了他的衣襟上。真是晦气！夏梅黛依开始感到有些害怕了，她很不高兴地瞪了黑山羊一眼，搞不明白究竟是什么让这两个家伙如此配合默契。这只山羊不是一只平常的山羊，它几乎象征他们一家财富的兴衰呀！哦，真主，求你千万不要坏了这只山羊的良心。谁会相信，一只出色的领头羊怎么就会鬼使神差地被一个破家危国的叫花子搞得团团转？也许，可以做这样的推测或解释：叫花子大多是蓬头垢面的，他们的体臭中散发着汗腺分泌出来的盐和气味，而食草的牲畜需要补钠，也就是说他身上有钠。那么你就好好地嗅吧！你这只黑色的魔鬼，嗅嗅他有多么地臭气熏天。他一年四季，就这么一张黑皮，黑皮上的汗臭一定无与伦比，就像三伏天公骆驼四肢下的汗臭一样味浓。你们这些魔鬼不是常常钻到它们的肚皮底下去舔吗？

托合塔穆斯宠爱地摸着山羊的头，突然在它耳朵上发现了什么似的说：

"这是什么？"

"印记！"

"是表示什么字吗？"

"W。"这是一个用烙铁打下的印记。

四年前，夏梅黛依的父亲曾把他们的家谱一五一十地告诉过她。父亲说："我们的祖父的祖父曾是个有钱人，并拥有自家的印记。这就是这个'W'。而'W'取的是曾祖父名字的第一个音，他的全名叫萨尔曼。"对于别克拜斯来说，与四年前承包牧场，家畜纷纷归圈时的幸福体验相比，二十年前搞集体化时，牲畜们被风卷残云般赶走时留给他的那份绝望更令他难以忘怀。他好像亲眼看见过那种羊落虎口，人喊马嘶，乱糟糟的场景。而实际上，那时候，他的家产寥寥无几，只能供他一家人勉强维持生活。尽管他那时年轻力壮，但一双毫无知觉的眼睛，却使他看不见天下究竟发生了什么。人家平白无故拿走了属于他的东西，他竟无回天之力。于是一怒之下，他自暴自弃，把家里剩下的东西一股脑扔出了门外。这时，他听到了奥哈迪老人的高声呐喊：

"不能绝望！绝望是魔障。"这个喊声苍劲有力，以至于别克拜斯多年以后仍然觉得如雷贯耳。老奥哈迪把别克拜斯扔出来的东西一个一个捡了回来，并从中拿出一个碗、一个盘子和一把铁勺，放在他手中说：

"这些都是你的，你有权利拥有它们。盘子是用来盛菜的，碗是用来喝粥的。如果你走运，可以用这把勺子来填饱肚子。"别克拜斯似懂非懂。人说，时间过半，天地换新。但那个年月，根本没有用五十年，连五年，五个月，甚至五天都没用，一夜之间便发生了天翻地覆的变化，一千个人有一千张嘴，一千户人家，原本也有一千口锅。然而，就是那一夜的变化，竟把千家万户都收拢到了一个锅台前。于是，人们就像嗷嗷待哺的雏鸟，伸长了脖子，张大了嘴巴，漫天求食。至于秩序的混乱局面，何曾有人预料过？别说孤陋寡闻的别克拜斯，就是那些耳聪目明的人也不一定领教过。好在世间还是好人居多，他们暂时没有让别克拜斯去体验排长队的辛劳。也许是他手中那个干枯的盲人杖唤起了他们的同情心。当一个盲人为吃上一口饭，手杖戳戳点点地走向锅台的时候，谁又能忍心挡住他的去路呢？因此，那根盲人杖也就总是率先于他到达锅台。而他就像一名孤傲、清高的使者，来去如风，畅通无阻，全然不像两旁的队列里等待就餐的人们那样辛苦。对他来说，政府和主宰都一样。周围这些蠕动着的身躯，也与蚂蚁或昆虫毫无不同。世上只有两个人的存在，对他是有意义的。一个是女儿夏梅黛依——他的生命支柱；另一个是老奥哈迪——他的主心骨。别克拜斯虽然不可能看见真主，但他相信世界是有主宰的。他想，也许那些有眼的人有幸目睹过主的圣光。于是他便面对长空，长久发呆。时间长了，他就热血沸腾起来。如果没有某种神奇的力量，他怎么就会有了飘飘欲仙的幻觉呢？他仿佛解脱了什么，如释重负。他甚至仿佛听到了一些来自远方，来自宇宙，来自高山雪顶和荒山旷野的声响在他耳边低声长鸣。那些面朝黄土的人们，能眼观六路，耳听八方，比孤陋寡闻的盲人见多识广，只可惜他们耳闻目睹的仅仅是这大地上的一切。而别克拜斯却听到了宇宙的声音，这宇宙和世界的声音是如此丰富多彩。它时而波澜壮阔，时而柔声细语；时而如歌如吟，时而鬼哭狼嚎。有些声响干脆是陌生的，莫非它们来自另一座星球？那么，近处的呢？除此之外，别克拜斯还听到了他熟悉的驼鸣、马嘶、鸟叫，还有青草声，它们就在自己的身边。别克拜斯有一双多么灵敏的耳朵！它们使他能听到这个世界任何一个细微的变化，包括命运的嬗变。这也更加证明了他的与众不同。

别克拜斯的屋后是一个巨大的慢坡，慢坡上是一片坟场。有人说，他们曾亲眼看见别克拜斯常常去那片墓地，像听涛的鸟儿一样倾听墓地发出的声响。这片墓地年代久远，墓围、墓墙、墓碑，大多已经坍塌，变成残垣断壁，看上去的确有可能发出阴曹地府的声响。对于伸手不见五指、听觉系统却异常敏锐的别克拜斯来讲，能捕捉到这里的声音，也许也是轻车熟路。特别是在黄昏的宁静中，这里的声音听起来会更加柔美动听，仿佛超度的僧人诵经时的长音，深邃而悠远。别克拜斯认为，老奥哈迪的声音，也如同这长音一般深不可测。老奥哈迪总是一语成谶，言必有中。他寥寥数语，就为别克拜斯濒临崩溃的生活理出一条主脉，并从凌乱的家什中挑出碗、碟和小勺，告诫他不能离开这三件看家之宝。他说，日后只有这三件东西是生存的保障。这样的"保障"，不仅对别克拜斯，其实对许多人也都至关重要。你也许会问，除了它们，还有大饭勺和大铁锅呢！难道它们就失去了"保障"意义吗？不错，只是如今一百人的食堂只需一个掌勺人，也就是说这一百人只需要一把大饭勺和一口大铁锅，而其他九十九人曾用过的大饭勺和大铁锅，自然也就没有了用武之地。它们就像遭了战乱的洗劫，结果必然东倒西歪，支离破碎。

通常，哈萨克人家的餐具数量都远远超出了一家人口的总数，别忘了，这可是一个以"热情好客"著称的民族。居家过日子谁家没有个远亲近邻、六朋九友、七大姑八大姨，谁家又能免得了常走亲访友。然而，时过境迁了，如今老百姓别说以餐具的多少来论家境的荣耀，恐怕爱串门子的习俗也该改变了。是的，老百姓的家境变了，它变得既非父系制，又非母系制，爹不像爹，娘不像娘，没有家长子女之分，男女老少全都一样。没有主人的家，又有什么存在的意义呢？现在的家不过是一个活物的栖身之地。也许，这是一次时代的飞跃，向无家之境的飞跃。既然家庭的存在都没有意义了，积累家产又有什么意思呢？也就是说：粮袋、碗袋、橱柜、酿酸奶的皮囊等都可以不用了，而锅碗瓢盆、油盐酱醋、奶酪奶饼、奶油什么的自然也就该悄悄地销声匿迹了。

过去，只有坟场是死亡之地，一片萧条冷寂，现在活人的宅园也变成了第二个无声之地，到处死气沉沉，充满着死亡的气息。这一变化给盲人别克拜斯带来了时间上的错位。过去，他总是靠生活的交响曲来感知白天与黑夜，黎明与黄昏。而现在他的世界一片迷乱，这使他常常想起过去的时光，想起他是怎样贪婪地把生活传给他的信息留在自己的心上。

"小心！酸奶从锅里溢出来了！"他听见邻居家的老太太这样喊着。老太太喊话使他从昏昏欲睡中猛然醒来。她的声音中有几分警告、不满和怨气。因为那时，这户人家的大姑娘正坐着灶前，往炉膛里送柴，而她知心的嫂嫂却诡秘地坐着她身边探寻她心中的秘密。姑嫂二人窃窃私语着，忘记了炉上的酸奶。姑娘的声音有几分羞涩，嫂嫂的声音却有几分泼辣。不用细听，老太太就能猜到她们的秘密。因为她也年轻过，也有过爱管闲事的嫂子，老太太担心的正是这个。否则，两个大活人守着个锅台，四只眼睛，怎么就可能眼睁睁地看着一锅奶子溢光呢？

是的！是的！生活是琐碎的。家里家外，房前房后，总是有人为生计忙碌着，好像有无数个巫师在手舞足蹈。家里来了远方的驸马，正为待嫁的姑娘举行仪式。这些声音对别克拜斯来说，简直是奢侈。他仿佛看见了异彩纷呈、流光溢彩的生活舞台，这舞台是那样地生动有趣。有人说，快去呀！不然就晚啦，牛犊会把母牛的奶全部吃光的。也有人说，快去开门，不然狗会咬伤客人的。还有两个人正绞尽脑汁为不知选择哪一只羊给客人品尝而发愁。别克拜斯甚至听见了他们触摸羊身的声音。

"快点吧！我们要渴死了，有茶快上！"一个丈夫这样对女人说。"把我的马鞍卸下来，然后把它放到你的枣红马旁边去！"一个老人对儿子说。这一前一后两个人听上去都是在发号施令。前者是一个大丈夫，而后者更是倚老卖老。

然而这一切都变了，都变了。父子、婆媳、爷孙、男女、老少，大家都是一个面孔。没有谁能使唤得了谁。于是便没人砍柴，便没人去挑水，人人各自为政，各从其志。试想，一旦生活的步伐突然间停滞不前了，结果会怎么样呢？人们竟莫名其妙地处于失语状态，笨嘴拙舌了，甚至不会愁，不会笑了。一切都变得鸦雀无声，老人们更是沉默寡言。餐桌上，锅灶旁也没有了生活的响声：屋外没有马，屋里没有化毡，枕头被高高放在被垛上，没有人再给客人倒水洗手。生活变得像亚历山大大帝死后留下的瘟疫。因此，人们没有必要为荣誉和利益而你争我夺，尖刻的婆婆和矫情的儿媳也没有必要为是是非非强词夺理。毛头小子，闹不闹事，全由你们。见你们的鬼去吧！

生活果然是变了，好在它的变化竟在无形中"解放了"千百年来忍辱负重的妇女。她们不再为锅碗瓢盆和油盐酱醋所困扰，而是像男人一样，高高地抬起了头，或与所有的人一样，只知道行走或者埋头大睡。然而，这一变化却使别克拜斯陷入了沉寂的深渊。他太寂寞，太无聊了。相比之下，坟地的静默似乎要比生活的静默更能令他接受。因为那里毕竟还能听到几声鬼叫。他感到身疲心瘁，每当黄昏来临便倒头大睡。他的屋后是一片死亡的坟场，屋前是一片死亡的村庄。多少个星月轮回，对他都毫无影响。他只能听见幽灵在墓地里偶尔走动，或听见两声凄厉的鸟鸣响彻遥远夜空。一晃就是二十年。二十年！

天下大事，自有始末。一旦你突然放开了堵塞已久的耳朵，一定会感到鹊起树林，举世哗然，你的身心会为之一振的。二十年后，当别克拜斯依旧躺在那面坟坡上苦熬时光的时候，也突然间捕捉到了这种快乐，他如梦初醒，坡下的村庄正生机盎然，人们熙来攘往。这情景把个别克拜斯搞得莫名其妙。一个高音喇叭里正播送一支轻松快乐的手风琴曲，唉！这究竟是怎么了？

别克拜斯万万没想到，过去被卷走的牲畜现在又回来了。老人和孩子们正忙着把各自分得的那一份家畜往家里赶。他们是如此忙碌，彼此间竟忘了寒暄。那些个孩子们凑的是什么热闹？他们并不曾体验过被剥夺的痛苦，难道人类就是这样天性就懂得"占有"的快乐吗？相形之下，大人们脸上挂着的笑容却是苦尽甘来。他们向孩子们大声命令着，赶回属于自己的一份家畜。是呀，他们手上的放羊棍，不再仅仅是随手捡来的树枝，而是生活赐予他们的权利了。这个权利将告诉他们：请管好自家的牲畜吧，不要让它们合进了别人家的牲畜群。

"对！把它们都拴紧喽，拴上一天两夜，饿不死它们。"有人这样说道。

"对！要紧的是先把牛犊拴好，拴好了牛犊，母牛自然不可能跑远的。"这又是那个刁钻的老太婆在命令儿媳妇。儿媳妇却说：

"妈，还是先挤奶吧，你看见咱家的挤奶桶了吗？我怎么找不到？也许它早就生锈了。"

是呀，那可是二十年前的挤奶桶啊！肯定是生锈了，不过别难过，你这个同龄人。二十年前，我们到你家做客的时候，记得你还是出水芙蓉，眉目如画。如今，你竟已是瘦颈平乳，人老珠黄。但是，别难过，手中有了可以挤奶的牲畜，暂时缺个把奶桶又有何妨。

别克拜斯听到了姐姐玛格拉什和女儿夏梅黛依的脚步声也来到了这块热闹的地方。夏梅黛依的声音叽叽喳喳，听起来，活像一只小鸟。但别克拜斯说不清楚这只正在试飞的小鸟，是在为自己初次飞上蓝天感到惊喜，还是感到恐惧：这是夏梅黛依有生以来，父亲听到的最响亮、最清脆的笑声。

别克拜斯分到了牲畜之后，便随姐姐和女儿把它们赶回了家。回家之后，别克拜斯的拐杖时常碰到一些又软又重的东西，他明白，这些都是血肉之躯呀！他听到了它们走动的声音，闻到了从它们身上散发出来的生命气息。这使他冰冷的心温暖起来。他常情不自禁地靠在一头一堵墙一般高大的牛背上，沉沉地呼一口气：

"俗话说：畜招畜，我们的日子会好起来的。"他又说，"是的，以后有的是心可操了！这些畜生长着腿脚，谁能保证它们不跑到别人家去？既然如此，那就只有趁热打铁，烙印烫迹了，只有这样才能分清你我。"

那是一个多么不同寻常的夜晚，天知道那一夜，有多少只绵羊被活生生割去了耳朵；又有多少匹马的屁股，被烧红的烙铁烫出一股股呛人的浓烟。人类的欲望膨胀起来是如此经不起诱惑，充满了嫉妒和疯狂。它离间人情，神不知鬼不觉，不疼不痒。而你一旦发觉，它竟已入骨三分。但是，如果你能明白，一只猛禽孵蛋时，它的那份谨慎后面透射着一股嫉妒的力量，它用这股力量抵御强敌，那你一定会说：去吧——人类，去用心呵护你们那一窝窝行将破壳而出的小鸟吧！

就这样，昔日崩溃了的家园，又如一只只雏鸟，活灵活现地破壳而出，并且羽毛丰满。

那个老奥哈迪虽然已经风烛残年，但依然顽强地活着。别克拜斯在坟坡上昏睡了二十年，奥哈迪在坟坡下的墙根旁，如堆枯柴一样等待了二十年。二十年哪！并非瞬间即逝。如果你鼓足力气细算，这二十年早已浩浩荡荡汇入岁月长河，你看不见它的源头，而新的一个二十年又已轮回人间。老奥哈迪，这个世纪的见证人也要完成最后使命了。因为他的记忆里还沉淀着这一代每户人家的族谱和族印。诸如：月印、斧印、瓢印、叉印、坐鞴印，或者别的什么印记。他还清楚地记得，每年开春时节，人们怎样在马屁股上、牛背上、骆驼腮上，用火铁烙下自家的印记。

这不是一场儿戏，而是一种方式，是千百年来人们划分私产的一种特别的方式，这种方式，用符号来证明自己的存在。

提到这一点，我们必须说一说奥哈迪老爷子最后的时光，千万不要认为，衰老已经使他丧失了智慧，因为对于生活，他历来心中有数。只是，那一年，当许多身上烙着不同族印的牲畜，包括众多的马匹，被滚滚尘埃汇在一起卷走的时候，一种迷茫感，使他陷入了痛苦的深渊。他像一头患了疯牛病的大牛犊，狠狠地甩自己的脑袋，却怎么也甩不掉黏液一般充斥在脑袋里的不适感。

一个人的迷失，无伤大局。只要天不绝人，国泰民安，不使百姓迷失安居与乐业，才是最重要的，但是事与愿违，屡见不鲜。老奥哈迪迷失之后不到一个月，老百姓的生活就都乱了方寸。黎明时分，因为他们

像惊巢的飞禽，纷纷离巢飞走，身后的巢也就门不闭户了。这巢今非昔
比，已经一无所有了。但还是那场景又唤醒了老奥哈迪迷失了的智慧。
他向别克拜斯大声呐喊道："不能绝望！绝望是魔障。"

　　有一天，清醒后的奥哈迪老爷子看见儿子阿勒达凯在门前倒腾一件
铁器，他的一双老眼一热，认出了那是别克拜斯家祖传的烙印。它怎么
会跑到自己家来了？老爷子仔细回想了一下，断定可能是那一次别克拜
斯一怒之下，扔出所有的家什的时候，一并扔出来的。因为这个印带着
个木柄，别克拜斯的力量又很大，结果一抛出，就远远地飞到了老爷子
的家门前。而他的儿子阿勒达凯自小喜欢摆弄铁器，一块被扔掉的铁，
自然不会逃出他的手心。老爷子问他：

　　"你在摆弄什么东西？"

　　他说：

　　"噢！一块废铁，可能是别克拜斯家的族印。"

　　老爷子又问：

　　"那你打算用它做什么？"

　　阿勒达凯在空中举了举"W"形的烙印，说：

　　"我想把它的柄换成长一点的，这样，就可以用它来作耙子，除草
平地很实用。"

　　"见你的鬼去吧！"老爷子劈头盖脸地对儿子说：

　　"简直是在胡扯。我不允许你糟践人家的传家之宝，它可是有先灵
保佑的，懂吗！除草平地？地是什么？是重欲之地！能把这样的东西带
到那样人踩人踏的地方耙粪搂土吗？你别以为这是个普通的生铁，它可
是有祖训的，像武士的金盔一样，是稀世之宝，甚至比它还要贵重。你
这个糊涂虫！"

　　老奥哈迪的愤怒没有就此结束，他拿着烙印气冲冲地来到了别克拜

斯家，把烙印重重地放在别克拜斯的手中：

"这是什么？好好摸摸。"他把手让这个盲人——他的亲家——他的儿媳妇的唯一兄弟摸这个不同寻常的铁印，并告诉他这个"W"形的烙印，是他的祖父巴依托热从遥远的科布多带的。巴依托热来的时候单枪匹马，孤身只影，但他的鞍梢上却挂着这个宝印。这个宝贝是他的祖父的祖父用过的。那个叫萨尔曼的人，曾是位家产万贯的人。

"我知道！"别克拜斯轻描淡写地说。虽然他多多少少知道这个"W"形烙印代表的是自己的祖先，但他并不知道其更深层的含义。

"好一个'我知道'！"固执的老头听出了别克拜斯的肤浅，索性摆开了龙门阵：

"是的，你是知道一些。但你知道的仅仅是皮毛。你却不知道萨尔曼晚年的时候，子孙们都家徒四壁，家境有多么落魄，到巴依托热那一代上，已经到了混不下去的地步，逼得他闯荡到了我们这一带。人哪！要是选对了路，自然会时来运转。巴依托热来了之后，惨淡经营，先后不过十年，就牛羊成群，又成了富有的人家。听老人家讲，他家的马群下山饮水的时候，几乎能把一条小河喝干喽！他家每年出生的马，光用这个烙印，就不下数百次。这在十二支阿巴克烈部落中都是首屈一指的。

"巴依托热来的时候虽然孤苦伶仃，但他骑的不是阉马，而是一匹种马，是一匹留着厚鬃的漂亮的大黑马，血肉中孕育着生命的种子。那个时候，好汉们都骑这种宝马。你在听吗？"老奥哈迪说着看了看别克拜斯的眼睛，又道，"他家的马群，就是那匹种马的造化……"老人又瞥了一眼坐着一旁的儿媳妇玛格拉什，"其实，那是真主的恩赐。真主想赐给你什么，就可以赐给你什么，不想赐给你了，就会拿回去，他慷慨又吝啬。所以，你们不要以为，这世上的一切都会一去不复返。这世界就像水银，是摇摆不定的。你推，它走，你招，它来。懂吗？"

"爸爸！那么现在这个烙印又该作何解释？……"

"对！你问的这个烙印实际上已经被废弃了，对吗？你是想说，这可能不是真主的旨意，而是愚蠢的人类之所为，对吗？要想明白它，不难，比方说政府，政府不过是一些人而已，就像神圣的凯撒是上帝之子，而他实际上只是个人一样。政府，是上帝在人间的使者，专门传授、执行上帝的旨意。而你们目光短浅，对此一无所知。因为你们缺乏信仰，对事物看不到源头，看不到结果，只看到一个过程，所以你们就看不到事物的本质。"说到这儿，老奥哈迪突然提高了嗓门，喊道：

"阿勒达凯！阿勒达凯！阿勒达凯在哪儿？"

"我在这儿。"老奥哈迪把儿子叫到身边，郑重其事地吩咐他把别克拜斯除了碗、碟、勺的东西，全部转存到他的大木箱子里去。

阿勒达凯是个令至即从、做事麻利的人，转眼间就把那些乱七八糟的东西，收拾了个干净利落。然后从屋里探出头来，等待下文。父亲的话，对他来讲是义不容辞的。于是，老奥哈迪从别克拜斯的手中拿过了那个宝印，对儿子说："你把这个包好了，放到大木箱的底层。记住，一定要用干毡或布把它包起来，不能让它受潮生锈了。它该好好地休息休息了，这样对它有好处。谁知道，也许现在的这一切，都是报应。只要天下魔鬼当道，上苍肯定是要给予惩罚的，就像远古时发大水一样。但老天终究还会拯救人类，尽管他永远不会显露原形，但他必然会借助于某种神奇力量，或一个先知，或一个英明伟大的人来拯救我们。"他停顿了一下，走向门口："到那个时候，也许我已不复存在。"他转过头来，"而你们一定会看到那一天，它也许就在不久的将来。真金不朽的。"说完，老人就走出了屋门。

果然，这个变化莫测的世界似乎又回到了原有的轨道上，经过二十年的苦炼，人们手头上又有了牛羊，尽管它们不比从前那样成群结队，但意义是相同的。因为，今天，别克拜斯家又用上了祖传宝印，而且没有任何异议，没有任何人与之争执。祖先们怎样用它划分家产，他也怎样划分家产。一切跟上百年来的传统如出一辙。然而，天有不测风云，谁也没有料到，大好时光里，竟突然出现了一张叫花子的邪恶的面孔。

"噢！瞧哇，瞧哇，这是什么？"托合塔穆斯小心翼翼地在手心里玩弄着那只黑山羊的一只耳朵，阴阳怪气地说。这只耳朵上也烙着那早已变成朽木、连遗骸都长了青苔的大富翁萨尔曼留下的"W"印记。但却令他妒火中烧：

"你们家所有的牲畜身上都烙着这个印记吗？"

夏梅黛依满脸狐疑地看了看这个鲁莽的人，然后"嗯"了一声，表示是这个。

"傻孩子，其实这群牲畜至少有一半儿应该归你。"托合塔穆斯这样说道，心里竟有一种跃跃欲试的感觉。他昂奋地又对夏梅黛依说：

"别以为它们是真主的恩赐，其实它们是政府分配的。政府分配牲畜，并不以名门望族为依据，而是根据人均多少来分配的，所以，这群羊的一半应该归夏梅黛依所有。"刚才，他已经肯定过这群羊数量为三百只，按数学计算，一百五十只是别克拜斯的，剩下的一百五十只是夏梅黛依的。但是，天哪！别克拜斯是谁？夏梅黛依又是谁？为什么要把他们父女分开来说呢？提到这个，托合塔穆斯说起了那个古老的萨尔曼：

"我的孩子，萨尔曼算什么？他并不是你的祖先，你这个糊涂的孩子，这都是真主的罪过。真令人伤脑筋！都是他让我和你误入歧途，对！都是他。他有多么愚蠢哪！如果他聪明，怎么会让我们俩骨肉分离呢？这对他来讲，是个重大的失误。

"不是同母生，定藏他人心嘛！如果你真是他家的……想想，你见过谁家的亲生女儿出来放羊？过去确实有过牧马姑娘，但谁见过哈萨克人家有牧羊女？……噢！我可怜的孩子，看你这张脸有多么憔悴，你的嘴唇也显出你的焦渴。你这样艰苦卓绝地在这崇山峻岭上放羊，而那两个邪恶的人却在门前的绿茵上，无忧无虑地享受生活，海阔天空地闲聊！"夏梅黛依腾地站立起来：

"不许你说他们是邪恶的人。"

"如果他们没有邪恶的灵魂，那个不知足的泼妇，为什么不让她的女儿出来放羊？"

"走开！你这个叫花子，究竟是什么人？敢如此侮辱我父亲和我姑姑！"

"噢！不要逼我，我的孩子！"托合塔穆斯这样哀求着，索性撕破脸皮，赤裸裸地说夏梅黛依是他和她母亲偷情生出来的孩子。

这对夏梅黛依来说，无疑是晴天响雷。于是，就有了先前捡起石头、痛打落水狗的那一幕。对自诩为一个好父亲的托合塔穆斯来说，遭到如此冷遇，还落了个"叫花子"的骂名，自然也是一个沉重的打击。

"哦！请你不要骂我是叫花子！"他"扑通"一声跪在地上，"求求你，怜悯我吧！我并不是因为日子好过了才来找你的哟！"

"那么你就走，滚！"

"好……我走……你让走，我又能奈何……只是……只是……"托合塔穆斯的来访，心怀叵测，只有他自己最明白。但是不论穷奢极欲使他多么卑鄙无耻，他依然是有着一副血肉心肠的。所以听到这个驹齿未落的孩子令人肝胆欲裂的哭喊时，竟也使他骨头发麻了：

"不要……不要叫我叫花子。你为什么要叫我是叫花子……"他说着，难以自持地失声痛哭起来，"你说我什么我都愿意，就是请你不要叫我叫花子了，我的心肝宝贝，我……我，"他停顿了一下，"哦！我的审判者——我的孩子，如果我不是叫花子，而真是你的亲生父亲的话，你又该怎么办呢？……"

这是一个小小的山梁。有趣的是，山梁的阴坡上，夏梅黛依像个突围的士兵，边打边撤，把仇恨都发泄在回避中。她爬上那个刻着岩画的岩石，是为了用它来作为自己的掩体，只有以防为攻，才是上策。因为，我们无法把她和托合塔穆斯的冲突，与岩画上两只将开战的雄羊相提并论，因为两头雄羊的争斗，是为了争夺繁殖后代的权力。雄羊是野生的，而人是智慧的，无需用犄角来证明自己的强大。因为，人有语言能力。倘若人如一匹马会咬人，而不是用石头来自卫，那么，人的舌头无疑与虎爪、狼爪、熊掌、蛇信，甚至雄羊犄角的用途，完全一样。

话又说回来了，即便两只雄羊怎样使尽浑身解数来对抗，它们的两只犄角也永远不可能像勇士的长矛那样得心应手。用石头来瞄准目标，打击对手，是人类的一大绝招儿。但是，相形之下这绝招儿还是没有语言这个武器更为准确和有力。作为它的对手，人类的耳朵显得非常不堪一击。所以，夏梅黛依的话，对托合塔穆斯简直成了一把利箭：

"滚开！滚开！叫花子！不要让我再看见你。"可悲的托合塔穆斯，在强大的语言攻势下，只有招架之功，而无回天之力，更没有能力去积攒怨恨。

从玛格拉什的声音中，我们可以听出她确实向弟弟别克拜斯隐瞒了什么。因为，她说话总是含糊其词，话到嘴边又咽回去了。如果弟弟有眼，定可以看出她脸上每个细微的变化。她又何至于如此呢？尽管她已经是一个中年妇女了，但脸上丰腴光亮的肌肉，仍然使她风韵不减当年。只是，眼圈上细细的皱折显出了她丰富的内心阅历。人就是这样，一些外在的不足，总要暴露他们生活的缺憾。随着时间的推移，她的缺憾多起来，脸上的表情也更复杂了。她早就看见了托合塔穆斯出现在羊群中。每看一眼，她的表情就要扭曲一次。

她身上的担子本来就不轻。两家人的吃喝拉撒，全在她肩上。眼前，这些饲料没有上垛，而牲畜过冬的圈棚也有待修缮，夏梅黛依已经长大成人。这是最令她牵肠挂肚的事。姑娘家上了十六七八，总要给生活带来一些新的话题，令做父母的人暗地里焦急。所以，哈萨克人说：该给姑娘找个幸福的栖息地了。如果她不能给夏梅黛依找个幸福的栖息地，又该如何呢？她脸上的表情会扭曲成什么样子呢？如果夏梅黛依一旦真的找到了幸福，那这个瞎眼弟弟的幸福，又在何处呢？可怜这个当姐姐的，为了这一切，真是伤透了脑筋。她头上仿佛戴着孙猴子的紧箍咒，生活的经念得越多，她的痛苦也就越深。

尽管她确实拥有一套分身术，但在托合塔穆斯的眼里她仍然是一个深谋远虑的女人。据说，从前有个与她一样的女人，一个诡计，就累死了四十匹骡子，那么，你这刁钻的女人——玛格拉什，你那能累死四十匹骡子的诡计如今何在？你不是很爱救济无辜吗？你在二十年前，能把别人的私生女抱回家来，今天怎么就没办法让一个没有爹娘的男青年落入你的圈套，做你上门女婿呢？

说起"上门女婿"，民间大有人在。"上门女婿"，多么动人的词汇，就像一只受宠的小狗一样可爱。按老规矩，女子应该是嫁到男方的门上的。但当一个无能的男人倒插门来的时候，他与一条可爱的宠物又有什么区别？所以哈萨克人把这样的女婿，叫作"小狗婿"。"小狗婿"，就像一些爱狗如命的孩子软缠硬磨从人家抱来的小花狗一样受宠。不同的是，小花狗要睡在门外，而小狗婿却要在岳丈家里占取一席之地罢了。

关于这个问题，虽然姑姑玛格拉什还毫无准备，但夏梅黛依早就有了她自己的打算。生活的重负，已经使她学会怎样用"心计"来求生存。而实际上，爱情也早已把她和心上人紧紧地拴在一起了，一个小伙子几乎成了他家的常客。父亲问："他是谁？"她说：

"邻居家的孩子。"

对付一个双目失明的人，是轻而易举的事，她只需说这个男青年家的山羊羔，混入了我们家的羊群，他是来赶它们回家的，就行了。不过，它们既然"混"进来了，再混进几个小畜生又有什么可值得大惊小怪的呢。只要它们不赖在咱家的羊圈不走就行了，别克拜斯常常听这两个青年边说边笑地走去。女儿说他是孩子，但别克拜斯分明听得出这个"孩子"，已不再有童音了，他的声音是在走向成熟的。他肯定已经是个青年人了。重要的是，他的出现，使夏梅黛依的笑声充满了幸福与喜悦。而这种喜悦，是别克拜斯以前所没有听到过的。他明白了，从此，他不再拥有女儿那充满稚气的笑声了。

别克拜斯不可能想得更远了，因为这笑声，是他从没体验的。他虽然曾经拥有过这般似水年华，他的小山羊羔们也曾混进别人家的羊群里。但他是个盲人，所以，他天生注定不会听到姑娘们动人的笑声。今天，他才从女儿的笑声听出了这笑声蕴藏的另外一种魅力。可怜天下父母心，如果他们能亲眼看见女儿笑起来的时候那张动人的笑脸，那副美丽的身段，也许他也会陶醉的。

那些小羊羔们为什么总是爱混入别人家的羊群？为什么要离开自己的母亲？这些贪玩的小东西，看见灌木丛就钻进灌木丛里去，无论河畔，还是悬崖，都是它们探险的好去处。这种游戏，叫作"少年游戏"。只可惜，时光总是转眼即逝。

少男少女，时常陷入这样的游戏中不能自拔，当游戏点燃爱情之火的时候，他们才如梦初醒地发现爱情是如此甜蜜。相比之下，财富的诱惑，竟像身外之物。但生活，终究会实实在在地来到他们的身边。但是！夏梅黛依，你这个聪明的姑娘，你和别人不一样，别的女孩儿都有父母，而你没有母亲，父亲也不是一个健全的人。所以，你的婚事该怎么办呢？是否该把父亲和你一块儿嫁出去？哦，也许你会把他孤独地抛在身后。关于小狗婿的问题，夏梅黛依已经向她心爱的人摊了底牌，她已经决定要与父亲同住一个屋檐下了。

摆在她面前的有两种选择：一是爱情，另一是父亲。父亲，意味着锅碗瓢盆，一个家园，还有那乱糟糟的畜圈，以及一个残疾的躯壳。偏偏这一切是她最牵肠挂肚，放心不下的。可怜的父亲，他是多么善良。自有生以来，她从没有见过他红过脸。她要是嫁人出门，怎么能忍心抛下他呢？要是不嫁，一个成年的女子，又何以面对自己的未来？且不说她本人，就是父亲也不可能让她死守家门。有一天，她曾听到父亲对姑姑说怕自己连累了她，这使她肝肠寸断，进退维谷。她留恋那无忧无虑的过去，怀念小时候给父亲挠痒痒的情景。那时候他们父女俩是那样幸福。父亲的脖子上有一个红红的小肉痣，像个红豆一样，父亲总是让她抠，只要她的小手抠动了那颗痣，父亲就会酣然入梦。后来，她渐渐长大，不再与父亲睡在一起，那颗红色的痣就失去了红润。夏梅黛依虽然不曾吸吮母亲的乳头，但那颗红痣，通过她的小指尖，给了她母亲的温暖，她一生的幸福和爱，也就因此系在了这个红痣上。难道这颗红痣要与她断绝缘分了吗？愿安拉保佑。几乎整整一个星期的时光，夏梅黛依都惶惶不可终日。她爬上羊群遍野的高峰，见山是泪，见水还是泪。他们的家园，就在山下。可怜的老父亲拿着拐杖在门前戳戳点点，仿佛在寻找一个遗失的宝物。不，他是幸福的，是充实的，他的一生不曾遗失过任何东西。这个远远地坐着山坡上的姑娘，每一声呼吸，不都是他充实人生的见证吗？但是，按照生活的逻辑，夏梅黛依和父亲虽然拥有过充实的过去，不一定意味着要拥有充实的未来，这就是生活的岔路口。

一辆牛车往东走会死牛，往西走会毁车。只有选择一个两全其美的办法，才是摆脱困境的唯一出路。

于是，夏梅黛依就得到了小花狗。"天哪！你这是让我们蒙受耻辱！"当那个心上人向他的父母挑明了事情的原委的时候，他们的家就炸开了锅："难道这天下的姑娘都死绝了，让你偏偏看上了瞎子别克拜斯的放羊姑娘？"

"这个窝囊废都说了些什么？哪有不娶妻过门，却要倒插门儿的道理？"

"瞧吧！你一定会被人当小狗使唤的。"

"当小狗使唤倒也罢了，只怕是人家要让你跟在屁股后边哩！"没想到，他父亲和母亲只开了话头，他的哥哥、姐姐、嫂嫂都七嘴八舌地拥上来。险些把他淹没在唾沫里，像叼羊一样，扯得他晕头转向。

这事儿，使两个年轻人的爱情蒙上了阴影。现在的人都循规蹈矩，不再像古时候那样刀枪相见。因为现在不是呼唤激情，而是呼唤理性的时代，爱情不再由爱来引导，而是由理性来控制。而理性又是受生活牵制的。然而，爱情之火一旦点燃，要让它熄灭，谈何容易。她的情人甚至发过不是做小狗，而是做小猪的誓言。尽管，他俩的爱情之路步履维艰，但他们依旧形影不离。他早出晚归，家里人几乎看不见他的踪影。

"这厮每天都上哪里去了？"终于有一天，他的两个哥哥在山坡上的夏梅黛依的羊群边的一簇灌木丛里抓住了他。据说他大哥把他拴在自家的毡包里，一拴就是三天。这事儿重重地伤害了夏梅黛依的自尊心，她一气之下，抛下了羊群，跑到姑姑家里去，表示她再不愿当什么牧羊姑娘了。害得瞎眼的父亲，一路摸索着，翻山越岭，最终凭借狗叫的声音，才找到姐姐的家。然后父女相见，抱头痛哭，夏梅黛依第一次明白自己对父亲犯下了不可饶恕的罪过，便"扑通"一声跪在他面前，请求他宽恕。

从此，时过境迁，心不烦了，泪也干了。这一对青年，毕竟不是传说中以身殉情的阔孜与巴燕、莱丽与麦吉侬。夏梅黛侬的心平静了，一如既往地打柴、放羊。而那个"小狗婿"也不再来她家的绿茵上打滚儿撒娇了。

我们已经知道，夏梅黛侬给他亮过底牌："你想娶我，就必须当小狗婿，否则，另听尊便。你完全可以去伺候爹娘，而我必须照顾我的父亲，我别无选择。"话既到此，一切都明了。小狗婿必须先迈开右脚，抛弃一切私念，入赘妻门。

然而，无论现实怎样把夏梅黛侬的婚事在知情人面前演绎得淋漓尽致，而对无法知情的别克拜斯来讲，依然是个不知之谜。但它就像潜伏在肌肤里的暗疮，迟早是要露头的。一旦它破肤而出，对别克拜斯心灵的伤害，无疑是沉痛的。为此，姐姐玛格拉什梦想着能得到一个妙方，既戳穿脓包，又不伤害弟弟，而且还要尽快地治愈它。

可悲的是，祸不单行，旧伤未愈，这半路又杀出了个叫花子。玛格拉什不知道这个叫花子对夏梅黛侬说了些什么，玛格拉什对这一带了如指掌，也清楚岩画上一对行将开战的雄羊为什么而决斗。难道那个无能的叫花子也像它们一样，需要后代了吗？也许，他需要的并不是子女，而是财富吧。否则，他怎么会拖着他那如僵尸一般的躯壳，出现在羊群里呢？玛格拉什不禁自觉好笑。没想到，这牲畜中也有不劳而获的家伙。瞧那匹花斑马，它竟躺在地上吃草哩。玛格拉什的笑，是不是有些过分了？常言道："一不能笑看弱畜，二不能笑看叫花子。"谁没个落难的时候，都怪欲望，让人不择手段。托合塔穆斯和黑山羊一样，不过是为了获得欲望满足而已。不同的是，牲畜要吃盐，而人要钞票。

夏梅黛侬的羊群已经翻过了那个小山梁，下到沟底下。而那匹可怜的花斑马，却卧在地上没有动地方。可怜的家伙，可能是吃饱了，懒得动了。刚才，玛格拉什和弟弟说话时，没有看见，它的主人拉它的那一幕有多么精彩。他生拉硬拽也没有把它从地上拉起来，只好作罢。今天晚上，它的主人恐怕是要就近留宿了，因为，那匹懒马肯定不能带他回家了。

玛格拉什抬起头来，极目远眺，忽然看见自己的丈夫阿勒达凯已经出现在草场的另一端，飞快地割着草。这个勤奋的人，准是干完了自己家的活，又马不停蹄地来帮忙了。他手中的大草镰在绿草上一闪一闪，反射出一道道寒光。这一把全钢的镰刀，是早年从俄罗斯买来的，它千磨万砺，久经沙场，一旦挥将起来，似乎能斩断一切，哪怕是空气，也会被它一劈两半儿。有位哲人说："锋利是刀的生命。"正是这锋利的特性，使这把镰刀依然不减当年。如果，玛格拉什没有记错的话，这把镰刀比她更早来到阿勒达凯的家。精心的爱护，使它依然崭新如初。当年，老奥哈迪就宝印对别克拜斯说的那番话，同样也曾对自己的儿子说过："请把它用干毡包好放起来，有朝一日你会用到它。天生我材必有用嘛，真主既然赐给大地这样辽阔的草场，也总会给我们一块小绿茵的，那时候，它会让你大显身手。"

虽然，当年玛格拉什对这番话里的自我意识有所感悟，但对自我的呼唤她是想也不敢想的。因为，那个时候，集体行动是一种时尚。但，人的私欲总是不安分的。据说有个老头，领着孙子来到一块地边，打下桩子，并立下了遗嘱说："这块地是咱家的。总有一天，人家会还给我们。你要记住地方就是了，到时候，指给人家看，就少了许多麻烦。"

令玛格拉什感到不可思议的是，他们家的这把镰刀，与弟弟别克拜斯家的那个家印，还有那个老头在田边打下的木桩，竟有某种惊人的相似之处。镰刀与宝印被埋藏在隐蔽的地方，那木桩被隐埋在泥土之下，这三件东西，仿佛都隐居下来，准备有朝一日"反攻倒算"一样。这是一个多么令人费解的难题呀。玛格拉什不要说解开这个谜底，即使想起来心里就觉发怵。最终，老奥哈迪把这个谜底藏在了箱底。而那个固执的老头，却成了一个活样板让人批斗，只有天知道，他们俩的动机都是相同的呀。所以，每每想起这个，玛格拉什总要在心底说："幸亏奥哈迪这个老头隐藏得深，否则他的儿子阿勒达凯，还有我自己、别克拜斯都会受到牵连。而别克拜斯天生注定是个无辜的人。如果他受株连，岂不哀哉。"

阿勒达凯可能是世上最老实的人了。他属于那种睁眼瞎式的人物，明明长着一对明亮的大眼睛，却什么都看不见。他就像一块抹布，任人摆布，摆布他的人就是父亲奥哈迪和老婆玛格拉什。让他站，让他走，他一概听命，一切听从别人的安排。过去牲畜是自家的，他就为自家放羊，后来畜群归公家，他就连人同归了公家。有人说：

"叫你放羊，去吗？"

他说：

"去就去吧！"说话的时候，他既不喜悦，也不难过，一切都平淡如水。

老奥哈迪的预言应验了，牧群又回到了老百姓手中，而且还有了牧场。是呀，有牲畜怎么能没有牧场呢？老百姓最先分到的是冬牧场。为了方便，阿勒达凯几次"上书"上级，才把他的冬草场争取到了别克拜斯的冬牧场旁。尽管，这个草场向阳，而且多石，但山沟里有很厚的植被。分到地的时候，正是饲草成熟的季节，老奥哈迪还健在。有人说，这个时候，老奥哈迪可能上百岁了。其实关于这个问题，老人自己都说不清楚。有一天，他把阿勒达凯叫到身边说：

"快去拿来吧！"

　　阿勒达凯一脸狐疑，一时不明白他指的什么，想了半天，恍然大悟。然后，一溜烟儿地跑去拿来了那把镰刀。父亲说打开，他就打开了包。父亲说把它擦一下，他就磨亮了刀。当这把镰刀又明晃晃地发出寒光的时候，全家人看到了多年来阿勒达凯脸上的难得的笑容。是呀，过去，父亲让他藏，他就藏起来了。今天，父亲又让他拿出来了。这一切看似平常，但它绝不是一件普通的事。它意味着人们的生存又上了正道。他们将通过劳动，获得福分。这是一段生活的缩影。有了这把镰刀，就等于有了一捆一捆饲料和高高的草垛，而草垛下将牛羊满圈。

　　然而，老奥哈迪毕竟太老了，老得总在子女面前出洋相，孩子们都笑他爱老调重弹。他说，过去，他们的家族，大小也是一个乌库尔泰，头人叫作巴依哈达穆。如今，他们都命归黄泉，就剩他一个人还活在世上。想想，他也该走了。但是，这几年来，他似乎又不怎么爱说这话了。也许，他是真的老糊涂了吧。

　　有一天，一家人又提起了此事。不知是哪个孩子说：

　　"唉！咱爷爷，这几年怎么不提他的乌库尔泰了？"

　　又有一个孩子应道：

　　"对！我忘了那个头人叫什么名字了！"

　　大家一阵大笑。

　　"头人是巴依哈达穆。"玛格拉什笑着回答道。大家又笑起来，而阿勒达凯只是抿了一下嘴角，他当然也感到这上了百岁的老人不想死的确是有些可笑。但他对这种笑料并不投入，因为，老奥哈迪退出生活，就等于他这个做儿子的肩上的担子要加重了，所以他有些木然。

　　玛格拉什远远地看着丈夫阿勒达凯的背影，心绪竟有几分酸楚。阿勒达凯突然停下了手中的草镰，草镰的寒光在阳光下一闪，落进了草丛。他并没有向这边看，而是把头转向另一个方向。玛格拉什想他是不是又看见什么令他生气的东西。她平时总笑他太琐碎，鸡毛蒜皮的事儿能惹他不痛快。比如，只要野鸽子落在了草丛，他就愤愤不平地轰走它们。

野鸽子能吃掉多少东西？但阿勒达凯认为，百草中自有好草，而好草的种子是珍贵的。野鸽子不懂得这些，它们会用灵巧的嘴，吃掉最精良的草种，岂不造孽？

人说初产的母马和初产的母牛，都爱子心切。如果，你要靠近它们的小宝宝，它们就会愤怒地瞪直了眼睛，撑圆了鼻孔，对你表示极度的不满。不留神，你甚至会遭到它们的攻击。

阿勒达凯就像初产的母牛，你不要贸然进入他的家园，或者冲入他家的羊群，那是对他的冒犯。看见他的羊群的时候，哪怕一只山羊，你也应该谨慎地对待，否则，他会骂你个狗血喷头。

玛格拉什猜定，丈夫肯定是看见了什么令他不悦的事。果然，阿勒达凯看见一个黑影子在别克拜斯的羊群旁闪过。他顿时想到了要为羊群避避邪，哪怕撩一下衣襟呢。过去，一旦有小羊羔患病，阿勒达凯总是踏破了铁鞋，从什么地方请来懂神道的人，为它辟邪除灾。他们在黄昏羊群牧归之后，会在圈子中央升起一堆篝火，让羊群围拢火堆，然后，由那巫师挥起松明灯，既除了妖魔，又为羊群消了毒。可谓一举两得。这就像郎中为病人喷水治病一样。那么，现在，阿勒达凯要除的妖魔，究竟是谁呢？他看清楚了，正是那个不自量力的托合塔穆斯，他在阿勒达凯的眼里简直就是瘟疫。

黄昏即将来临。别克拜斯看到周围的一切都朦朦胧胧的，空气中有风声在颤抖。遥远的松林里传来了几声禽类的长鸣，它们仿佛正飞过林海。别克拜斯知道，刚才，他的羊群就在对面的山坡上。因为他可以听到绵羊们的蹄子碰响了山石，踏过了青草，它们的嘴咬断了草茎，它们的肺发出了呼吸。一切都是活生生的，像一个动人的故事，或一曲优美的歌谣，听得他如痴如醉。现在，像又听见羊群们正纷纷下了山冈，拥进了谷底。山坡上的碎石被带下了坡，发出哗哗啦啦的声响。这一带，地势比较平缓安全。他的盲人杖，几乎带着他走遍了这一带的沟沟梁梁。他知道，那些羊群一定到了刚才的那个坡下的沟里那一个小山湾了。羊群到了沟底，声音传递虽然受到了一些阻碍，但别克拜斯敏锐的听觉，还是隐隐约约地听出了一种异样的声音，这是阿勒达凯在发怒。他的声音很不连贯，显然是有什么人惹怒了这个性格内向的人。下午，当羊群还在山坡上的时候，别克拜斯记得自己隐约听见女儿夏梅黛依也发出过这样的愤怒。别克拜斯今天一直有种不祥的预感，而此刻，他更加强烈地感到，在那个山沟里，空气变得异常稠密，并在颤抖。如果姐姐玛格拉什闭上了眼睛，一定也会有此同感。

　　别克拜斯分明听见两个男人的争吵声。他下意识地把头转向了玛格拉什，请求解答。但她这边，似乎很平静，什么事也没有发生一样。那两个人的声音越来越大，争吵也越来越激烈，仿佛空气中只有两只猛禽，正在争夺一个猎物。有人好像跑开了，又站住了，别克拜斯听出了这个人的对手是阿勒达凯。而且，他还清清楚楚地听到这个人大声说：

　　"她是我的骨肉。"

　　然后那个人没有再说什么，而是绕过了那个小湾。一切又恢复了平静，像什么事儿也没有发生似的。阿勒达凯把羊群赶了回来，脸色显得平静如常。

　　"你是阿勒达凯吗？"别克拜斯问。

　　"是我。"

　　"你来了吗？"

　　"对！我来了。"

"刚才怎么了？"

"没什么——"阿勒达凯什么话也没有说，自己又在一边割起草来，那草镰只在草地上拨拉了两下，就割掉房基大小的一块草地上的绿草了，他的动作是如此熟练，一路割过去，仿佛是散步一样，不一会儿工夫，就割倒了一大片草，脚底下竟没有受到任何阻碍。两年前，别克拜斯曾摸索着把这里的石头都捡干净了，所以这会儿阿勒达凯的草镰也能畅割无阻。不过，毕竟他手中的镰刀，是他心爱的镰刀，就像猛兽的血对猛兽的生命有重要的意义一样。但是，他这无声的动作中，是不是透出了一点愤怒？对，是那个叫花子的狂言在折磨他。"他是我的骨肉！"他想起了小时候，他父亲牵着他的小手去拜毛拉学经的时候，就说过这样的话。父亲说："求毛拉好好指教这孩子。他的心归你，但骨肉还是我的。"想到这儿，他突然停下手中的镰刀，好像明白了什么：难道玛格拉什当初抱来的孩子，真是这个混蛋的骨肉……就是那个猫崽……？那个猫崽！

阿勒达凯怅然打住了思绪，将手中的大草镰猛地一挥，然后马不停蹄地割起草来，草镰仿佛被重新启动的机器，"唰、唰、唰"地往前割着，无名的杂草们随着草镰抹过，齐刷刷地倒向一边。空气中，青草的芬芳也越来越浓烈了。"唰、唰、唰"这声音听起来，就像一首哀婉的库木孜乐曲，如泣如诉。仿佛他手中的不是镰刀，而是一把库木孜琴。有这样的"好琴"，琴手又怎么控制自己满腔的激情呢？

但是，阿勒达凯呀阿勒达凯，他原本就不是一个多愁善感的人。他最痛恨的也就是那种自怨自弃的人。与其老我心，不如老我身。他认为无论什么事，只要动之于实，才是最有意义的。生活就像拉手风琴，你只有让你的十个指头全部参与了，你才能奏出动人的乐章。这就是他的生活逻辑。这个逻辑不是做学问做出来的，而是生活赐给他的。尽管它与逻辑的公式相去甚远，但它的质朴，更使阿勒达凯显得淳朴自然。

不过，阿勒达凯，不管你多么固执，我们还是想劝你，不要打住你刚才的思绪，你应该再琢磨琢磨那个有关"猫崽"的话题。这是多年以前的事情。

那一年的一个黄昏，玛格拉什突然抱来了一包东西，她说：

"快让开道，我们家来了客人。"她说着，把那一包东西放在炕上，然后神秘兮兮地看了看他，又小心翼翼地打开了那个包。原来，包里是一个小襁褓，而襁褓里的是一个刚刚出生的婴儿。它留给了阿勒达凯的第一个印象，就是一个"猫崽"。对这个不速之客，阿勒达凯没有表示任何异议，也没有寻根问底。因为，玛格拉什是她的全部。

外人一定会认为玛格拉什准是疯了。因为她自己就已经身怀有孕，而且已经足月临产。腹中的未来，怀里的倒捷足先登，岂不怪哉？但是，玛格拉什镇定自若，仿佛把一切设计好了。她说：

"阿勒达凯，这事儿你可不能对外人说。"其实，她的担心毫无必要。阿勒达凯的性格一如既往，这风声又何以从他嘴里走漏呢？他甚至不会问这孩子的来路。玛格拉什看见他正在忙着摆弄孩子的尿布。

"这孩子头大，像个男孩子。"他说。

"去你的，她是个千金。给我！"她抱过孩子，用襁褓包好，"阿勒达凯，听着，"她转向他的脸，看着他的眼睛说，"我们必须把孩子放在里屋，不会有任何人知道她。过些日子，等我生了，我们就有一对'双胞胎'，你明白我的意思吗？"

阿勒达凯疑惑不解地点了点头，一切交由玛格拉什处理。果然，没过多久，人们就听说玛格拉什生了一对"双胞胎"，两个都是女儿。两年以后，玛格拉什就把头生的女孩子过继给了弟弟别克拜斯收养。虽然这事儿的背后隐藏着对别克拜斯的欺骗，但他却毫无怀疑地认定了这个孩子是姐姐的亲骨肉。而姐姐的亲骨肉，也就是他自己的亲骨肉。

这就是有关"猫崽"的故事。随着岁月的流逝，这个故事也早已经不再是什么故事。但是，阿勒达凯却怎么也不会想到，这个故事今天似乎要重温旧梦了。他的"骨肉"？他又是何许人也？阿勒达凯的感觉是："强盗来了。"

老天哪！如果可怜的瞎子一旦丧失了十九年的生活希望，他将会怎样？夏梅黛依是一盏明灯，照亮着他黑暗空洞的心，难道这盏灯就要熄灭，或像原子弹爆炸一样用它的辐射，将盲人心中的一切都夷为平地吗？今天，玛格拉什正是为这个令人担忧的事，前来拜访弟弟的。一切都是她"导演"的，是她把人家的私生子抱了回来，并谎称是自己的骨肉，送给弟弟收养的。这个弥天大谎呀！最可悲的是，如果被欺骗的人是个健全的人，倒也罢了，但对一个盲人，这谎言竟捏造得如此天衣无缝。事到如今，千怨万恨，都要怪这个不公平的命运，竟残酷无情地把那个骑花斑马的叫花子推到了他们的面前。

"孩子是我的，夏梅黛依是我的女儿。"这是前几天，托合塔穆斯托人送给玛格拉什的话。他还有句忠告：强中自有强中手！他显然是已经瞄准了玛格拉什。听了之后，她目瞪口呆，仿佛天要塌下来一般。这个打击，对她来说，真是太突然了。而且正击中要害。

提起这个对手，话题又要回到十九年前了。那实际上是玛格拉什同自己的良心做的一笔交易，这个交易的动因，完全出自她对弟弟的爱。她和兄弟自小一起长大，情同手足，但是，男大当婚，女大当嫁。他们俩最终会对各自的未来做出新的选择，她结婚出嫁了，就是外姓之人，不可能把自己永远拴在弟弟的鞍鞯上走过人生。但是，别克拜斯到了而立之年后仍无动静。眼看着时光流逝，她自己也不再年轻。而且，一步之间，有旦夕祸福，谁能保准自己的一生会一帆风顺？这一焦虑，常使她为瞎眼弟弟的未来深深地捏着一把汗。以至于她的内心，总是山穷水尽。有一日，她便悠然萌生了有关"双胞胎"的妙策。于是她将计就计，去某家医院办了个收养弃婴的登记手续。据说这里常常有被"父母"抛弃的私生子。玛格拉什需要的正是这样的孩子。这个社会嘛，谁敢说每一个降临人世的新生儿，就都会有幸得到父母的监护？一失足成千古恨，耻辱与生存的需要，常常逼着这些孩子们的母亲做出最沉痛的选择——抛弃他们。所幸的是，这些可怜的孩子却无形中多了一层诱人的光彩。即所谓："大姑娘生的孩子，人见人爱。"夏梅黛依正是这样的孩子。

夏梅黛依的母亲，毕竟不是过去的女人——未婚先孕，自己作践自己，临产的时候，还要忍受孤立无援的痛苦。因为现在有白衣天使，她很快就能被解除痛苦，并在短短数日内，恢复昔日风采。和许多女子一样，她也许经历过一次痛苦之后，不会再稀里糊涂地受人凌辱了。

但夏梅黛依的母亲，就像山里的野兔一样，一旦弃子，便不再回头。只要自己不再误入狼牙虎口，对她便是万幸之事。

再看看如今这个穷途末路的叫花子托合塔穆斯，谁又能相信他曾经是个不可一世的"花花公子"，可以随心所欲拈花惹草，他像一只猛禽，振翅掠过，留下的是一阵寒意。可怜的小鸟与金翅雀，难以逃脱它的利爪。转眼之间，就能看见它叼着猎物，消失在雪域高峰。偶尔还能看见它在空中抛下刚刚擒获的小鸟，又向新的目标发起冲击。托合塔穆斯就曾经是这样的"天之骄子"。再甭提他吃着俸禄，说话气粗，因此，他在空中几乎可以独往独来，一两只金翅雀自然是不在话下。

当年小夏梅黛依曾倚在门栏上问父亲，自己的母亲是谁。现在，我们才知道，原来她的母亲是一只从空中抛下来的小金翅雀。当初，托合塔穆斯占有了她的母亲，又无情地抛弃了她，而她已经怀了身孕。托合塔穆斯又有了新欢，这对他来讲唾手可得。何况那时候，结婚的程序简单，一杯茶几把瓜子，就能解决终身大事，他娶了别的女人，夏梅黛依的母亲，自然也就不了了之。讨公道说理没有任何意义，有谁会理会她这样的女人？她只有一腔的绝望。于是，她哭哭啼啼地来到独家住在深山气象站的姐姐家，度过了漫长的孕期。多亏了好心的姐夫，在她临产前的那一天把她送进了医院，让她安全地生下了孩子算了了此事。很快，她又像初绽的花蕾，变得亭亭玉立了。金翅雀呀金翅雀，你虽然经历过蹂躏，但当你被摧残的羽翼又丰满的时候，难道你就这样真的像那野兔一样弃子而去吗？不错，对一个女人来说，再度青春无疑是天下大幸。只有走运的女人，才会再度风流，不至于变成一个操劳的母亲，所以，一旦时机来临，你就像山兔一样，落荒而逃。那么，去吧——你这个骄傲而美丽的女人！不过，请你先找个僻静的地方，挤干那膨胀的乳头吧。

　　瞧！这一切，发生得是多么不可思议。尽管，野山兔怎样巧施妙计，将自己的行踪掩盖得让人看不出蛛丝马迹，但就像贼窝也会失窃一样，玛格拉什用她灵巧的手，神不知鬼不觉地将野山兔的秘密偷去了。这样说绝不是我们故弄玄虚。人生在世，一个铁的事实就是，任何人都不可能向谁隐瞒这样两件事——一个是他的诞生，一个是他的死亡。而夏梅黛依的出生，却破天荒地成了一个不可告人的秘密。所以，我们迫不得已，才把她叫作"猫崽"。据说，圣子耶稣出生时，也经历过类似的磨难。有关这个故事，天主教徒自有评说。但是，我们一直不知道夏梅黛依是光的孩子，还是风的孩子，谁是她的父亲。她的父亲，也许是上帝的奴仆，或者是一个伟人。也许是一个贼，或者是一个骗子，一个叫花子。

　　那么，我们是否该祈求上苍的恩赐给她父爱？而上苍又何曾不让人得到父爱。大千世界，茫茫人海，难道唯有夏梅黛依得不到父爱？当初似乎普天下的人，都曾为耶稣没有父爱而焦虑过，但他们始料不及的是，爱他的人，竟是至高无上的上帝。多少年后，相似的事，竟也发生在功名显赫的大君主成吉思汗的身上。父爱如此神圣，令人肃然起敬。

但是，无论圣子，还是君王的出生，都无须注册。而出生证、落户口、计划生育之类的事，是后人的一大创造。只要有人呱呱坠地，就会有相应的符号，来注明他的人生坐标。夏梅黛依是庶民的后代，又出生在现代，所以，她决然逃脱不了符号的烙印。这个重要的细节，我们无从考证。反正这个符号可以证明夏梅黛依是谁的女儿。证明她的基因和父母的基因，甚至她祖先的基因也如出一辙。

玛格拉什现在才明白，他所谓"强中自有强中手"的含义。看来，这是真的。他就像一把钳子，紧紧地钳住她的心。两天前的一个黄昏，阿勒达凯家突然来了两个老头。他们是托合塔穆斯派来的使者，这两个人说明了来意，并将夏梅黛依出生的经过、出生的年月日时分都说得一清二楚，以致玛格拉什难以招架。她绝望地看看年过百岁的公公，但他那已经萎缩的大脑，又能给她提供什么良策？最终，她和他们达成了这样的协议：她同意让夏梅黛依自己做出选择。一旦她走了，玛格拉什就让自己的女儿来代替她的位置。玛格拉什只有这样背水一战了。这个决定，使老奥哈迪泣不成声。"夏梅黛依"是他给她取的小名儿。她的原名是夏梅努尔。换女儿，谈何容易。其中的原委又该如何给别克拜斯说清楚呢？玛格拉什吞吞吐吐，为难的正是这事儿。这就像一场棋局，最后杀了个回马枪，又将了全局的竟是她的对手托合塔穆斯。

"夏梅黛依是我的骨肉。"实际上，遭受打击最为沉重的，还是整个故事的主人公——夏梅黛依。她从羊群回来就抱头痛哭。这一切，全被玛格拉什看在眼里，但她怎么忍心揭全家人的疮疤呢？现在，她只有一个办法，那就是今天让阿勒达凯离开这里，以免他冒冒失失地说出什么，捅了娄子。否则，补救起来就更难了。

别克拜斯陷入了黑暗中的黑暗，他彻夜难眠，辗转反侧。多年来，他已经习惯了平静的生活。过去的黑暗虽然久远，但它相对平和稳定。而今天，他再也没有那种安详的睡眠了。那个时候，夏梅黛依在自己的床上安睡，像个躺在摇篮里的孩子，呼吸轻柔。听着她的呼吸，他认定自己是世上最幸福的人。但是，今天，又是夏梅黛依的呼吸声，彻底扰乱了他的心。因为，这孩子的呼吸声中，多了许多不曾有过的哀怨和伤感。这是他有生以来第一次听到的。有什么声音能躲过他那鹰的耳朵一般的听觉呢？但是，他不明白，她为什么如此伤心，难道与白天的那个陌生人的声音有关吗？那人是谁？"我的骨肉"指的是什么？阿勒达凯又为什么与他红脸相见？可恨那阿勒达凯没有进门解释两句就走了，留下那么多的疑问来折磨他。这个阿勒达凯做事儿总是这样，有前没有后，有左没有右。

人的睡眠是魔鬼，他听着女儿的呼吸，竟不知不觉做了这魔鬼的俘虏。突然，他又被什么声音惊醒了。有人在外边说话。声音清清楚楚，是从北面的那块黑色岩石下传来的，说话的人似乎很伤心。显然，他的日子并不开心。因为，他的话里充满了对神或者另一种可怕的超自然力的抱怨，令人心寒。这引起了别克拜斯的极大同情。再仔细听听，这声音怎么有点耳熟？对了，这不就是下午那个与阿勒达凯争吵的人吗？听着听着，别克拜斯听到了一个令他触目惊心的话题，使他的身心越发陷入了更深的黑暗。夏梅黛依是他黑暗的星空。但这会儿，一只邪恶的黑手，却一颗一颗地熄灭了他的星星。他就像一个报丧的人，把残酷的现实告诉失去亲人的人。别克拜斯明白了一切——姐姐玛格拉什欺骗了他，夏梅黛依不是她生的孩子，而是那个坐在黑色岩石下面的可怜虫、骗子的女儿。

一时间，这个先天就残缺不全、后天又充满遗憾的人，像被巨浪打翻的小鱼船，坠入了深海。今天，他对此是有预感的。中午，他从姐姐的脚步声中，就听出了有不祥之云正向他的天空拥了过来。声音，是他的书，他是通过读这本书来感知人生的。也许，姐姐的脚步声，已经在提醒他——你的书，就要读完了。而此刻，他从这本书上，又"看"到了那个人在哀怨：女儿在以泪洗面；绵羊们在静静地反刍；风在轻轻地拂过大地。

一切为了孩子，是孩子，让这两个孤独的人，在这黑夜里对峙。白天，托合塔穆斯也看见了岩石上一对行将开战的盘羊。但是他绝不会明白，两只盘羊为何要彼此仇视。这个人是可悲的。当年，他抛弃了夏梅黛依的母亲，但那个代替了她的美艳女人，并没有因此对他感恩戴德。不久，当他的处境不再像过去一样风光的时候，这个负心的女子，便两袖清风，扬长而去。他只落得个膝下无子、孤苦伶仃的境遇。

今天，是他第一次看见自己的女儿。天下子孙满堂的人多了，但是，无论谁，只要有了夏梅黛依这样的孩子，哪怕是独生女儿，他也是最幸福的人。夏梅黛依是如此贤惠、善良、善解人意，而且体态轻盈，花容月貌，眉清目秀。今天他来找夏梅黛依，原本是带着对玛格拉什和别克拜斯的仇恨，以及说明女儿的身份并带走属于她的一百五十只羊的动机来的。但是，万万没有想到自己却陷入了难以自拔的困境。夏梅黛依站在岩石上那愤怒的呼喊，给他画了一个巨大的问号——你究竟需要什么？也许与财富相比，人需要更重要的东西，睁开眼睛吧，看看夏梅黛依吧！托合塔穆斯似乎终于明白了：人生在世，有比财富更高级的东西。夏梅黛依高高站在岩石上，而他却卑微地处在岩石下。夏梅黛依纯洁无瑕，真实自然，又是那么容易受惊吓。她就像生活在崇山峻岭上的一只鸟儿，带着大自然本色，纯洁、自由、警觉、富有生命活力；或像一只羚羊羔，懂得怎样向孕育它的母亲撒娇，一旦遇到袭击，又懂得如何伴随着母亲跳跃沟坎，翻山越岭，逃离危险。

托合塔穆斯，你扪心自问吧！你还有什么资格，能使这个跟定了别克拜斯的小羚羊羔，对你回心转意？天下，又有什么样的爱，能超过夏梅黛依追求的那份爱？托合塔穆斯像被彻底镇住了一般，对眼前发生的一切，目瞪口呆——托合塔穆斯，你是人吗？你难道连一个小羊羔都不如吗？事实上，夏梅黛依千真万确是你的小羊羔呀。一系列难题和不平，在托合塔穆斯的灵魂熊熊燃烧起来，火焰从他的脚跟燃起来，漫过了膝盖，漫过了肋条，将他全部吞没。而那最初的物欲——那一百五十只羊，也在这火焰中化作了灰烬。他向那座岩石上的夏梅黛依望去，在强烈的逆光中，夏梅黛依的身影若隐若现，而他显得那么苍白无力。还是仔细看看吧，看看你的小羊羔。岩画上的两只雄羊，不会平白无故地去决斗。

托合塔穆斯就这样经受着内心的煎熬与折磨，再次来到在别克拜斯家北面的岩石下。不过，这会儿的他，似乎已不再怨恨任何人，更没有任何意愿替自己辩护。他就像悔过自新的亚当怀着一个顺从而虔诚的灵魂，回归人间。是呀，如果一个人没有七情六欲，没有妻子儿女，没有亲朋好友，一定会变得铁石心肠的。就是那些木讷的绵羊、母牛，也懂得怎么疼爱自己的女儿呀。但可悲的是，托合塔穆斯的女儿不再回来了。她已经铁了心了。这使他如雷轰顶，肝胆欲裂。他从来没有经历过这样的苦难和痛苦，而这种痛苦，只有长着血肉心肠的人才会有啊！

哦！人心转变起来，怎么会如此迅捷？人之初，性本善，回归的旅程，难道真的会这样短吗？人性回归之后，竟也会变得像一块白玉一样，纯洁无瑕？托合塔穆斯独自坐在岩石下，眼前仍是昨天的山峦和昨天的羊群。但现在，他对这一切都已经熟视无睹，它们在他心目中，也已失去了全部的分量，像一堆垃圾一样，被他丢弃了。他现在甚至已经丧失了那匹与他相依为命的花斑马。这匹马竟成了他最后的有生命的财富。昨天，就在那绿茵如织的山坡上，花斑马再也没有抬起头来，永远地告别了他去了。他背上的鞍子都没有来得及卸下来。有什么用呢？它的生命都已经不存在了，卸不卸下鞍子又有什么意义呢？何况，现在的托合塔穆斯也不再需要这一切了。愤怒与绝望，痛苦与梦想，已深深地占据了他的心。

是的，他现在总算想到了人，想到了好人，也想到了坏人，更想到了他自己这样的人。他对自己是那样地残酷，把自己像条破羊皮一样丢弃给群狗去撕咬。他自我诅咒道："托合塔穆斯呀托合塔穆斯，你也算人吗？不，不，你是一条狗，是一条丧家之犬。"

曾经，他年轻、英俊，夏梅黛依在他的身体里，仅仅是一个肉眼看不见的小小生灵。而那个年轻美貌的女人，又是那样单纯、轻信，想起来，就令人伤感。这个平庸的世界，最能感化人的，也许只有爱情，你一旦被爱的火焰点燃，就会像要镀金的首饰一样，任火烧燎也要使自己滚一身黄金，爱情的结晶，便在体内孕育，成形，然后，呱呱坠地……可怜夏梅黛依的母亲，当初是多么地痴情，为了避开"私生子"这个可怕的名字，可怜的夏梅黛依在母亲的肚子里，就已经五花大绑。母亲身上的绷带，捆绑着她，失去了在母亲怀中畅游的自由。而作孽的人却是他——托合塔穆斯。如今，他又该到哪里去寻找夏梅黛依的母亲？当初，他就像避开一具僵尸一样避开了她。现在，他才明白，他避开的不仅仅是一个女人，而是避开了自己。在哲学上，这叫作异化。这就是他的命运，作茧自缚。他因此而受到的打击，是致命的。不知什么时候，他痛苦地从睡梦中醒来，生命已经危在旦夕了，也许还有半个小时，或者一个小时的时光，他拼命地挣扎着，努力使自己振作起来。他需要振作的不是自己的躯体，而是一颗心。因为这颗心被"扭曲"得太厉害了。一些生活一帆风顺的人尚且经不起这样的"扭曲"，他这样一个无依无靠的人，又怎能经得起呢？人说："人在绝处唤亲人。"方才，他挣扎的时候，连自己都无法相信他竟呼唤了女儿的名字。

"夏梅黛依！夏梅黛依！"他这样喊着，但，无论他怎么喊，也没有唤来他的女儿。即便她听到了他的声音，她会来吗？是的，也许会来，但绝不是冲着他父亲的身份，而只能是被同情弱者的善心驱使而来。

此刻，夏梅黛依正在梦魇中苦苦挣扎。她正被两个父亲拉扯，谁胜谁就是强者，她就得跟谁走。别克拜斯在她身上倾注了那么多的爱，她怎么可能割舍掉他？而托合塔穆斯，如果今天长眠在岩石下，明天早晨她放羊看见了他的尸首，情况又会怎样呢？他毕竟是她的生身父亲！尽管当初是他伤害了母亲，使她的出生蒙受了那么多的耻辱和痛苦，但他依然是她的父亲，这是一个不可改变的事实。他昨天不是跪倒在她的脚下，将自己罪恶的过去向她和盘托出了吗？"请你原谅我！"他说，"哦！不，请你杀了我！请你用乱石砸死我好了。"夏梅黛依忍受着折磨、委屈，将睡眠撕得支离破碎。

别克拜斯的心一刻也没有消停。他预感到了托合塔穆斯的哀怨一定会粉碎了那岩石。但是，流水总有个尽头，托合塔穆斯的抱怨似乎不再有声了。他敏锐的耳朵，甚至听到了托合塔穆斯咽气的时候，最后的一声喘息，仿佛一根游丝，被风轻轻卷起，无声地带走了。

世界仿佛又恢复了宁静，疲惫不堪的盲人别克拜斯被一阵突然而至的睡眠，牢牢地控制住了。托合塔穆斯死了，他却睡着了。外边一如既往，绵羊们在反刍，夜色朦胧，就像一首摇篮曲，安安静静地摇着两个男人休息了。不同的是，其中一个明天还会迎来新的开始，而另一个，再也不会苏醒了——可怜的托合塔穆斯，最终结束了他生命的，不是财富，而是爱。爱是什么？托合塔穆斯没有明白过。但在他生命的最后，那短短的一个瞬间，他毕竟还是领悟了爱的真谛——爱亲人，爱子女，爱自己的伴侣。他的觉悟使他花费了如此大的代价，以至于他那像破毡子一样不堪一击的肉体，难以抵御巨大的冲撞。最终，让他舍弃了生命。但是！他的死，竟是那么轻松、纯洁、崇高。但愿，每个人的归宿都不要经历太多的磨难吧！长夜就要过去了，黎明就要到来，生活还会像往常一样前进。而盲人别克拜斯的黑夜又何时会了啊！人生的辉煌，可能不在出生，而在死亡。但是，别克拜斯的出生，却给光明的世界带来另一个世界的黑暗，这本身就是一个"创举"。而托合塔穆斯却从这光明的世界里，带走了黑暗。托合塔穆斯自然不会再有明天了。当晨曦来临，曙光照亮了山坡上的景致的时候，人们看到了那匹躺在草丛中的花斑马周围一些影影绰绰的东西，像狗似猫，正在忙碌。原来，它们是一些食腐动物。但这匹马刚刚死去不久，尸体还没有腐烂，所以它们搞不明白它是死是活，因此无法决定是否该动手。山鹊是最聪明的，花斑马生前，它就不止一次光顾过这匹马背上的鞍褥疮。聪明的它，今天早晨又几起几落，站在托合塔穆斯的那个枯木鞍头上，查明了花斑马的死活。现在该做的就是先啄下马的眼睛，然后再去啄它的肺。一会儿，这里将迎来从四面八方赶来的大鸟与猛禽。花斑马的下场真悲惨，大概没有人见过哪一匹马像它一样是背着鞍子，踏上黄泉路的。对人来讲，这是不可接受的事实。食肉的猛禽们自然不会在乎它，它们会用它们的方式来了结它。它们有锋利的牙，它们不劳而获，它们很快就会将花斑马撕得面目全非，支离破碎，甚至咬断它的肋条，直至片甲不留。最后就剩下了那个鞍子，仿佛是被人刚刚从马背上拿下来的。而花斑马的幻影，又悄然出现在我们面前，蹬地嘶鸣。

　　空中出现了曙光，长夜收敛了最后一抹黑暗。昨夜，那座岩石，虽然跟着人经历了一段磨难，但今天清晨又第一个迎接了光明，并用它黑亮的额头，反射东方的阳光。岩画又一次栩栩如生。人们依然没有明白，大山的主人们出于什么样的动机，千凿万镂刻下了那一对永恒的形象。这幅岩画，何时才会再现生命活力？两只雄羊何时开战？

图书在版编目（CIP）数据

姹紫嫣红草原情 / 乌玛尔哈孜·艾坦著；哈依夏·塔巴热克译 . -- 北京：作家出版社，2020. 2
（中国少数民族文学发展工程·民译汉专项）
ISBN 978-7-5212-0825-2

Ⅰ.①姹… Ⅱ.①乌… ②哈… Ⅲ.①中篇小说 – 小说集 – 中国 – 当代 ②短篇小说 – 小说集 – 中国 – 当代 Ⅳ.① I247.7

中国版本图书馆 CIP 数据核字（2019）第 286813 号

姹紫嫣红草原情

作　　者：乌玛尔哈孜·艾坦
译　　者：哈依夏·塔巴热克
责任编辑：史佳丽　李亚梓
特约编辑：陈　涛　杨玉梅　郑　函
装帧设计：薛　怡
出版发行：作家出版社有限公司
社　　址：北京农展馆南里10号　　　邮　　编：100125
电话传真：86-10-65067186（发行中心及邮购部）
　　　　　86-10-65004079（总编室）
E-mail:zuojia@zuojia.net.cn
http://www.zuojiachubanshe.com
印　　刷：北京玺诚印务有限公司
成品尺寸：152×230
字　　数：197千
印　　张：16.25
版　　次：2020年10月第1版
印　　次：2020年10月第1次印刷
ISBN 978-7-5212-0825-2
定　　价：38.00元